취적취무

FANTASTIC ORIENTAL HEROES
설봉 新무협 판타지 소설

취적취무 4
설봉 新무협 판타지 소설

초판 1쇄 찍은 날 § 2011년 8월 11일
초판 1쇄 펴낸 날 § 2011년 8월 18일

지은이 § 설봉
펴낸이 § 서경석

편집부장 § 권태완
편집책임 § 주소영

펴낸곳 § 도서출판 청어람
등록번호 § 제1081-1-89호
등록일자 § 1999. 5. 31
어람번호 § 제2-2133호

주소 § 경기도 부천시 원미구 심곡2동 163-2 서경B/D 3F (우) 420-822
전화 § 032-656-4452 팩스 § 032-656-4453
http://www.chungeoram.com
E-mail § chungeoram@chungeoram.com

ⓒ 설봉, 2011

ISBN 978-89-251-2594-7 04810
ISBN 978-89-251-2518-3 (세트)

※ 파본은 구입하신 서점에서 교환하여 드립니다.
※ 저자와 협의하여 인지를 붙이지 않습니다.
※ 이 책은 도서출판 청어람과 저작자의 계약에 의해 출판된 것이므로,
   무단 전재 및 유포 · 공유를 금합니다.

4

줄장성장(茁壯成長)
건장하게 성장하다

한 잔 술에 취해 곡조 없는 피리를 분다.

술기운을 빌어 흥겨운 가락에 몸을 맡긴다.

취하자. 춤추자.

오늘 하루만, 이 시간만이라도 그저 취하고 웃어보자.

취적취무
醉笛醉舞

설봉 新무협 판타지 소설

FANTASTIC ORIENTAL HEROES

第三十一章	촉노(觸怒)	7
第三十二章	번난(繁難)	41
第三十三章	자매(姉妹)	75
第三十四章	자웅(雌雄)	109
第三十五章	진검(眞劍)	141
第三十六章	배리(背離)	173
第三十七章	누년(累年)	203
第三十八章	옥룡(玉龍)	227
第三十九章	귀가(歸家)	255
第四十章	장성(長成)	291

第三十一章

촉노(觸怒)

1

　무법자(無法者), 법을 초월하여 거칠 것 없이 사는 사람을 일컫는 말이다.
　홍염쌍화는 만정의 무법자다.
　만정은 폐인(廢人)만 들어선다. 옥졸들의 금제는 가혹한 수준을 넘어 처참한 지경에 이른다. 그것은 금제가 아니라 고문이다. 무공을 빼앗는 것이 아니라 사람 자체를 폐인으로 만들어 버린다.
　만정의 모든 사람이 무공을 잃었다.
　만정 사람들은 몸을 운신하는 것조차 힘겨워한다. 어기적거리면서 걸으면 다행이다.
　그들에게 세월은 무척 빨리 흐른다.

정상적으로 걷는 데 일이 년이 소요된다. 조금 빨리 걷기까지 사오 년을 넘겨야 한다. 누구를 때린다거나 제압할 정도의 완력을 구사하려면 오륙 년은 훌쩍 넘긴다.

그렇게 해서 제대로 된 모습을 찾아도 옛날에 비하면 형편없는 정도에 불과하다.

무공은 창피해서 논하지도 못한다.

죽을힘을 다해서 펼쳐도 자신들이 그토록 경멸했던 삼류 무공만 못하니 무슨 말을 할 것인가.

그런 사람들 사이를 정상적인 무공을 지닌 무인이 버젓이 활개 친다면 결과는 보나마나다.

만정 마인들은 상당한 수준까지 무공을 회복했다.

그들은 어둠을 이용할 줄 알게 되었다. 어둠 속에서만 통용되는 어둠의 무공을 수련했다. 은신술(隱身術)은 필연적으로 익히게 되었고, 살초(殺招)는 무음무성(無音無聲)을 기본으로 한다.

그래도 정상에 올라선 일류고수를 당해낼 수는 없다.

바로 홍염쌍화가 쥐 떼들 사이에 떨어진 고양이다.

그녀들은 금제를 당하지 않았다. 무공이 온전하다. 사용하는 무공도 마공과는 거리가 멀다. 정통 무공으로 누가 봐도 정공(正功)이다. 수준은 상당해서 능히 일류를 넘어선다.

만정 마인들 중에는 그녀들보다 뛰어난 고수가 많다. 하지만 무공을 잃었다. 몇 번을 고쳐서 말해도 변하지 않을 말이 바로 이것이다. 만정 마인들은 무공을 잃었고, 그녀들은 무공을 지녔다. 천 년이 지나도 만 년이 지나도 이 사실만은 변하지 않는다.

그녀들은 무공을 지닌 채 만정으로 들어왔다.

만정의 그 누구도 그녀들을 어찌하지 못한다. 반면에 그녀들은 하고 싶은 대로 할 수 있다. 죽이고 싶은 놈이 있으면 죽이고 살리고 싶으면 살린다.

그녀들은 만정을 마음대로 통제할 수 있는 주관자(主管者)이다.

쥐 떼가 뭉치면 고양이도 잡아먹는다. 하지만 그것은 동물의 세계에서나 가능한 일이고, 만정에서는 역류(逆流)가 일어나지 않는다. 강한 자는 강한 자이고, 약자는 약자일 뿐이다.

다행히도 그녀들은 만정 마인들을 건드리지 않았다.

자신들의 영역에 들어서지만 않으면 무슨 짓을 하든 내버려두었다.

그녀들은 만정 마인들을 휘하에 둘 수 있다. 지금은 편마가 우두머리 노릇을 하고 있지만, 그런 자리 정도는 홍염쌍화가 눈길을 돌리자마자 바뀌게 된다.

홍염쌍화는 무적의 절대자다.

한데 그녀들은 아무런 행동도 하지 않았다. 간이 부은 자가 시비를 걸어오지 않는 한 절대 침묵을 고수했다.

그녀들은 만정에 있지만 존재하지 않는 것 같았다.

간혹 그녀들이 모습을 드러내곤 한다.

만정에 새로운 식구가 들어올 때, 그녀들이 먼저 맛을 보는 경우가 있다.

먼저 신호가 있다.

옥졸들이 새로운 식구를 떨어뜨린 후 입구를 곧바로 닫지 않는다. 한동안 희끄무레한 빛이 계속 머문다.

이것이 신호다.

이럴 때면 어김없이 홍염쌍화가 나타나서 새 식구를 살핀다. 그리고 살리든지 죽인다.

지금까지는 모두 죽였다.

당우가 나타나기 전까지는 단 한 명도 예외없이 숨을 끊었다. 옥졸의 금제를 받고 만정으로 떨어지는 것도 부족해서 홍염쌍화의 손에 절명하고 만다.

마인들은 세 가지 이유 때문에 빛 속으로 들어가지 않는다.

첫째는 하늘에서 떨어질 불벼락 때문에 무서워서 들어가지 못한다. 화염탄에 당하면 화린(火燐)에 그을려서 죽지도 살지도 못하는 처지에 빠진다.

물론 죽는다. 하지만 죽을 때까지 시간이 무척 오래 걸리고, 그동안 겪는 고통은 말로 다 하지 못한다. 그런 고통을 당할 바에는 차라리 혀를 깨물고 죽으리라.

둘째는 홍염쌍화를 당할 수 없다.

빛은 그녀들의 영역이다. 빛이 있는 곳에 가까이 다가갈 수 없다. 그녀들 곁에 얼씬거려서 좋을 게 없다. 괜히 눈 밖에라도 나면 하나뿐인 목숨이 떨어진다.

셋째는 굳이 들어갈 이유가 없어서다.

홍염쌍화가 새 식구를 죽여준다. 그렇다고 시신을 가져가는 것도 아니다. 그냥 내버려 둔다. 그러니 빛이 가실 때까지 기다렸다가 차려진 밥상만 받으면 된다.

무엇하러 빛 속으로 들어갈 것인가.

홍염쌍화를 적으로 돌려세울 이유가 무엇인가.

홍염쌍화가 어떻게 해서 무공을 잃지 않은 채 만정으로 들어설 수 있었고, 여기에서 무엇을 하고 있으며, 그녀들이 어디서 무엇을 먹고사는지 알 길은 없다.

그건 정말, 무척, 굉장히 궁금하지만 알기 어렵다. 그리고 그런 것을 알기 위해 목숨을 걸 생각도 없다.

어둠은 홍염쌍화에게도 장벽이다.

그녀들은 마인들처럼 어둠에 적응하지 않았다. 그럴 필요가 없었다. 그녀들은 마인들과 싸우기 위해서 투입된 게 아니다. 통제하기 위해서 온 것도 아니다.

명령이 떨어지는 대로 이행만 하면 된다.

그녀들에게는 빛이 있다. 야광주(夜光珠)가 희미한 빛을 발한다. 책을 읽을 정도로 밝지는 않지만 길을 밝힐 정도는 된다.

칠흑 같은 어둠 속에서 그만한 빛은 태양이나 마찬가지다.

야광주가 있는 곳에서, 빛이 있는 곳에서 그녀들은 무적이다.

마인들은 빛 속으로 들어올 엄두를 내지 못한다. 그녀들이

거주하는 암동 속으로 뛰어들지 못한다. 안으로 들어서는 것은 고사하고 암동 근처에도 얼씬거리지 않는다.

그녀들은 눈에 띄는 자는 무조건 죽였다.

야광주는 암동 전체를 밝힌다. 만정이 열린다거나 해서 기류에 변화가 생길 때는 푸른빛이 암동 밖에까지 퍼져 나가기도 한다.

암동 밖이라도 안심하고 있다가는 자칫 목숨이 달아날 수 있다. 빛살에 드러나는 재수없는 경우를 당하면 동료 마인들이 먹잇감이 되었다고 생각하는 편이 낫다.

그녀들은 만정에서 식인 습관을 지닌 마인들과 함께 거주하지만, 단 한 번도 불안했던 적이 없다.

그런데 먹이사슬이 바뀌었다.

만정에는 절대로 무공을 되찾아서는 안 되는 마인이 딱 한 명 존재한다. 마인들과는 상관하지 않는 그녀들조차도 살아 있는 게 왠지 찜찜하고 께름칙해서 몇 번이고 죽일 마음까지 가지게 만든 괴물 중의 괴물이다.

편마 고룡매!

세상 사람들이 죄다 무공을 회복해도 그녀만은 폐인이 되어서 만정 깊숙이 처박혀 있어야 한다.

편마는 칠마 중에서도 가장 괴팍하다.

그녀의 살인에는 기준이 없다. 노약자나 임신부를 죽일 때도 있고, 갓 태어난 아기를 천 길 낭떠러지로 던져 버린 적도 있다.

그녀는 무인이 아니다. 살인에 미친 살인귀일 뿐이다.

솔직히 그런 여자를 죽이지 않고 만정에 처넣은 작자들은 무슨 생각을 하고 있는지 모르겠다.

이제…… 그녀가 무공을 되찾았다.

꿀꺽!

홍염쌍화는 침을 삼켰다.

'채찍이 없어.'

'옷을 찢어서 만들었잖아.'

'헝겊일 뿐이야.'

'헝겊도 편마의 손에 들리면 살상 도구야.'

두 사람은 편마의 말대로 경거망동하지 못했다.

만약 만정의 마인들이 무공을 되찾는다면, 그 즉시 무림의 골칫거리로 등장한다.

편마는 그 정도가 더욱 심하다.

그녀는 골칫거리 정도가 아니다. 정도 무림인들이 반드시 척결해야 할 악의 일각(一角)이 된다.

그런 만큼 그녀의 무공은 상상을 초월한다.

"히히히! 계집들……."

어둠 속에서 조롱하는 듯한 편마의 음성이 들렸다.

이제 너희를 어떻게 할까? 어떻게 요리해야 직성이 풀리나? 죽일까, 살릴까?

평소에는 홍염쌍화의 결정권이었던 것이 이제는 편마에게

넘어간 느낌이다.

"어떻게… 무공을……."

홍염쌍화가 더듬거리는 음성으로 물었다.

"히히히! 계집들……. 히히히! 하나씩… 천천히 묻지. 남아도는 게 시간이니까."

편마의 음성에 살기가 묻어 나왔다.

홍염쌍화는 몸을 부르르 떨었다.

편마는 말을 하고 있을 뿐이지만 그녀의 음성을 듣는 사람은 귀신을 접한 듯 모골이 송연해진다.

음성 속에 깃든 살기는 평범한 것이 아니다. 진기를 농축시켜서 내뱉고 있다.

음성으로 주위에 있는 경물을 타격한다.

나무고, 바위고, 사람이고, 동물이고 음성이 닿는 것은 모조리 타격당한다. 한데 음성은 곧게 뻗어나가다가 단단한 물체에 닿으면 굴절하는 특성이 있다. 바위에 부딪친 음성이 튕겨난다. 흙은 음성의 일부를 흡수하지만 일부는 다시 튕겨낸다. 그렇게 튕겨진 모든 음성이 살아 있는 육신을 타격한다.

동굴과 같이 사방이 막힌 곳에서 편마의 진음(震音)을 들으면 지축이 흔들리는 듯한 충격을 받는다.

"으으……."

홍염쌍화는 가는 신음을 토해냈다.

이제는 의심하고 자시고 할 것도 없다. 편마는 확실히 무공을 회복했다. 그리고 그 수준은 상상 이상이다. 초식은 보지 않았으니 차치하고, 내공만 놓고 보더라도 분명히 그녀들보다 두어 수 위다.

"히히히! 생각 같아서는 당장 껍데기를 홀랑 벗겨서 저놈들한테 던져 주고 싶다만… 히히히! 일단 네년들이 하는 꼬라지를 볼까? 히히히!"

편마의 음성이 강력한 둔기가 되어 온몸을 두들긴다.

"음!"

홍염쌍화는 자신들도 모르게 뒤로 물러섰다.

싸움을 하기도 전에 기가 눌렸다. 이런 상태에서 싸움을 벌인다면 일초지적(一招之敵)도 안 된다. 무모하게 앞으로 나서기보다는 평정심(平靜心)을 찾는 게 중요하다. 투지를 불러일으키는 것은 그다음이다. 우선 눌린 기부터 펴야 한다.

파아아앗!

그녀들은 진기를 북돋웠다.

전신에 진기가 충만하다. 중심에서 뻗어 나온 진기가 사지백해로 흘러든다.

그런데 편마가 진기 운행을 알아차렸다.

"히히히! 히히히히!"

그녀의 웃음소리가 벼락 치듯 들려왔다.

"크윽!"

"음!"

홍염쌍화는 누가 먼저라고 할 것도 없이 일제히 뒤로 주춤주춤 물러섰다.

그녀들의 안색은 순식간에 분가루라도 칠해놓은 것처럼 하얗게 탈색되었다.

웃음소리에 진기가 뒤틀렸다.

단단한 장력(掌力)에 복부를 강타당한 것 같은 충격이 단전을 뒤흔든다.

"홍염쌍화, 너희… 여기 왜 있는 거냐?"

매우 단순한 물음이다. 하지만 답변하기에는 참으로 까다로운 질문이다.

"……."

홍염쌍화는 대답하지 않았다. 격동하는 진기를 가라앉히고 마음을 평정시켰다. 그런 후에 다시금 진기를 끌어올려서 전신 기혈에 활력을 공급했다.

츠으으읏!

전신에 진기가 가득하다.

편마는 또다시 진기 순환을 방해할 터이지만 그래도 멈출 수 없다. 싸우지 않고 포기한다면 몰라도 결국 싸울 수밖에 없다고 생각한다면 어떻게든 진기 순환을 이뤄내야 한다.

"히히히!"

편마가 홍염쌍화의 의도를 눈치챈 듯 괴이하게 웃었다. 하지만 이번에는 진기를 싣지 않았다. 그래? 그렇게 진기를 이끌고 싶어? 그러면 달라질 것 같아? 정히 그런 생각이라면 해봐. 그래도 어쩔 수 없다는 걸 가르쳐 줄 테니까.

두 여인에게는 편마의 웃음소리가 꼭 그렇게 들렸다.

"히히히! 대답하지 않겠다?"

"……."

"히히! 요것들을 어떻게 할까? 죽어도 말하지 않겠다 이거지. 히히! 좋아, 그럼 네년들도 굶어봐. 쫄쫄 굶다 보면 생각이 달라지겠지. 참고로… 앞으로 밖에 나올 생각은 않는 게 좋아. 나왔다 하면…… 내 장담하건대 요놈들에게 야들야들한 살맛을 보게 만들 거야. 네년들, 아직 질기지는 않지?"

홍염쌍화가 거주하는 동혈은 만정 중에서도 외진 곳에 위치한다. 동혈다운 동혈도 아니다. 밋밋한 절벽에 작은 구멍이 뻥 뚫려 있는 정도에 불과하다.

입구를 닫아버리면 그 자체 그대로 묘혈(墓穴)이 된다.

음식? 구할 수 없다. 명령? 받을 수 없다. 외부와 소통하는 모든 통로가 차단된다.

그녀들이 거주하는 동혈은 상당한 위험이 상존했지만, 지금까지는 아무런 문제도 되지 않았다. 그런 것을 문젯거리라고 생각해 본 적도 없다.

"히히히! 배고프면 말해. 네년들도 인간 맛을 봐야 할 거 아냐. 한 번 맛본 후에 또 달라고 칭얼대지나 마. 히히히! 굶는다고 당장 죽는 것은 아니니까 며칠 동안 잘 생각해 봐. 이대로 죽을 것인가, 아니면 쓸데없이 머릿속에만 담아두고 있는 말 몇 마디 중얼거리고 편히 살 것인가. 나도 살 구멍을 찾아야지. 안 그래? 아! 몇 마디 귀띔만 해주면 내 장담하건대 너희, 꼭 풀어줄게. 히히히!"

그 말을 끝으로 편마의 음성은 뚝 그쳤다.

그녀가 장기전을 생각하고 있다. 생각 같아서는 사지육신을 찢어발겨서라도 빠져나갈 방법을 찾고 싶을 게다. 하지만 홍염쌍화 같은 무인이 쉽게 토설하지는 않을 터, 시간을 두고 천천히 알아내기로 작심한 듯하다.

홍염쌍화는 외부와 연락을 취해왔다.

이런 사실은 편마도 짐작하고 있다. 그녀들을 어찌할 능력이 되지 않아서 모른 척했을 뿐이지, 만정을 빠져나갈 기회가 홍염쌍화에게 있다는 건 안다.

홍염쌍화를 동혈에 묶어놓고 만정을 뒤질 것이다.

그동안 홍염쌍화의 영역이라서 발걸음도 들여놓지 못하던 곳을 이 잡듯이 살필 것이다.

홍염쌍화는 밖에서 들어왔다. 밖에서 내리는 명령을 따른다. 당장 눈에 보이는 것도 있다. 생활하는 데 필요한 먹을 것과 입을 것을 밖에서 들여오는 물품으로 해결한다.

만정 마인들은 옷을 입지 않는다.

어둠 속이라서 불편할 게 없다. 발가벗고 있어도 보이는 게 없으니 창피하지도 않다.

몇몇 사람들은 아직도 옷을 입고 있지만, 거의 대부분 찌든 냄새가 가득 밴 옷을 벗어 던졌다.

홍염쌍화는 새 옷을 입고 있다.

그녀들의 옷은 해지지 않았다. 땀에 찌들지도 않았다. 색깔도 변색된 게 아니다. 아무리 눈치없는 자가 보더라도 만든 지

얼마 안 된 옷이다.

그녀들은 바깥과 소통한다.

그렇다면 만정 어딘가에 소통할 수 있는 구석이 있으리라.

편마의 생각은 타당한 듯하지만 너무 어린애 같다고 생각되지 않는가?

그렇듯, 누가 뒤지기만 하면 찾을 수 있는 통로를 만정 같은 곳에 만들어놓겠는가? 만정은 천하 마인들의 뇌옥이다. 가둬놓지도 않고 풀어놓았다. 육신에 금제를 가해놨다고 하지만 위험 부담이 있는 방법은 피해야 한다.

만약 홍염쌍화가 전염병에라도 걸려서, 아니면 운공 중에 주화입마라도 걸려서, 그것도 아니면 무슨 급박한 사단이 벌어져서 급사하거나 움직일 수 없는 처지에 빠지면 어찌 되는가?

마인들은 당연이 그녀들의 영역을 뒤질 게다. 그녀들이 있어서 발걸음을 들여놓지 못했던 미지의 공간을 샅샅이 훑을 게다. 그리고 밖으로 통하는 통로도 발견해 낼 게다.

삼척동자도 할 수 있는 이런 생각을 왜 못하는가.

그녀들은 바깥과 소통한다. 아니, 연락을 받는다. 물품도 제공받는다. 하지만 마인들이 찾는다고 해서 찾을 수 있는 방법은 절대 아니다.

"갔나?"

"갔나 본데……."

"저 노괴가 무공을……. 어떡하지?"

촉노(觸怒) 21

"어떡하긴 막아내야지."
"다른 놈들도 무공을 찾았으면?"
"……."
대답할 말이 없다.
편마가 무공을 회복했다면 다른 자들도 회복했을 가능성이 높다. 전부는 아닐지라도 몇몇은, 최소한 사구작서만이라도 회복했을 것이다.
그들은 홍염쌍화를 눈엣가시로 여긴다.
여자로 볼 수도 있다. 마인들은 여자에 굶주렸다.
마인들 중에도 여자는 있다. 하지만 지저분하고 더럽다. 가까이만 가도 쉰 냄새가 풀풀 풍긴다. 더군다나 그녀들은 한시도 방심할 수 없다. 조금만 방심하면 심장이 뚫릴 것이고, 숨이 끊어지기도 전에 빨대 같은 입술이 붉은 선혈을 쭉쭉 빨아낼 것이다.
홍염쌍화 같이 정상적인 생활을 하는 여인이라면 당장에라도 달려들어서 품고 싶을 것이다.
만정의 마인들이 무공을 회복하면 언제 무슨 일이 벌어질지 장담하지 못한다.
몇몇 마인이 무공을 회복했다고 가정하면 지금부터는 한순간도 안심할 수 없다.
편마의 통제력이 언제까지 유효할까?
마인들은 나타나지 않는다. 일절 모습을 비추지 않는다. 동혈 언저리에도 오지 않는다.

아직까지는 편마의 통제력이 먹히고 있다.

그렇다. 그들은 편마가 통제하기 때문에 모습을 드러내지 않는 것이지, 홍염쌍화가 여전히 두려워서 침입하지 않는 것은 아니다.

"오늘부터 한 사람씩 눈을 붙이자."

"그건 문제가 아닌데…… 우린 편마를 상대할 수 없잖아."

"그럼 죽어야지."

"죽는 걸 너무 쉽게 말한다?"

"다른 수 있어?"

"없어."

한 여인이 운공조식에 들어갔다.

다른 여인은 동혈 입구에 서서 경계를 섰다. 다른 때 같으면 경계 같은 것은 생각도 하지 않았던 일인데 이제는 온 신경을 팽팽하게 곤두세운 채 바깥 동정을 살펴야 한다.

문제는 그게 아니다. 그녀들에게는 당우를 죽이라는 명령이 떨어졌다. 한데 동혈에서 나갈 수조차 없는 몸이니 명령인들 어떻게 수행하겠는가.

"제길! 어쩌다가 이런 꼴이 된 거야!"

경계를 서는 여인이 투덜거렸다.

2

"후우!"

"휘우!"

치검령과 추포조두는 누가 먼저라고 할 것도 없이 거의 동시에 한숨을 쏟아냈다.

"히히히! 수고했어."

편마가 재미있었다는 듯 흥겹게 말했다.

"홍염쌍화라고 했던가요? 생전 처음 들어보는 별호인데…… 상당한 내공입니다."

추포조두가 손목을 만지작거리며 말했다.

"히히히! 처음 들어볼 수밖에. 홍염쌍화라는 별호는 여기 놈들이 지은 거거든."

"그럼 진짜 별호는 뭡니까?"

치검령이 물었다.

"내가 알 게 뭐야!"

편마가 퉁명스럽게 쏘아붙였다.

"이건 쓸 때는 좋은데, 영 뒤끝이 좋지 않단 말이야. 아이고, 머리 아파. 삭골도 쑤시는 것 같고…… 쯧! 먹지 못할 떡은 쳐다보는 게 아니라고…… 아예 맛을 보지 말아야지."

편마는 방금 전까지만 해도 활짝 웃었다. 오랜만에 재미있는 일을 겪어보았다는 표정이다. 하지만 점차로 딱딱하게 경직되는가 싶더니 끝내는 신경질을 부렸다.

치검령과 추포조두는 아무 말도 하지 않았다. 괜히 비위를 건드릴 필요는 없다.

"어때요?"

갑자기 편마의 등 뒤에서 사람 음성이 들렸다.

"아이구! 깜짝이야! 너 이 호랑말코 같은 새끼! 오면 온다고 기척을 흘려야 할 것 아냐! 내 두 번 다시 이런 짓 하지 말라고 했지! 했어, 안 했어?"

"했어요."

"그런데 왜 해?"

"기척을 흘렸는데요?"

"뭐? 이게 어디서 거짓말을!"

"흘렸다니까요."

"……."

편마는 말을 잇지 못하고 콧김만 쉐액쉐액 흘렸다.

당우의 무기지신은 아무리 노력해도 적응되지 않는다. 그래도 예전에는 주의를 기울이면 움직임을 읽을 수 있었는데, 날이 갈수록 힘들어지더니 이제는 아예 암흑이 되어버렸다.

투골조는 더욱 단단하게 밀봉된다.

씨앗 형태로 응어리진 진기 덩어리가 새롭게 받아들이는 외기(外氣)를 모조리 무형화(無形化)시켜 버린다.

당우는 일부러 발을 힘차게 굴려야 한다.

뚜벅! 뚜벅! 뚜벅!

옷자락 부딪치는 소리도 요란해야 한다.

바삭! 사아악!

본인 스스로 이런 소리를 내지 않는 한 그가 다가오는 것을 감지할 방도가 없다.

한데 당우는 요즘 신법을 수련 중이다.

하고 많은 신법 중에서 하필이면 은형보법(隱形步法)에 홀딱 빠져 있다.

당우 스스로 자신의 특성을 알고 있는 듯하다. 어떤 신법을 수련해야만 자신이 가진 것, 무기지신을 최대한으로 발휘할 수 있는지 아는 것 같다.

무기지신에 은형보법을 보탰으니 놈을 감지해 낸다는 건 하늘의 별 따기가 되어버렸다.

"끄응!"

편마는 앓는 소리를 냈다.

"어땠어요?"

당우가 호기심 깃든 눈으로 물었다.

"격체전공(隔體傳功)은 그럭저럭……. 하지만 결전까지는 무리라는 판단이다."

"그러니까 연습을 해야죠."

"뭐? 하하하! 격체전공을 어린애 장난으로 아는구나."

"아뇨. 한두 번 시전하는 것으로 그쳐야 한다는 건 알아요. 격체전공을 일반적인 무공 쓰듯이 막 쓸 수 있는 게 아니라는 것도 알고요. 하지만 방법이 없잖아요."

"으음!"

추포조두가 어금니를 꽉 깨물었다.

격체전공이라는 희귀한 방법을 생각해 낸 사람이 바로 당우다.

당우는 치검령의 주도하에 류명에게서 투골조를 전해 받았다. 치검령이 직접 넣어주었다.

그런 방법으로 편마에게 내공을 주입하면 어떨까?

치검령이나 추포조두가 수련한 은가무공은 어둠 속에서 최고로 강해진다. 태생이 그런 무공이다. 한데 희한하게도 만정 같은 극한의 어둠 속에서는 제 몫을 못해낸다. 만정 마인들도 그들만큼이나 어둠에 익숙해져 있기 때문이다.

지금 상태에서 만정에 횃불이 밝혀진다면 치검령과 추포조두는 당장 최강자의 반열에 올라선다. 하지만 그런 기적이 벌어지지 않는 한 그들은 사구작서조차도 당하지 못한다.

두 사람은 정상적인 무공을 지니고 있지만, 수련한 무공 특성상 최강자가 되지 못하는 기이한 일이 벌어지는 것이다.

반면에 편마는 내공이 없다.

그녀가 의지하는 것은 정교한 초식이다. 내공이 뒷받침되지 않기 때문에 육신의 힘으로만 펼쳐 내야 한다. 약간은, 그야말로 병아리 눈물만큼 진기의 도움을 받기는 하지만 그런 정도로는 제대로 된 초식을 풀어낼 리 만무하다.

그들은 모두 홍염쌍화의 상대가 되지 않는다.

치검령과 추포조두의 내공을 편마에게 불어넣어 주면 딱 좋을 텐데. 두 사람이 손해 보지 않는 방법으로 진기를 넣어주는 방법이 있지 않을까?

있다. 격체전공!

물론 편마는 진기를 전해 받아도 사용하지 못한다. 경맥이 손상되었기 때문에 진기를 쌓을 수도 없고 운용할 수도 없다. 단전 자리가 완전히 산산조각났다. 그런 사람에게 진기를 넣어준다는 것은 깨진 항아리에 물을 붓는 것보다도 못하다.

그래서 격체전공을 사용하기는 하되 방법을 달리해야 한다.

치검령과 추포조두가 화력의 근원이 되어서 달라붙는다. 두 사람이 손을 명문혈에 대고 필요할 때마다 진기를 쏟아 넣는다.

문제는 있다. 이리 힘들게 넣어준 진기도 눈 깜짝할 사이에 흩어져 버린다.

편마는 진기를 붙잡고 있을 바탕이 없다.

다만 진기가 몸을 훑어나가는 찰나에 순간적으로 옛 무공을 시전할 수는 있다. 아주 짧은 순간에 불과하고, 제 위력도 나오지 않지만 쓸 수는 있다.

홍염쌍화와 맞부딪친 일장 격돌이 바로 그것이다.

편마는 찰나에 흩어져 버릴 진기를 붙잡아서 예전처럼 장법을 전개했다.

그 결과는 대성공이다.

누구도 상대할 수 없었던 홍염쌍화에게 공포심을 심어주었다.

하지만 이런 싸움은 오래 지속할 수 없다. 한두 번 정도 시험적으로 쓸 수는 있지만 생사를 걸고 격전을 벌일 수는 없다.

홍염쌍화가 한 걸음만 나섰어도 편마는 물러서야만 했다.

다행히도 홍염쌍화는 나서지 않았다. 편마가 무공을 회복했다고 믿었다. 단검으로 단전을 후벼 팠는데도, 그래서 진기를 저장할 그릇이 깨졌는데도 어떻게든 회복시켰다고 믿었다.

천하의 편마라도 그런 일은 할 수 없다.

약간의 사기극이 통했다.

한데 당우는 이런 일을 늘 할 수 있도록 준비하란다.

있을 수 없는 일이다. 한두 번이면 모를까, 이런 식의 진기 주입은 원정진기에 상당한 손상을 입힌다. 계속 이런 식으로 진기를 사용하면 조만간 두 사람마저 나가떨어질 게다.

하지만 무작정 안 된다고만 할 수는 없다. 한낱 어린아이 말이라고 무시할 수도 없다.

당우는 만정에 와서 완전히 달라졌다. 아니, 숨겨진 면모, 재능, 특기가 발견되었다.

당우는 무공에 천부적인 재질을 지니고 있다.

한낱 술주정뱅이의 아들이라고 치부해 버릴 수 없는 천재성이 숨겨져 있다.

이것은 그 누구도 예상하지 못했던 것이다.

그를 쫓았던 치검령도, 추포조두도, 당우에게 무공을 가르쳐서 이용하자고 생각했던 편마조차도 짐작하지 못했던 부분이다.

아니, 편마는 짐작을 했다.

무공을 전수받기 위해서는 수용적이 되라는 말을 당우처럼 잘 알아듣는 자는 없었다.

이성적인 판단을 완전히 묻어버리고 오로지 받아들이기만

한다.

사부 곁에 머물면 굳이 무엇을 전수받지 않아도 배우는 것이 있다. 앉는 자세라거나 호흡하는 방법이라거나 하루를 살아가는 생활 태도라거나 사부의 일거수일투족이 모두 배울 거리가 된다.

당우는 어린 나이에 이 오묘한 이치를 알아냈다.

놈은 전체가 되었다.

놈은 사부다. 사부가 하는 행동과 생각을 고스란히 이어받는다. 일말의 의심도 없이, 사부가 마녀 중의 마녀라는 사실을 알면서도 그가 배우는 것이 마공임을 알면서도 습자지에 먹물 스며들 듯 쪽쪽 빨아들인다.

놈은 무공에 천부적인 재질을 지녔다.

그리고 무공이 점진적으로 증가함에 따라서 무공과 관련된 지혜도 발달하고 있다.

가만히 있는 홍염쌍화를 치자는 생각도 그가 했다.

―여기 들어오는 날, 두 여자가 왔었어요. 무공을 능수능란하게 펼치고, 빛 속도 거리낌없이 들락거리고…… 누구죠?

그렇게 질문이 시작되었다. 하지만 그녀들에 대해서 설명해줄 말이 많지 않다. 무공을 보존한 채 만정에 들어온 유일한 무인이라는 말과 강하다는 말밖에 해줄 말이 없다.

만정 마인들은 홍염쌍화에 대해서 아는 것이 전혀 없다. 그녀들이 누구이고, 지옥이나 다름없는 땅속 깊은 곳에서 무엇을 하고 있는지 짐작조차 하지 못한다. 편마는 그녀들에 대해서 아는 눈치이지만 일절 언급을 삼가고 있다. 입도 벙긋하지 않는다.

그녀들에 대해서는 추측할 만한 단서조차 없다. 또 굳이 알 필요도 없다. 하지만…… 그녀들이 바깥과 소통하고 있다는 사실만은 확실하게 안다.

다른 것은 몰라도 그것만은 안다.

―그럼 그 여자들은 밖으로 나가는 길을 알겠네요?
―알겠지.
―사부님께서 건드려 보면 되겠네요.
―뭐!
―방법이 있어요. 치검령 아저씨가 격체전공을 할 줄 알아요.
―격체전공! 확실하냐?
―확실해요. 제가 직접 받아본 걸요. 투골조를 그런 식으로 받았어요. 사부님, 그걸 잘 이용하면 일시적일지라도 사부님께서 내공을 운용하실 수 있을 거예요.

홍염쌍화에게서 밖으로 나갈 길을 안내받는다는 건 꿈도 꾸지 못할 노릇이다. 그렇다고 한두 수 급조하여 전개한 무공으로 그녀들을 제압한다는 것도 어불성설이다.

철저하게 속여서 동혈 속에 가둬놓는 게 최선이다. 그런 후, 그녀들 때문에 뒤지지 못한 곳을 뒤진다. 그러면 운이 좋으면 밖으로 나갈 길을 찾을 수 있을지도 모른다. 물론 이것 역시 꿈에 불과할 터이지만 하지 않은 것보다는 낫다.

그녀들을 격동시켜 본 결과, 크게 얻은 건 없다. 하나 소득은 있다. 그녀들이 자신들 스스로 동혈에 갇혀 버렸다. 두 사람의 내공을 빌어서 말 몇 마디 했을 뿐인데, 그녀들 스스로 손과 발을 묶어버렸다.

그녀들을 오랫동안 속일 수는 없을 것이다.

며칠, 아니, 운이 좋아봤자 하루나 이틀 정도면 뭔가 이상하다는 기미를 알아챌 게다.

미지의 곳을 탐색하는데 남은 시간이 별로 없다.

그런데 당우는 탐색보다는 격체전공을 먼저 수련하라고 말한다. 탐색은 사구작서에게 맡기고, 강적을 상대할 수 있는 준비부터 해야 한다고 말한다.

당우의 본능이 위험을 감지했다고 봐도 좋을 게다.

당우에게 이런 능력이 생긴 것은 모두 투골조 덕분이다.

당우는 자신의 기(氣)만 드러내지 않는 게 아니다. 끊임없이, 배고픈 걸인처럼 외기(外氣)를 빨아들인다.

그렇다고 흡성대법(吸星大法) 같은 종류는 아니다.

빨아들이는 양이 너무 미미해서 거의 눈치채지 못할 정도다. 속도 또한 느리다. 거북이가 기어가는 것처럼 아주 느리게 빨아들인다.

이는 호흡과도 연관이 있다.

당우의 호흡은 무기지신이 되면서부터 상당히 느려졌다. 억지로 호흡법을 이끌지 않고 자연스럽게 숨을 쉬어도 보통 사람들보다 세 배는 느리다.

호흡이 느리니 빨아들이는 외기가 느리게 들어온다. 흡입하는 양도 적을 수밖에 없다.

하지만 분명히 빨아들이고 있다.

주변에 널려 있는 흙이나 암석에서는 자연기(自然氣)를 흡수하고, 주변 사람들에게서는 인기(人氣)를 끌어당긴다.

그러다 보니 자연스럽게 기운을 분류할 수 있게끔 되었다.

누가 어떤 기운을 지니고 있나. 사기(邪氣)인가, 마기(魔氣)인가, 정기(正氣)인가. 사기라면 어느 정도나 악독하며, 마기라면 어느 정도나 공포스러운가.

당우는 사람을 정확하게 볼 수 있다.

상대가 강한지 약한지 분간하는 것은 잠깐 훑어보는 정도만으로도 충분하다. 겉모습으로 강함을 살피는 것이 아니라 상대가 지닌 내기(內氣)를 보고 판단한다.

그런 그가 홍염쌍화의 내기를 훑어보고 대비책부터 마련해야 한다고 말한 것이다.

당우의 판단이 맞는다면 홍염쌍화는 생각했던 것보다 더 강한 고수들이다. 그녀들은 당장 오늘 저녁이라도 뛰쳐나올 수 있다. 다짜고짜 편마의 숨통을 끊어놓을지도 모른다.

편마가 죽는 것은 아쉽지 않다. 하지만 그녀가 죽으면 모두가 죽는다. 치검령과 추포조두는 물론이고 사구작서까지 추풍낙엽(秋風落葉)이 된다.

홍염쌍화를 상대할 수 있는 초식은 오직 그녀의 편법뿐이다.
"후후! 내공깨나 떨어져 나가겠군."
치검령이 투덜거렸다.

당우의 생각은 맞아떨어졌다.
세 사람이 미처 손발을 맞추기도 전에 야광주의 푸른빛이 그들을 환히 밝혔다.
"편마."
아주 지극히 조용한 음성이 푸른빛 속에서 흘러나왔다.
"히히히! 네년들이 감히……."
편마가 말을 시작할 때, 치검령은 그녀의 등 뒤로 슬쩍 다가가서 명문혈에 손을 얹었다.
츠으으읏!
진기가 흘러든다. 그리고 내공 실린 음성이 홍염쌍화를 향해 터져 나갔다.
두 사람의 움직임은 너무나도 자연스러워서 중간에 어떤 수작이 개입되었다고는 믿기 힘들었다. 한데,
"편마, 아직도!"
홍염쌍화의 눈길에 싸늘한 한기가 흘렀다.
두 여인의 눈빛이 미동조차 하지 않는다. 편마가 실제로 내공을 회복했다고 해도 믿지 않을 눈치다.
'틀렸어.'

세 사람의 얼굴에 짙은 그늘이 얹혔다.

홍염쌍화가 모든 사실을 알고 왔다.

최소한 이삼 일 정도는 시간을 벌 줄 알았는데 반나절도 벌지 못했다. 아직 미지의 영역을 뒤져 보지도 못했는데, 바깥과 연결되는 통로도 찾지 못했는데 벌써 들이닥쳤다.

"편마, 우린 널 건드리지 않았는데 네가 우릴 건드렸어. 그러니 죽더라도 원망은 하지 마."

스릉!

두 여인이 검을 뽑았다.

편마 주위로는 어느새 사구작서가 달려와 에워쌌다. 목숨을 버려서라도 편마만은 보호하겠다는 의지가 철철 넘쳐흘렀다. 하지만 만정은 한정된 공간이다. 사방이 꽉 막힌 곳이다. 도주하고 싶어도 할 곳이 없다.

홍염쌍화가 죽이기로 작정했다면 이미 죽은 목숨이다.

"클클! 이렇게 뒈지는구나."

"나보다 먼저 죽기는 싫지? 내가 먼저 갈까?"

"끼끼끼! 좋지."

사구작서는 사람 뼈를 다듬어서 만든 골봉(骨棒)을 들어 올렸다.

하지만 그들의 저항은 아무짝에도 쓸모없으리라. 치검령과 추포조두를 쩔쩔매게 만들었던 무공이건만, 야광주의 푸른빛 아래에서는 일 초 승부도 벌이지 못하리라.

스웃!

치검령도 슬그머니 석도(石刀)를 뽑아 양손 손바닥에 숨겼다.

돌을 갈아서 만든 석도에 불과하지만 일촌비도를 뿜어내기에는 손색없다.

'욕심은 금물.'

그의 눈길이 한 여인을 슬쩍 스쳐 지나갔다.

두 여인을 다 같이 공격할 수 있고 제압까지 가능하다면 그것보다 좋은 일은 없을 것이다. 하지만 마음대로 되지 않는다. 자신의 무공으로는 두 여인 중에서 한 여인을 간신히 상대할 수 있을 뿐이다. 그것도 사구작서가 두 여인의 이목을 가려준다는 전제조건하에서.

이럴 때는 한 여인만이라도 확실하게 공격한다.

스읏!

추포조두도 나름대로 준비하는지 왼발을 슬쩍 뒤로 뺐다.

발을 움직이는 것으로 봐서는 구중철각(九重鐵脚)을 쓰려는 것 같은데, 그것보다는 암행류에 이른 일섬겁화가 낫지 않을까? 감히 승부를 장담할 수 없는 여인들인데, 직접적으로 타격을 가해야 하는 구중철각이 통할까?

푸른빛이 일렁거린다. 빛이 있다!

그 말은 다시 말해서 홍염쌍화가 어둠의 무공에 익숙하지 않다는 뜻일 게다. 그렇다면!

'은형비술!'

치검령은 공격 요점을 잡아냈다.

홍염쌍화가 빛에 의존하고 있다면 은가의 무공이 제대로 된

진가를 발휘할 것이다.

은형비술에 이은 일촌비도!

'승산있다!'

홍염쌍화를 동시에 상대할 수 없지만 한 명이라면 자신있다.

그래도 선제공격은 불가(不可)하다. 안됐지만 사구작서가 희생양이 되어주어야 한다. 그들이 두 여인에게 박살 날 때까지 기다렸다가 순식간에 손을 쓴다.

어쩌다가 일면식도 없는 여인들과 철천지원수가 된 건지……

'역시 어린애 말은 듣는 게 아니었어.'

괜히 당우 말을 듣고 홍염쌍화를 친 결과가 이렇게 되지 않았는가. 가만히 있었으면 위험 같은 건 걱정하지 않아도 될 터인데 괜히 사서 고생이지 않나.

사실 그는 만정을 빠져나갈 생각이 별로 없다. 이곳에서 살아나간다는 생각을 해본 적도 없다. 아니, 만정을 들어설 때는 그런 생각을 했다.

먼저 당우를 죽인다. 그래야 풍천소옥이 얼굴을 들 수 있다. 그런 후에 만정을 탈출해서 천검가주의 목에 비수를 꽂는다. 풍천소옥 무인을 배신하면 어찌 되는지 결과를 보여준다.

솔직히 그런 생각을 하면서 들어섰다.

하나 이제는 아니다. 지난 반년간 어둠 속에서 많은 생각을 했다. 밝은 세상에서는 결코 하지 못할 극단적인 생각들을 어렵지 않게 했다.

그중에 하나, 천검가주의 배신은 자신이 자초한 것이다.

의뢰자의 신임을 잃었다. 얼마나 의심쩍었으면 자신이 의뢰한 사람을 배신하겠는가.

어떤 사람이 이런 일을 의뢰하는가. 손에 피를 묻히지 않으려는 사람이다. 한데 오히려 돈을 주고 산 놈까지 자신이 직접 처리해야 한다면 얼마나 짜증나겠는가.

일의 전후에는 전혀 다른 사정이 숨어 있다. 하지만 극단적으로 생각했을 때 확실히 믿음을 잃었다. 그래서 배신이라는 상황까지 치달았다.

천검가주의 배신은 자신이 일을 똑바로 처리하지 못해서 벌어진 것이다. 그러니 복수니 어쩌니 하는 말은 걷어치운다.

솔직히 천검가주가 의뢰한 일을 아직까지도 마무리 짓지 못했다.

당우가 아직도 살아 있다.

물론 만정에 떨어진 후의 삶은 죽은 것이나 진배없다. 이곳으로 떨어진 순간부터 삶은 정지되었다. 그리고 당우가 아직까지 죽지 않은 것도 자신이 살려주었기 때문이지 죽이지 못한 것은 아니다.

놈을 이용해서 천검가주의 뱃속을 뒤집어놓으려고 했다.

그런데 가주를 원망할 수 없다는 쪽으로 생각이 기울자 모든 것이 명확해졌다.

당우만 죽이면 된다. 그럼 모든 게 끝난다.

한데 여기서 또 사달이 벌어졌다.

이번에는 놈을 죽이지 않는 게 아니라 못 죽인다. 어둠 속에서는 도저히 당우를 찾아낼 수 없다. 기척이 전혀 없어서 바로 옆을 스쳐 가도 알지 못한다.

또 당우는 자신을 극도로 경계한다.

자신이 언제고 살수를 펼칠 수 있다는 점을 알기 때문에 여간 주의하는 게 아니다.

놈을 발견할 수가 없다.

더군다나 사구작서와 편마가 노예 부리듯이 다그치는 바람에 죽을 맛이다.

이런 얼토당토않은 싸움에 말려든 것도 그때, 만정에 떨어져서 당우를 발견했을 때, 그때 놈을 바로 죽이지 않은 탓이다.

후회는 아무리 빨라도 늦는 법.

치검령은 머리를 흔들어 사념(邪念)을 지웠다.

지금은 다른 생각을 할 때가 아니다. 온 정신을 목표로 삼은 한 여인에게 쏟아부어야 한다.

第三十二章

번난(繁難)

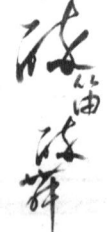

1

며칠 전, 당우가 지나가는 말로 툭 건네왔다.

배고픔이라든지, 잠이 오는 시간대라든지, 그동안의 생체 감각으로 짐작해 보면 정확히 오 일 전의 일이다.

심각한 내용도 아니다. 그저 무료해서 소일거리 삼아 옛날 일을 말한 것뿐이다.

―천검가 도련님에게 투골조를 건네받았는데…….

내공전이다.

특별할 게 없다. 편마도 내공전이를 안다. 무인치고 내공전이를 모르는 사람은 없다. 누가 가르쳐 줄 필요도 없다. 내공을 깊이 수련하다 보면 알고 싶지 않아도 자연스럽게 습득된다.

내공전이를 하는 방법은 다양하다.

명문혈(命門穴)을 통해서 접기(椄氣)하는 사람이 있는가 하면, 백회혈(百會穴)을 쓰는 사람도 있다.

진기를 밀어 넣는 방법도 다양하다. 넣는 듯 마는 듯 느낌없이 집어넣는 유기(乳氣)를 쓰는 사람과 몸이 움찔할 정도로 강하게 밀어 넣는 강기(罡氣)를 쓰는 사람이 있다.

내공심법에 따라서, 문파에 따라서, 무공을 해석하는 입장에 따라서 내공전이 방법은 다양해진다.

하나 분명한 것이 한 가지 있다. 어떤 방법을 사용하든 간에 내공전이를 하면 진원진기가 상한다는 것이다.

내공전이란 자신의 진기를 타인에게 넘겨주는 것이다. 몸 안에서 회전시키는 것이 아니라 몸 밖으로 내뿜는다.

어떠한 경우든 진기 손실이 있게 마련이다.

중간에서 다리 역할만 할 때도 있다. 치검령이 그런 방식을 썼다. 천검가 류명의 진기를 끌어당겨서 자신의 몸을 통로로 하여 당우에게 심어주었다.

이런 방식 또한 진기 손실을 무시하지 못한다.

자신은 통로 역할만 했다지만 무엇인가가 스치고 지나가면 자국이 남게 마련이다.

진기는 배타적인 성격을 지녔다. 그래서 타인의 진기가 몸 안으로 들어오면 무조건 적으로 간주해서 공격한다. 의념(意

순)으로 싸움을 말릴 수는 있다. 그래서 통로 역할도 가능해진다. 하지만 본능적으로 일어나는 경계심만은 말리지 못한다.

지나가는 타인의 진기를 괜히 툭툭 건드려 본다. 발로 차기도 한다. 어떻게든 시비를 건다.

그래서 몸을 통로로 내줄 때에는 자신의 진기 중에 일부가 섞여갈 것도 예상해야 한다. 열을 받아서 열을 건네주는 것이 아니다. 자신의 진기가 조금 더 보태져서 열하나 정도가 건네진다.

어떤 방식이든 내공전이를 시도하면 내공 손실이 일어난다.

당우가 투골조 이야기를 꺼냈을 때만 해도 그저 옛날이야기를 듣듯이 들었다.

투골조를 수련하지 않은 놈이 어떻게 투골조를 가졌겠는가. 내공전이는 이미 생각했던 터이다.

—어휴! 그런데 이게 투골조만 넘어온 게 아니에요.

당연하다. 투골조 속에 치검령의 진기도 일부 섞여 있었으리라. 치검령의 흔적이 새겨졌으리라. 하지만 이런 흔적은 곧 사라진다. 섞여 나간 진기가 너무 미미해서 투골조에 녹아버린다. 아니면 당우의 원정진기에 녹아버릴 수도 있다.

역시 옛날이야기, 웃어넘길 수 있는 말이다.

—뭐가 어떻게 된 건지…… 경맥이란 경맥에 뭐가 잔뜩 낀

것 같더라고요. 뭐랄까? 때가 꼈다고 해야 하나? 히히! 그것 때문에 추포조두가 절 그렇게 쫓아온 거예요. 제가 뭐 투골조가 전이됐다는 증거라나 뭐라나.

'뭣!'
편마는 정신이 번쩍 들었다.
그녀의 경혈은 엉망진창으로 망가졌다.
내공전이가 아니라 내공을 바닷물처럼 쏟아부어도 받아들일 수가 없다. 그러지 않았다면 벌써 손을 썼을 것이다. 내공전이로 잃어버린 무공을 되살릴 수 있다면 치검령이나 추포조두를 저런 식으로 내버려 두지 않았을 게다. 목숨을 위협해서라도 빼앗았을 게다. 아니, 벌써 팔다리 중 몇 개는 잘려져 있으리라.

내공을 전이받는다?
귀신 씻나락 까먹는 소리다. 자신의 몸 상태가 어떤지는 누구보다도 자신이 가장 잘 안다. 내공전이 같은 손에 잡히지도 않을 뜬구름 같은 말은 귀에 들어오지도 않는다.
하지만 때가 꼈다는 말에는 정신이 번쩍 든다.
류명에게서 투골조를 전해 받았을 때, 경맥 곳곳에 투골조의 잔흔이 남아 있었다. 그래서 이런 현상 때문에 추포조두가 기를 쓰고 그를 생포하려고 했던 것이다.
당우가 지닌 투골조는 본인 스스로 양성한 것이 아니다. 경맥에 전이된 흔적이 뚜렷하게 남아 있다. 본인이 수련했다면 이런 흔적을 남길 리 없다. 매끄럽다. 경맥에 기름칠을 한 듯 슬슬 미끄러진다. 타인에게 건네받은 것이기 때문에 끈적거리는 게다.

타인에게 건네받았다.

끈적거린다.

'이거야!'

편마는 정말로 정신이 번쩍 들었다.

"히히히! 당우에게 쓴 수법이 무엇인고?"

"무슨 말이오?"

"류명인가 뭔가 하는 놈에게서 투골조를 빼내 가지고설랑 저놈에게 넘겨줬잖아. 진기를 이쪽에서 끌어다가 저쪽으로 넘겨준 거 말이야? 히히히! 어떤 수법인데?"

치검령에게는 선택의 여지가 없다. 살고 싶으면 묻는 말에 고분고분 대답해야 한다. 하지만 이 부분만큼은 목에 칼이 들어와도 말할 수 없다.

"사문(師門)의 비기(秘技)요."

"히히히! 비기?"

편마는 정말로 기분 좋았다.

단순한 내공전이가 아니다. 그런 것 같으면 '사문의 비기' 따위를 들먹이지 않는다.

치검령은 말로 하는 것은 물론이요, 시전조차도 할 수 없다는 뜻이다. 그래서 사문의 비기라고 말했다. 그리고 이런 경우

시전을 억지로 권유하지 않는 것이 무림의 상례다.

상례? 개가 물어갈 소리. 지금이 그런 한가한 소리나 늘어놓을 때인가.

"히히히! 풍천소옥에서 만든 비기란 말이지? 히히히!"

"……."

"듣기로는 저놈에게 진기를 주입한 후에도 멀쩡했다며? 대체로 이런 일을 벌이면 운공이라도 한번 해줘야 되는 거 아냐? 넌 말도 하고 벌떡 일어나기도 했다며?"

"비기라고 말씀드렸소."

"히히히!"

편마는 낄낄대며 좋아했다.

구슬이 서 말이라도 꿰어야 보배라고 했던가.

내공전이가 아무리 좋다고 해도 편마에게 소용없으면 하찮은 장난만 못하다.

그런데 편마가 알고 있는 내공전이와 치검령이 가진 그것은 성질이 다르다.

치검령의 내공전이는 풍천소옥에서 창안한 것이다. 내공전이를 끝내자마자 몸을 썼다는 것은 본신의 진원진기가 타격받지 않았다는 소리다.

풍천소옥은 원정 손상 없이 차기주력(借氣走力)하는 방법을 창안해 냈다.

풍천소옥의 차기주력에도 본신진기는 섞인다. 그래서 흔적이 남겨진다. 하지만 원정에는 어떠한 손상도 없다. 밖으로 쏟아내도 무방한, 여력의 진기만 털어내듯이 주입한다.

이는 내공전이를 시도해도 본신진기에 전혀 영향을 미치지 않는다는 점에서 무학의 새 지평을 열었다고 해도 과언이 아닐 만큼 획기적인 운공 방식이다.

그러나 이것 또한 편마에게는 도움이 되지 않는다.

솔직히 편마에게는 치검령의 원정(元精)이 손상되든 손상되지 않든 아무런 상관도 없다. 자신에게 도움이 된다는 판단만 서면 치검령을 죽여서라도 빼앗았을 게다.

일단 한 가지는 확실해졌다.

치검령은 내공전이를 할 수 있다.

원정이 손상되지 않는 내공전이라면 내공을 씀에 있어서 하등 주저할 게 없지 않겠나. 그런 식으로 운공할 수 있다면 열 번이고 백 번이고 쓰고 싶은 대로 쓰지 않겠나.

그러나 그것만 가지고는 큰 도움이 되지 못한다.

단전으로 가는 길이 너무 망가졌다. 폭우에 유실되어 버린 도로처럼 걸을 수 있는 길이 아니다. 경맥만 그런 게 아니다. 진기를 거두고, 숨 쉬게 하며, 건강하게 키워낼 단전 자리도 난석(亂石)이 뒹구는 폐허가 되어버렸다.

그녀는 내공 고수 수십 명이 내력을 쏟아 넣어도 한 푼의 진기조차 거둬들일 수 없다.

풍천소옥이 탁월한 운공법을 창안했다지만 그녀에게는 여전히 무용지물이다. 다만 내공전이를 해야만 될 상황에 처했을 때, 치검령이 망설임없이 할 것이라는 확인만 한 것이다.

또 한 가지, 고려해야 할 점이 있다.

어떤 연유로 당우의 체내에 찌꺼기가 쌓였는지 정확한 원인이 규명되지 않았다.

투골조는 독특한 무공이다. 내공 형성 방식이 상상을 초월할 만큼 사이(邪異)하다. 동남동녀 백 명의 원정진기를 빨아들였으니 원한 또한 깊을 것이다.

투골조는 근본부터 죄를 잉태하고 있다.

인간의 몸은 정기신(精氣神)으로 이루어져 있다. 선업(善業)을 쌓으면 정기신이 맑아지고, 악업(惡業) 속에서 살면 정기신이 뿌옇게 흐려진다.

투골조처럼 근본부터 악업에 물들여진 무공은 정기신을 미친놈처럼 뒤흔들어 놓는다.

찌꺼기인들 쌓이지 않을 수 없다.

치검령의 내공전이 방식이 특이해서일 수도 있다.

사실 이 부분에 거는 기대가 상당히 크다.

치검령이 내주는 진기는 정심(精深)과는 거리가 멀다. 고요하게 가라앉은 진기가 아니다. 외기(外氣)를 받아들여 옥석(玉石)을 구분한 다음 밖으로 내던지는 탁기(濁氣)일 가능성이 높다.

그런 것으로 형성된 진기라면 당연히 찌꺼기가 쌓인다.

그러나 아마도 이 부분과는 거리가 멀 것이다. 당우에게 일어난 현상은 투골조 때문일 가능성이 높다. 투골조라는 사이한 내공과 당우가 지닌 원정진기가 융합하지 못하고 충돌한 결과, 서로 생채기를 냈기 때문에 생긴 현상이다.

편마가 찌꺼기에 정신이 번쩍 들 만큼 관심을 가지는 것은 그녀의 망가진 몸 때문이다.

진기라는 물이 흘러들어 온다.

쏟아져 들어온 물을 이용하기 위해서는 잠시라도 잡아둬야 한다. 내 것으로 만드는 작업을 조금은 해야 한다. 진기들을 긁어모아서 단전에 응축시켜야 한다.

한데 그런 작업을 하려고 하면 금방 물이 빠져나간다. '잡아야지' 하는 순간에 빠져나간다. 너무 빨리 빠져나간다. 단전으로 끌어들이기 전에 이미 빠져나가고 없다.

하지만 찌꺼기가 남는다면 말이 달라진다.

치검령의 내공이 경맥에 쌓인다. 찌꺼기에 불과할지언정 깨진 독에 물 붓는 것처럼 쑥 빠져나가지는 않는다. 그 정도면 일 초, 잘하면 이삼 초까지도 무공을 쓸 수 있다.

망가진 몸으로 다시 무공을 쓸 수 있다!

편마가 이런 기회를 그냥 놓칠 사람인가.

"히히히! 치검령, 비전비기가 되었든 땅 구덩이에 파묻은 보물이 되었든 뭐가 되었든 좋은데, 너 그거 나한테 한번 써봐야겠다. 비법 같은 것은 말할 필요 없어. 히히히! 자, 오랜만에 경맥 안마 좀 받아볼까? 어디야? 명문혈이야, 천령개야?"

치검령에게는 선택의 여지가 없었다.

사구작서가 만일에 대비해서 치검령을 에워쌌다.

츠으웃!

내공이 밀려온다. 그리고 어찌할 틈도 주지 않고 빠져나간다.

화중지병(畵中之餠)이라고 들어봤는가. 몇날 며칠을 굶어서 뱃가죽이 등에 달라붙은 사람에게 고깃국 냄새만 슬쩍 풍기고 지나가는 빌어먹을 놈을 봤는가.

오랫동안 굶주렸던 진기다.

편마는 흘러가는 진기를 잡고 싶어서 미칠 지경이었다. 어떻게든 한 줌만, 저 흐르는 강물 중에서 한 종지만 퍼낼 수 있다면, 한 모금만 마실 수 있다면…….

그러나 치검령의 진기는 바람처럼 지나가 버렸다.

역시 생각대로다. 경맥에 내공이 쌓이지 않는다. 치검령은 내공을 불어넣었지만 순식간에 흔적도 없이 날아가 버린다. 찌꺼기는 고사하고 물이 부어졌다는 흔적조차 남지 않는다.

기적은 일어나지 않았다.

당우에게 일어난 현상은 투골조라는 사이한 무공 때문이다. 치검령의 내공전이와는 아무런 상관이 없다.

"히히! 한 번 더."

"무리요."

"더 해."

"백 번을 해도……."

"오랜만에 안마를 받아서 기분 좋은데…… 흥 깰래!"

"한두 번은 더 할 수 있소. 하지만 그 이상은……."

"그것만 해."

촤아아아!

억지로 강요해서 밀어 넣은 진기가, 정말 욕심나는 진기가 전신 경락을 더듬고 지나간다.

파앗!

명문혈에서 시작된 진기의 흐름은 미간(眉間)인 인당(印堂)을 통해서 사라졌다.

완전히 비정상적인 흐름이다.

독맥(督脈)으로 스며든 진기가 겨우 임맥(任脈)을 뚫자마자 사라진다. 두 손에 운집할 겨를도 없다. 대주천(大周天)은 고사하고 소주천(小周天)도 할 수 없다.

"한 번 더!"

편마는 진기가 사라지자마자 바로 소리쳤다.

"정말 마지막이오."

치검령의 음성이 가늘게 떨렸다.

그는 연거푸 내공을 쏟아내고 있다. 다른 사람 같으면 한 번만 해도 기진맥진할 내공전이를 수차례나 쏟아낸다.

치검령의 내공전이는 확실히 독보적이다.

도움이 될 수 있다면 얼마나 좋을까. 생각대로 움직일 수만 있다면 껴안고 볼에 뽀뽀를 해줘도 모자랄 텐데. 한데 가장 완벽할 것 같은 치검령의 내공전이가 불행히도 흔적을 남긴다.

타악! 타악! 타악!

진기가 망가진 경맥을 두들기고 지나간다.

아무런 흔적도 남기지 않고 완벽하게 사라지는 게 아니다. 느낌, 진기가 흘러들어 왔다가 사라졌다는 느낌을 남긴다. 온몸의 감각이 말한다. 방금 전에 무엇인가 거대한 흐름이 일어났다가 사라졌다고.

'내공을 거둬들일 필요가 없다!'

치검령이 류명의 진기를 빼앗아서 당우에게 건네주었듯이, 자신도 자신의 몸을 통로로 삼는다. 내공이 지나가는 길로 삼는다.

자신의 단전은 배꼽 아래에 있지 않다. 등 뒤에 있는 치검령이 단전이다. 그를 원정으로 삼는다. 그에게서 나온 힘을 바탕으로 삼아서 초식을 펼쳐 낸다.

여기에도 난관이 있다.

모든 게 다 생각대로 된다고 해도 망가진 경맥을 억지로 뚫어야 한다는 선제조건이 제시된다. 치검령이 원하는 부위로 진기를 전해주어야, 펼치고 싶은 초식이 전개된다.

난관은 또 있다.

초식이란 동적인 것이다. 앉아서 손짓만 하는 게 아니다. 두 발을 움직이고, 몸을 비틀고, 손을 떨쳐 내야 한다. 전신이 성난 호랑이처럼 활력에 넘쳐야 한다.

치검령이 자신을 언제까지고 따라다닐 수는 없다.

몸이 움직일 때마다 진기를 쏟아 넣으면서 따라다닌다는 것은 말도 안 된다. 진기가 몸을 관통하는 순간, 그 힘을 빌어서 단발적인 초식을 펼쳐 낸다.

이것이 가장 최선이다. 남의 진기를 빌어서 사용할 수 있는 무공의 한계다.

하지만 이것만이라도 될 수 있다면 얼마나 좋겠나.

촤아! 싸아아……!

진기가 밀려왔다가 사라졌다.

"한 번 더!"

치검령은 대답하지 않았다. 하지만 대답은 충분했다. 명문혈에 닿아 있던 손이 힘없이 떨어졌다.

진기 손상이 없다는 내공전이일지라도 진기를 안으로 갈무리하지 않고 밖으로만 쏟아내는 것은 어렵다. 풍천소옥의 내공전이가 획기적이라고 하지만 언제까지고, 몇십 번이고 내공을 쏟아낼 수는 없는 노릇이다.

남들이 한두 번에 그칠 때 서너 번을 할 수 있다. 그것만으로도 충분히 놀랍다. 경맥이 망가진 편마가 진기의 힘을 충분히 느낄 정도로 간단없이 쏟아부었다는 사실 자체가 경이적이다.

하지만 여기서 멈출 수는 없다.

만정에 내공을 지닌 놈이 또 있다.

"추포조두를 데려와! 차기(借氣)! 차기를 해! 그러면 서너 번은 더 할 수 있을 거야! 빨리 데려와!"

편마가 빽! 소리를 질렀다.

그녀는 지금 이 느낌, 경맥에 잔존하는 진기의 느낌을 놓치고 싶지 않았다.

치검령이 그렇듯이 추포조두 역시 선택의 여지가 없다.

내공을 지닌 그들이지만 어둠 속에서는 사구작서의 상대가 되지 않는다.

아니, 이제는 상황이 달라졌다.

그들도 어둠에 익숙해지기 시작했다. 눈이 익숙해졌다는 말이 아니다. 어둠 속에서 사문의 절학들을 다시 참오하기 시작했고, 두 눈으로 세상을 봤을 때는 깨닫지 못했던 진정한 어둠의 절학을 완성시켜 나가는 중이다.

사문의 절학을 재정립했을 때, 사구작서는 일초지적도 되지 못할 것이다.

그러나 지금은 요구를 따라줘야 한다. 그것이 목숨을 내놓는 일이 아니라면 가급적 충돌을 피해야 한다. 뒤로 한 발 물러서면 될 일에 값비싼 대가를 치를 필요는 없다.

치검령의 손바닥이 명문혈에 찰싹 달라붙었다.

'거머리!'

딱 그 말이 맞다. 치검령의 손바닥은 거머리의 촉수다. 무자비하게 진기를 빨아댄다. 모기가 피를 쭉쭉 빨아대듯이 진기를 뽑아낸다. 그리고 편마에게 쏟아붓는다.

쐐엑!

갑자기 어둠 속에서 허공을 찢어발기는 파공음이 들렸다.

'고수!'

언뜻 머릿속을 스쳐 간 생각이다.

자연적으로 흘러나온 소리는 아니다. 어떤 고수가 인위적으로 터뜨린 소리다. 그리고 그 소리로 미루어봤을 때, 자신들은 상대할 수 없는 대선배가 등장했다.

그들은 편마에게 눈을 돌렸다. 그때 마침 편마가 기이하게 웃어젖혔다.

"히히히! 성공이네. 성공이야. 히히히!"

'맙소사!'

치검령도 그렇고 추포조두도 그렇고, 할 말을 잃었다.

편마가 내공전이로 잃어버린 무공을 찾았다. 도저히 진기가 움직일 수 없는 경맥으로 가공할 위력을 쏟아낸다. 두 사람이 일시에 '고수!'라는 느낌을 들게 만든 장공(掌功)을 뿜어낸다.

"한 번 더!"

이건 사정이 아니다. 부탁도 아니다. 명령이다.

쏴아아! 파앗! 쒜엑!

어김없이 어둠이 찢어졌다. 허공이 발기발기 찢어졌다.

성공? 절반의 성공이다.

편마는 몸을 움직일 수는 없다. 보법이나 신법을 전혀 펼치지 못한다. 손은 쓸 수 있다. 하지만 단 일 초! 내공전이 한 번에 단 한 번의 손짓만 가능하다.

그것만 해도 장족의 발전이다.

무공을 쓸 줄 모르던 사람이 무공을 쓰게 되었다. 두 다리가 잘려 버린 앉은뱅이에게 새 다리를 붙여준 것이나 진배없다.

기적이 이루어졌다.

위력도 예전에 편마가 지녔던 내공에 비하면 한없이 약하다.

치검령에게 빌려온 진기다. 버려도 좋은 찌꺼기 진기다. 탁기(濁氣)라서 버려야만 하는 진기다. 그런 진기를 그녀가 지녔던 내공에 비한다는 건 어불성설이다.

문제는 또 있다.

진기로 펼치는 무공은 만정에서 습득한 어둠의 무학과 조화를 이루지 못한다.

그저 밝음 속에서 쓸 수 있는 일 초 무공을 얻었다고 보는 편이 맞을 것이다.

그 정도로도 충분하다.

편마는 웃었다. 그때는 정말 웃기만 했다.

"히히히! 히히히히!"

모험이지만 홍염쌍화를 겁박할 이유는 충분하다.

그녀들은 세상과 소통한다. 그것은 세상으로 나갈 수 있는 길이 존재한다는 뜻이다.

언제 올지 모를 소식을 기다릴 필요가 없다.

천검가에서 당우를 다시 찾는다는 보장이 없다. 그런 일이 앞으로 십 년 후에 벌어진다면 그때까지 살아 있을 자신도 없다. 너무 늙지 않았나.

갈 수만 있다면 지금이라도 나가야 한다. 그러고 싶다.

지금이라도 탈출하고 싶다는 욕구에 불을 지핀 건 철부지 어린애인 당우다.

―저쪽은 못 가요?
―못 간다.
―왜 못 가요?
―거긴 여우같은 두 계집이 지키고 있으니까. 그쪽으로 발을 들여놓기만 하면 무조건 대갈통을 빠개 버리거든.
―아, 알았다. 저쪽에 출구가 있구나. 정면승부는 곤란하고…… 어떻게 눈속임을 해볼 수 없나? 잠시만 그 여자들을 붙들어놓으면 출구를 찾을 수 있을 텐데. 아, 아쉽다.

출구가 있다는 생각은 해왔다. 하지만 일 초 무공을 얻었을 때 그런 말을 들으면 생각이 달라진다.
"히히히! 그럼 그년들에게 가볼까? 내가 내공을 다시 찾았다고 하면 한동안 꼼짝 못할걸? 오줌만 질질 지릴 거야. 히히히! 정면승부는 곤란하고…… 속임수를 써야 하니까 너희, 잘 뒷받침해. 알았어? 히히히!"
그녀는 일 초 무공을 얻은 후부터 치검령과 추포조두를 항시 곁에 두었다.

그것이 시작이다.
단순히 그렇게 시작했다. 홍염쌍화의 발을 묶어놓고 그동안 만정 마인들이 들어서지 못하던 곳을 뒤져 볼 요량이었다.

그곳에 출구가 있다. 틀림없이 바깥과 소통되는 무엇인가가 있다. 홍염쌍화에게 음식과 의복을 건네주는 통로가 있다. 천장 입구에서는 사람밖에 떨어지는 것이 없으니 분명히 다른 출구가 있다.

홍염쌍화에게 내공을 선보인다.

운이 좋으면 일 초 격돌로 끝날 것이고, 약간 의심을 사면 삼 초 내지 사 초 정도 격돌을 벌여야 한다. 그리고 이건 생각하기 싫지만, 최악의 경우에는 피떡이 될 수도 있다.

그런 경우를 가정해서 연속으로 손을 쳐내는 연습을 했다.

치검령의 진기만으로는 부족하다. 추포조두의 진기까지 차기해야 한다.

두 사람이 등 뒤에 달라붙어 있다는 걸 알면 당장 의심을 살 것이다. 그러니 모든 격돌은 어둠 속에서 행해져야 한다.

야광주의 푸른빛이 닿지 않는 곳에서 도발한다.

여기까지 모두 성공했다.

다만 홍염쌍화가 예상 밖으로 빨리 눈치를 챘다. 최소한 하루 정도의 시간은 벌 줄 알았는데, 미답지(未踏地)를 뒤지기도 전에 정면 격돌을 벌이게 되었다. 그것도 야광주의 푸른 빛무리 아래서.

'재수가 없으려니······.'

편마는 두 손을 들어 올렸다.

이번에는 치검령과 추포조두의 진기를 한꺼번에 쓴다. 치검령의 진기뿐만이 아니라 차기된 진기까지 한꺼번에 터뜨린다.

단 일 초에 충격을 주지 않으면 곤란해진다. 충격을 주지는 못하더라도 저놈의 야광주만은 떨어뜨려야 한다. 깨뜨려야 한다. 그러면 나머지는 사구작서가 알아서 하리라.

편마는 몸뚱이로 앞을 막아선 사구작서에게 말했다.

"히히히! 물러서거라. 젖비린내 나는 것들이 도전해 왔으니 몸이나 풀어보자. 히히히!"

2

당우는 벽에 등을 기대고 서서 눈을 감았다.

밝음을 보는 눈이지만 어둠 속에서는 아무런 필요가 없다. 하지만 그래도 눈은 활동을 한다. 아무것도 보이지 않는 어둠이건만 두 눈은 끊임없이 무엇인가를 보려고 한다.

눈을 감고 있으면 피로하지 않다. 하지만 어둠 속일지라도 눈을 뜨고 있으면 피곤하다.

눈꺼풀이 눈동자를 덮은 후에 보이는 어둠과 빛이 가려져서 탄생한 어둠은 다르다.

눈을 감고 자신이 만든 어둠 속으로 침잠해 들어갔다.

파아아앗!

사람들이 느껴진다.

편마가 보인다. 그녀를 둘러싸고 있는 사구작서도 보이고, 야광주를 손에 든 두 여인도 보인다.

치검령과 추포조두도 싸울 준비를 하고 있다.

그 두 사람은 이번 싸움과는 상관없다는 듯 방관자적인 모습을 취하고 있다. 하지만 당우는 느낀다. 그들의 몸에는 바늘조차 뚫을 수 없을 만큼 진기로 가득 채워져 있다.

그러나 그들을 모두 합해도 두 여인이 내뿜는 기운만은 못하다.

홍염쌍화는 확실히 치검령이나 추포조두보다는 한 수 윗길의 고수다. 초식의 운용에 대해서는 보지 못했으니 말할 거리가 없지만, 진기의 흐름을 판단해 보면 상하가 분명해진다.

당우는 자신의 판단을 확신했다.

틀릴 리 없다. 잘못 판단했을 리 없다. 이 싸움에서 승자는 홍염쌍화가 될 것이다.

편마는 생각할 줄 모르는 제자를 원했다. 단지 생각만 못하는 것이 아니다. 인간으로서 지니는 기본적인 것들, 신체적인 감각이라거나 느낌 같은 것들도 완전히 버릴 수 있는 자를 원했다.

그런 제자는 흔치 않다.

거리에 나가서 찾자면 십 년을 헤매도 찾지 못할 것이다.

하지만 밀마해자에게는 그리 어렵지 않은 일이다. 밀마해자는 '자신을 놓는다'는 말을 가슴에 새기고 산다.

밀마란 항시 상식 밖의 세계에서 탄생한다.

세상이 알고 있는 학문이나 지식, 상식 등등 이미 알려진 것들로 풀려고 하면 절대 풀리지 않는다.

밀마를 만들어낸 자는 이 세상에 한 번도 출현한 적이 없는 생명체를 탄생시킨 것이다.

그러면 밀마해자 역시 새로운 생명을 탄생시킨다는 생각으로 해법에 임해야 한다.

자신이 알고 있는 것을 모두 버린다.

지식이나 학문, 무공이나 일반적인 상식도 아낌없이 던져 버린다. 그리고 아무것도 없는 세상에 정신과 육신을 놓는다. 텅 빈 공간과 하나가 된다.

밀마를 이해하는 것으로는 부족하다. 완전히 공감하고 니아일체(你我一體)가 될 때 밀마는 본모습을 드러낸다.

당우는 많은 학문을 배우지 못했다. 책도 많이 읽지 못했다. 밀마해자는 대학자에 버금갈 정도로 깊은 학문과 풍부한 지식을 지녀야 하는데, 그는 근처에도 가지 못했다.

그가 배운 것들? 알량하다.

하지만 밀마해자가 어떤 모습으로 밀마를 대해야 하는지는 안다.

그러고 보니 아버지와 있을 때, 그는 전체가 되었다. 자신은 모르고 있었지만 그리고 아버지도 의도적으로 이끈 것 같지는 않지만 지금 편마와 일체, 전체가 되어 살고 있듯이 아버지와도 전체가 되어서 살아왔다.

아버지의 일거수일투족을 그처럼 자세히 본 사람도 없다.

아버지의 호흡이라면 눈을 감고도 헤아린다. 술을 드셨을 때, 식사를 하실 때, 밀마를 대할 때, 사람과 이야기할 때, 일상

생활의 모든 순간에 호흡은 변한다. 그리고 당우는 아버지의 호흡을 헤아린다. 호흡만 들으면 아버지의 심기가 가늠된다.

아버지와 전체가 되었던 것이다.

그걸 이제야 알았다.

편마가 일체, 전체가 되라고 강요할 때에서야 자신이 아버지에게서 얼마나 많이 배워왔는지를 깨달았다.

말과 글로 배우는 것만이 능사가 아니다. 서책을 접하거나 손짓, 발짓으로 무공을 사사하는 것만이 전부가 아니다. 단순히 사부 곁에 머물기만 해도, 아무것도 배우지 않고 곁에서 시중만 들어도 사부의 모든 것을 배울 수 있다.

전체가 되는 것은 쉽다.

자신을 놓는다는 것은 육신만 놓는 것이 아니다. 정신까지 완전히 놓는다. 나라는 존재를 의식하지 못한다. 몸도 느끼지 못한다. 생각이란 게 일어날 수도 없다.

그저 조용히 지켜본다.

이런 상태를 오래 지속하지는 못한다. 나중에 수련이 깊어지면 전체 상태를 오랫동안 유지시킬 수 있겠지만 지금은 지속 시간이 아주 짧다.

'가만히 지켜보기만 하자.'

지켜보자는 생각도 생각의 한 종류다. 그래서 무심(無心)을 깨뜨린다. 조용히 지켜봐야 한다는 생각이 머릿속에 가득 차고, 그것이 오히려 방해가 된다.

그러면 육신의 고요함도 일시에 깨져 버린다.

오래 하지는 못한다. 하지만 잠깐은 가능하다.

스으으으으으……

분위기가 읽힌다. 싸움의 느낌이 고스란히 전달되어 온다.

싸움은 분명히 일어난다. 홍염쌍화는 살기를 품고 편마를 찾아왔다. 끝장을 내려고 한다. 사구작서를 대하는 모습에서도 흉흉한 살기가 고스란히 전달되어진다.

싸움이 벌어지면 몇 사람은 죽을 것이다. 몇 사람은 살 것이다. 누가 살고 누가 죽을지는 알 수 없다. 홍염쌍화가 강하지만 이쪽은 암수에 강하다.

홍염쌍화가 절대적으로 유리하지만, 어느 쪽이 이기고 질지는 싸움이 끝나보기 전에는 알 수 없다.

이 싸움에서 편마가 죽는다면 죄책감을 느끼게 될까?

편마는 사부가 아니다. 하지만 사부처럼 모든 걸 아낌없이 전수해 준다. 조마와 무슨 악연을 맺었는지, 아니면 투골조 때문인지 사제지연(師弟之緣)은 한사코 거부했다. 하지만 그녀의 모든 것을 전수해 주고 있다.

전체가 되도록 허락했다는 것은 모든 것을 주겠다는 뜻이다. 편마가 직접적으로 전수해 주지 않아도 빼내갈 것이 있으면 마음 놓고 빼내가라고 허락한 것이나 진배없다.

하물며 편마가 무공을 전수해 준다. 당우 스스로 보고 배우고 깨달아야 하는 공부도 있다.

편마는 실질적인 사부다.

수련은 이제 겨우 시작 단계에 들어섰다.

녹엽만수를 수련하기 위해서는 전신의 모든 뼈를 분쇄해야 한다. 관절만 부러뜨리는 것이 아니라 전신의 모든 뼈를 갈아엎어야 한다. 완전히 찢었다가 다시 이어 붙여야 한다.

단단한 뼈를 노골노골한 뼈로 탈바꿈시킨다.

그렇다고 무식하게 몽둥이로 두들겨 부수는 것은 아니다.

그런 짓을 하면 견뎌낼 사람이 없다. 뼈마디가 철골(鐵骨)일지라도 견디지 못한다.

쇠를 불에 녹이듯이 실제로 뼈를 녹이는 것은 사실이다. 그런 과정을 거친다. 하지만 물리적인 힘은 가하지 않는다. 인위적인 고통은 한 푼도 가하지 않는다. 몽둥이찜질을 하는 게 아니다. 육신에는 손끝도 대지 않는다.

철저하게 수련으로 뼈를 녹인다.

뼈의 단단한 성질을 풀어주는 해공(解功)을 수련한다.

한데 그 수련이 이만저만 고통스러운 것이 아니다. 전신의 모든 뼈가 부서져야 한다고 말한 것은 해공을 수련하기가 그만큼 고통스럽다는 뜻이다.

또 사실이 그렇기도 하다. 녹엽만수라는 무공이 생긴 이래, 해공을 수련해 낸 사람은 편마가 유일하다.

편마가 일러준 대로 의념을 움직이다 보면 극심한 고통이 전신을 뒤덮는다. 온몸의 뼈가 모두 녹아내린다는 말은 조금도 과장되지 않았다. 아니, 겨우 그렇게밖에 말하지 못하냐고 생각될 정도다.

그 수련은 아직 끝나지 않았다.

요즘도 두 시진에 한 번씩 극한의 고통을 감수한다.

안으로는 진기를 휘돌리면서, 밖으로는 요기들처럼 몸을 비튼다. 상상할 수 없는 각도로 꺾는다. 정말 팔다리가 이렇게까지 꺾이는구나 싶을 정도로 비틀어댄다.

해공을 운용하지 않았다면 당장 똑딱 부러졌을 게다.

그러나 뼈만 부러지지 않았다 뿐이지, 비비 틀리는 고통은 부러지는 것과 똑같이 전달된다.

공부가 언제 끝날까?

편마는 십여 년 이상을 수련해야 한다고 하는데 그만큼 견딜 재간도 없다. 또한 천검가에서 그토록 오랫동안 방치하지도 않을 것이다.

하지만 공부를 멈출 생각도 없다.

하루하루가 너무 고통스럽지만, 난생처음으로 체계적으로 공부라는 것을 하고 있다. 혼자 독학하는 것이 아니다. 사람이 옆에 붙어서 이렇게 해라, 저렇게 해라 일일이 참견한다.

그런 참견이 좋다. 관심을 쏟아주는 것이 좋다. 정말로 제대로 된 공부를 하는 것 같아서 자신도 모르게 어깨에 힘이 들어간다. 논일, 밭일만 하는 당우가 아니라 무엇인가 세상에서 쓸모있는 사람으로 대우받는 것 같아서 기분이 좋다.

편마가 죽으면 그런 공부도 끝난다.

하지만 이것이 최선이다. 사부와 그녀에게 충성하는 수하들을 죽음의 마당으로 몰아넣은 셈이지만…… 대단히 죄송하지만…… 이럴 수밖에 없었다.

―당우를 죽이라고? 그 꼬마 놈을?

 홍염쌍화 중 한 여인이 밀봉된 서신을 펼쳐 보면서 흘린 소리다.

 그 소리를 듣기 전까지만 해도 자신은 두 여인과 아무런 상관도 없었다. 여인들이 어디서 무엇을 하든, 마인들과 어떤 관계이든 아랑곳할 필요가 없었다.

 한데 마른하늘에 날벼락!

 자신과는 전혀 상관없을 줄 알았던 여인이 자신을 거론한다. 죽음까지 운운한다.

 어떻게 할까?

 당분간 무공만 수련하면 될 줄 알았는데 뜻하지 않은 곳에서 죽음을 엿들었다.

 제일 먼저 머릿속을 스쳐 가는 생각은 숨는다는 것이다.

 무기지신을 이용해서 숨는 방법이 있다. 하지만 홍염쌍화에게는 야광주가 있다. 빛이 있다. 그녀들이 본격적으로 찾아나서면 발각되지 않을 수 없다.

 그리고 또 피한다고 능사가 아니다.

 그러면 어떻게 해야 하나?

 싸울 수 있는 사람을 최대한으로 동원해서 두 여인과 맞서도록 해야 한다.

 그래도 승산이 적다.

그동안 만정 생활을 하면서 느낀 대로 말하면, 두 여인에게 맞설 사람은 아무도 없다.

두 여인에게는 탈출로가 있다.

만정에 갇힌 사람들에게 탈출로만큼 강한 유혹은 없다.

추포조두와 치검령은 서둘지 않는다. 그들에게는 나름대로 살아나갈 방도가 있다. 천검가는 반드시 연통을 취해올 것이다. 하니 서둘 필요가 없다.

하나 편마는 다르다. 그녀는 이곳에 있는 것이 지옥에 있는 것과 다를 바 없다. 한시라도 빨리 세상에 나가서 몸을 치료해야 한다. 무공을 회복해야 한다. 치료할 방도가 없다면 찾아야 한다. 그리고 찾고자 하면 정말 찾을 수 있을지도 모른다.

밖에서는 모든 일이 가능하다.

만정에서는 아무것도 하지 못한다. 고작해야 어둠에 익숙해지는 것이고, 생존에 필요한 어둠의 무공을 몇 수 익히는 게 고작이다. 정말 할 수 있는 게 아무것도 없다.

편마라고 홍염쌍화를 뚫을 생각이 없었을까.

그녀들을 알고 있는 사람이라면 그녀들의 등 뒤에 있는 출구가 보이지 않을 리 없다. 다만 홍염쌍화라는 벽이 너무 크고 단단하기에 쳐다보지 않을 뿐이다.

자신이 홍염쌍화에게 죽게 됐다는 말을 늘어놓으면 어찌 될까? 편마가 전체를 허락했지만 자신만 내쳐질 가능성이 농후하다.

편마와는 사제지연만 맺지 않았다 뿐이지 사제 간이 맞다.

편마는 모든 면에서 기명제자와 비교해도 전혀 손색없을 만큼 완벽하게 수련, 지도한다. 하지만 당우 때문에 두 여인과 싸워야 한다면 미련없이 관계를 정리할 것이다.

만정에서 두 여인과 싸울 수 있는 사람은 없다.

할 수 없다면 하게끔 만들어야 한다.

계책을 짜야 한다. 사람을 속이는 데서 그치는 게 아니라 행동하게끔 만들어야 한다. 그것도 목숨을 걸고 움직일 수 있도록 유도해야 한다.

그는 이런 일을 해본 적이 없다.

사람을 속이는 방법 같은 것은 생각도 해보지 않을뿐더러, 거짓말조차 해본 적이 없다.

어떻게 하면 편마가 자신을 위해서 싸워줄까? 편마 혼자서는 힘들고, 추포조두와 치검령까지 나서야 하는데, 사구작서도 미력이나마 힘을 보태야 하는데······.

당우는 인과관계(因果關係)에 집중했다.

사물을 바라보는 방식은 수만 가지다.

밀마해자는 난관에 부딪쳤을 때, 인과관계와 연관해서 바라보기도 한다. 그것도 밀마해법 중 한 가지 방식이다.

모든 밀마는 인과관계를 벗어나지 못한다.

간혹 글씨도 아니고 그림도 아닌 기이한 문양(文樣)들이 튀어나오는 경우가 있다. 하나 그 말이 안 되는 특이한 상형(象形)도 하늘에서 뚝 떨어진 것은 아니다. 그러한 문양이 탄생하기까지는 반드시 근원이 되는 무엇인가가 있다.

그것을 찾아내야 한다. 근원만 찾아내면 각기 다른 형태의 문양이 줄줄이 풀려 나온다.

밀마해법은 사람의 심리를 예견하는 데도 사용된다.

편마가 움직이려면 아주 큰 유혹이 있어야 한다. 어중간한 유혹 정도로는 앉은 자리에서 일으켜 세우는 것조차 하지 못한다. 유혹 덩어리가 절대적이어야 한다. 바람이 스쳐 가듯이 슬쩍 흘려듣기만 해도 벌떡 일어설 정도가 되어야 한다.

그만한 일이 무엇일까?

역시 탈출로다. 하지만 장애가 있다. 홍염쌍화가 커다란 장벽으로 가로막아 선다. 만약 그런 벽을 부술 수 있다면? 홍염쌍화를 제압할 수 있는 길이 열린다면?

여기까지!

―천검가 도련님에게 투골조를 건네받았는데…….

지난 일을 이야기하기 시작했다.

그다음에 벌어질 일은 불 보듯 선했고, 머릿속에 그린 그림대로 진행되었다.

내공을 사용할 수 있다. 치검령이 독특한 내공전이법을 사용한다. 진기의 손실을 최소화하면서 일시적일지라도 깨진 독에 물을 채울 수 있다.

당우가 말해준 것은 그것뿐이다.

치검령의 내공전이를 이용하여 일 초의 무공을 전개하기까지의 과정은 그가 생각한 게 아니다. 일은 자신이 벌였지만 완성은 편마와 치검령, 그리고 추포조두가 했다.

뭐가 어떻게 되어가는지 당우가 미처 정신을 차리기도 전에 후다닥 일이 벌어졌다.

편마가 홍염쌍화를 건드렸다.

당우의 머릿속에는 그 후에 대한 그림이 없다. 홍염쌍화를 속인다는 발상 자체가 계획에 없다.

격돌은 승패로 이어져야 한다. 만정 마인들이 되었든 홍염쌍화가 되었든 어느 한쪽은 끝장났어야 한다. 홍염쌍화가 진다면 더없이 좋은 일이고, 만약 그녀들이 이긴다면 그때는 무기지신을 이용해서 암습을 가할 생각이었다.

그의 그림은 여기까지 그려졌다.

한데 편마는 정면충돌을 피했다. 그녀들을 속이는 선에서 멈추려고 했다.

탈출로? 탈출로는 없다.

홍염쌍화가 거주하는 공간이라고 해서 특별할 게 없다. 그저 만정의 한구석이다.

만정 동구가 열릴 때, 그래서 만정 마인들에게 사람이라는 먹잇감이 떨어뜨려질 때, 그때 그녀들에게 필요한 물품들이 슬며시 떨어뜨려진다.

다른 마인들은 물품 떨어지는 소리를 듣지 못한다. 온 신경이 먹잇감에 쏠려 있기 때문이다. 만정 동구를 여닫는 소리가 너무 큰 탓도 있다. 희끄무레한 빛무리도 정신을 분산시킨다.

무엇보다도 물품들이 홍염쌍화가 거주하는 특별 공간에만 떨어지기 때문에 감지할 여력이 없다.

당우도 그런 사실을 안 지 며칠 되지 않는다.

심심풀이로 무기지신을 이용해서 살짝 특별 구역에 발을 들여놓았다. 치검령이나 추포조두가 자신을 잡아내지 못한다면 홍염쌍화도 마찬가지가 아닐까?

혹여 들킬 때를 대비해서 너무 깊게 들어가지는 않았다. 살짝 그녀들만의 공간에 발을 들여놓은 것이 고작이다.

탈출로가 있지 않을까 하는 기대감은 사실 편마보다도 당우가 더 컸다.

이런 곳에서 평생을 보낼 생각이 없다. 빠져나갈 수 있다면 지금 당장에라도 나가고 싶다. 편마가 밖에 나가서도 무공을 전수해 줄지는 의문이다. 아마도 전수는 이대로 끝나지 않나 싶다. 하지만 설혹 그렇더라도 나가고 싶다.

출구는 없다.

홍염쌍화조차도 빠져나가지 못한다. 만정에 떨어진 사람들은 모두 이곳에서 귀신이 되어야 한다.

그는 그런 사실을 알고 있기 때문에 이번 계획을 그릴 때 탈출에 대한 생각은 뺐다.

자신만 아는 지식은 때때로 독이 되기도 한다.

이번 경우가 그렇다. 편마는 위험부담을 최소화하면서 탈출을 모색할 것이란 점을 계산하지 못했다. 권모술수(權謀術數) 같은 것은 생각해 본 적이 없기 때문에 저지른 실수이지만 어쨌든 좋은 경험은 되었다.

모든 것은 원점으로 돌아갔다.

중간에 한 번 삐걱거리기는 했지만 자신이 처음에 생각했던 것과 같은 결과가 되었다. 이제 편마와 마인들이 한 축으로, 그리고 홍염쌍화가 한 축으로 갈라져서 생사 결판을 내려고 한다.

당우는 돌을 갈아서 만든 석비(石匕)를 꽉 움켜잡았다.

'저 여자들이 져야 하는데……'

第三十三章

자매(姉妹)

1

쒜엑!

허공을 반으로 쭉 찢는 듯한 소리가 울렸다. 그리고 눈앞에서 여인의 신형이 번쩍 어른거렸다.

"귀영(鬼影)!"

치검령이 깜짝 놀라 소리쳤다.

"제길!"

추포조두 역시 피곤한 표정으로 황급히 공력을 운기했다.

홍의여인이 펼친 신법은 은가 중 일가인 귀영단애(鬼影斷崖)의 독문 신법이다.

귀영은 귀신의 그림자, 단애는 뚝 떨어지는 절벽을 뜻한다. 이 두 가지 말이 합해져서 절벽 끝에서 귀신의 그림자를 찾는다는 의미를 만들어낸다.

귀신의 그림자가 있는 단애, 혹은 절벽에서 귀신을 찾는다.

어느 말이든 상관없다. 귀영단애라는 말이 지닌 본의(本意)는 미종(迷從)에 있기 때문이다.

귀신의 그림자를 찾을 수 있는가? 하물며 절벽에 서서 텅 빈 허공을 쳐다보면서 귀신을 찾을 수 있겠나?

귀영단애는 존재한다는 말만 무성할 뿐 세간에 나타난 적이 없다.

치검령과 추포조두가 알려지지 않은 무공을 알아본 것은 그들 역시 은가의 무인이기 때문이다.

적성비가나 풍천소옥은 귀영단애의 존재를 믿는다. 그들의 무공을 봤다. 직접 겨뤄본 사람이 있기 때문에 눈에 보이지 않는다고 해서 멸절했다는 식의 추론은 하지 않는다.

그들도 귀영단애에 대해서는 잘 모른다. 무공에 대해서, 그것도 지극히 단편적인 부분만 안다. 다른 가문의 무공을 참오하면서 주마간산(走馬看山) 식으로 훑어봤을 뿐이다.

하나 그런 정도의 지식만으로도 홍의여인이 펼친 신법을 알아볼 수 있다.

팟! 파파팟!

두 사람은 생각할 겨를도 없이 냅다 내공을 쏟아냈다.

예상치 못한 급변이 일어나면 수련하지 않은 사람들은 본능적으로 움직인다. 지금이 그런 경우다. 귀영단애의 무공은 능히 급변에 비유할 만하다.

치검령이나 추포조두나 맞받기 힘들다.

같은 은가 무인이라고 하기에는 너무 강하다. 두 사람보다 족히 두어 수는 앞선다.

여인이 자신들을 죽이고자 한다면 이미 죽은 목숨이나 다름 없다.

급변! 급한 사태!

이럴 경우, 상대가 안 되는 줄 빤히 알면서도 손발을 허우적 거리게 되어 있다. 다른 사람을 도와야 한다는 생각은 꿈도 꾸지 못한다. 자신이 살기에도 버겁다.

이것이 수련하지 않은 자의 행태다.

수련한 자는 어떠한 경우에도 최적의 삶을 찾아낸다.

지금과 같은 경우, 두 사람이 살 수 있는 기회가 전혀 없지 않다.

두 사람은 홍염쌍화가 편마에게 밀리는 모습을 봤다. 동혈에서 부딪친 일장의 격돌은 평수(平手)로 그쳤지만, 편마가 정상적이라면 감히 대들 수 없을 정도로 현격한 차이가 난다.

편마가 제 모습을 찾을 때, 살 수 있다.

두 사람은 자신에게 닥친 위급함은 돌보지 않았다. 목숨을 완전히 도외시했다. 무공을 모르는 자가 창을 찔러도 맞을 수밖에 없는 완전 무방비 상태가 되었다.

그들은 모든 여력을 편마에게 집중시켰다.

편마는 어떨까? 그들의 마음을 읽었을까?

읽었다!

자매(姉妹)

쒜에엑!

편마의 손에 들린 금잠사 채찍이 허공에 둥실 떠올랐다.

원래 편마는 두 사람이 쏟아붓는 내공으로는 편공(鞭功)을 쓰지 못한다. 두 사람의 내공은 막강하지만 편공의 변화를 쫓아가기에는 시간이 너무 촉박하다.

번쩍! 하고 일어나는 순간에 전개해야 한다. 그 순간을 놓치면 진기가 흩어진다.

하지만 홍염쌍화를 막을 수 있는 방법은 편공뿐이다.

'일어나서 치는 데까지만!'

진기를 일으킨다. 진기가 집중된 손으로 편을 꼭 잡고 초식을 일으킨다. 금잠사가 섞인 헝겊 편은 경기(驚氣)를 일으키며 파르르 몸을 떤다.

그때쯤 진기는 빠져나간다.

두 사람이 전해준 진기로 펼칠 수 있는 무공의 한계다.

하나 아직 끝난 건 아니다. 금잠사 편에는 아직도 경기가 남아 있다. 떨어져 내리는, 후려치는 탄력이 남아 있다. 진기 여부에 상관없이 자연발생적으로 일어나는 가속도도 있다.

진기는 끊겼지만 공격은 계속된다.

'해볼 만해!'

이것으로 홍염쌍화를 잡지는 못한다. 하지만 내공을 회복했다고 착각하게 만들 수는 있다.

허공으로 높이 솟구쳤던 금잠사 편이 뚝 떨어졌다.

쒜엑! 타악!

편은 홍의여인을 가격하지 못했다. 대신 엉뚱한 땅만 두들겼다.

파팟! 파악!

홍의여인이 어둠과 밝음을 교묘하게 이용하며 움직인다.

치검령과 추포조두는 순간적으로 형체를 잡아냈다가도 곧 놓쳐 버리는 일을 반복했다.

그들의 눈길은 달려드는 여인만 주시할 수가 없었다. 그녀의 형체를 잡아채는 게 무엇보다 중요하지만, 뒤에서 멀거니 지켜보고 있는 또 한 여인도 신경 써야만 한다.

한 명만 상대하기에도 이토록 벅찬데, 두 명이 같이 움직이면 어찌 되겠나.

'휴우!'

남몰래 한숨이 새어 나온다.

이 싸움은 확실히 길(吉)보다는 화(禍)가 많다.

"호호호!"

홍의여인이 웃음을 터뜨렸다.

"한 번 속았는데 또 속을 뻔했지 뭐야! 호호호! 편마, 늙은 생강이 맵다더니 정말 그러네. 호호호! 호호호호!"

그녀의 웃음소리에 자신감이 넘쳤다.

그렇다. 그녀는 이미 모든 사실을 파악했다. 편마가 내공을 회복하지 못했으며, 억지로 떨쳐 낸 공격도 단발성에 그친다는 사실을 파악해 냈다.

그녀는 채찍이 땅을 두들긴 후에도 서너 번이나 움직였다.

한데 채찍은 그녀를 따라오지 못했다. 정상적으로 내공을 회복했다면 영활한 뱀처럼 비비 몸을 꼬면서 따라붙었을 텐데, 바다에 쳐놓은 그물을 잡아당기듯 슬슬 거둬들인다.

편을 운용하는 모습이 기이하다 못해 괴이하다.

이렇게 운용하는 편공도 있었던가? 편마라서 이런 식으로 운용하나? 천만에! 내공을 회복하지 못했기 때문에 편을 자유자재로 쓰지 못하는 것이다.

그녀를 속일 수 있다고 생각한 것이 잘못이다.

그녀가 일반 무가 출신의 무인이었다면 속일 수 있었을지도 모른다. 하지만 귀영단애는 은가 중에서도 은가다. 은가 중에서 가장 비밀스럽다.

그녀가 풍천소옥의 내공전이를 몰라볼까. 편공의 움직임을 파악하지 못할까. 두세 번 정도 몸을 움직이다 보면 손바닥 들여다보듯이 환히 보이게 되어 있다.

"그만 죽어!"

쉐엑!

그녀의 신형이 확 달려드는가 싶더니 증발하듯 사라져 버렸다.

쉐에엑!

소리없는 움직임이 일어난다. 형체를 잡을 수 없는데 공격은 계속된다. 치명적인 살초, 막을 수 없는 살초가……. 조금이라도 목숨을 부지하려면 어둠 속으로 물러서야 한다. 야광주가 비치지 않는 곳으로 빠져야 한다.

치검령과 추포조두는 그럴 수 있다.

'틀렸어!'

그들의 판단은 빨랐고, 또 정확했다. 지금 이 시점에서 홍의여인을 막을 수 있는 방도는 없다.

스읏!

두 사람은 누가 먼저라고 할 것도 없이 일제히 움직였다.

편마는 남겨진다. 사구작서도 남는다. 하지만 어쩔 수 없다. 그들 두 사람이 같이 붙어 있다고 해서 살아날 수 있는 게 아니다. 어떤 식으로든 죽음은 일어난다.

"크크킄!"

"키키킥!"

사구작서가 근육의 힘으로 이루어진 살초를 전개했다.

소리는 없다. 철저한 무음(無音)에 무기(無氣)다. 움직임을 읽을 수 있는 것은 눈뿐이다. 눈이 가려졌다면, 어둠 속이라면 무엇이 어떻게 되어가고 있는지 알 수 없었을 게다.

하나 불행히도 푸른빛 야광주는 네 사내의 움직임을 낱낱이 밝혀준다.

퍽! 퍼퍽! 퍽!

홍의여인이 어떻게 공격했는지 알지 못한다.

타격음이 터졌다. 그리고 사구작서는 비명도 지르지 못한 채 끈 떨어진 연이 되어 훌훌 날아가 떨어졌다.

스읏!

홍의여인이 또 사라졌다.

자매(姉妹) 83

공격은 계속되고 있다. 홍염쌍화가 같이 움직이는 게 아니라 오직 한 여인만 공격하고 있다. 그럼에도 불구하고 만정을 움켜잡고 있던 실제적인 권력자 편마가 꼼짝도 하지 못한다.

'틀렸어.'

치검령은 고개를 저었다.

쿵! 쿠웅! 쿵! 쿵!

사방으로 날아간 사구작서가 거칠게 나뒹굴었다.

그 짧은 순간, 격타당한 사구작서가 끈 떨어진 연이 되어서 나가떨어지는 지극히 짧은 순간, 홍의여인은 편마의 정수리에 살초를 쏟아냈다.

쒜엑!

결코 거둬지지 않을 파공음이 일어난다.

막을 수 없고, 피할 수 없는 살초 한줄기가 낙뢰(落雷)가 되어 떨어진다. 그 순간,

"헛!"

허공에서 지극히 짧은 경악성이 터졌다. 그리고,

쒜쒜엑!

푸른빛 사이로 붉은 인영들이 물 흐르듯 흘렀다.

한 여인은 뒤에서 앞으로 뛰쳐나왔다. 다른 여인은 앞에서 뒤로 물러섰다.

뒤에서 지켜보던 홍의여인이 재빨리 달려나왔다.

편마를 공격하던 홍의여인은 안색이 붉으락푸르락해지며 연신 뒷걸음질을 쳤다.

두 여인의 표정에는 당황한 빛이 역력했다.

"괜찮아?"

"괜찮아."

"피가 나."

"그래?"

편마를 공격했던 여인이 눈길을 떨어뜨려서 허리를 쳐다봤다.

그녀의 옆구리에서 진한 선혈이 흘러내렸다. 방금 막 생긴 듯한 상처에서 붉은 피가 주르륵 흘러내린다.

"뭐였지?"

"몰라."

"편마는 아니었지?"

"응."

두 여인은 주위를 두리번거렸다.

홍의여인이 공격할 때 편마는 움직임을 보이지 못했다. 금잠사 편은 꿈틀거리지 못했고, 다른 한 손 역시 최소한의 반항조차 하지 못했다.

그녀는 죽음을 생각했다. 그리고 그녀의 죽음은 기정사실이었다.

그런데 사달이 벌어졌다.

무엇인가가 불쑥 튀어나와서 옆구리를 냅다 찔렀다.

오른손은 편마의 정수리를 향해 떨어지는 중이었다. 당연히 오른쪽 옆구리가 환히 노출된다.

불의의 기습은 그곳에서 터졌다.

전혀 짐작하지 못한 방향이다. 어떠한 기미도 읽지 못했다. 암습이 있다는 자체도 몰랐다. 무엇인가가 옆구리로 찢을 때, 그때에서야 비로소 알았다.

어느 살수 문파나 은가 무인들도 펼치지 못하는 완벽한 암습이 시행되었다.

누군가? 누군가!

만정에는 이럴 만한 고수가 없다.

현재 가장 주의해야 할 자들은 치검령과 추포조두다. 그들은 무공을 잃지 않았다는 점에서 가장 경계해야 할 자들이다. 하지만 그녀들보다 한 수 아래인 것이 분명하니, 고슴도치처럼 가시를 곤두세울 필요는 없다.

편마도 주의해야 한다. 하지만 푸른빛이 일렁이는 야광주 아래에서는 한낱 어린아이에 불과하다. 소리를 제거한 무음의 무공을 펼친다는 것만 주의하면 전혀 두려운 상대가 아니다.

이런 마당에 살이 갈라졌다. 피가 솟구쳤다.

"풍천이나 적성은 아니지?"

아니다. 아닌 걸 알면서도 확인 차 물었다.

"아니."

"피나 지혈시켜."

"놈부터 잡고. 신경질 나서 미치겠어."

"물러서 있어. 이번에는 내가 할 테니까."

'너는 두 눈 뜨고 잘 지켜봐' 라는 말이 생략되었다.

여인은 자신 또한 먼저의 여인처럼 실패할 것이라고 생각한다. 다른 여인도 같은 생각이다.

그녀를 친 암습은 훌륭했다. 완벽했다. 상대가 돌로 만든 병기를 사용했기에 망정이지 쇠로 만든 병기였다면, 그리고 손속이 독했다면 지금쯤 그녀의 장기는 가닥가닥 끊어져 있을 것이다.

방심할 수 없는 고수가 만정에 존재한다.

그러니만치 다른 여인 또한 같은 수에 당할 공산이 크다.

당하는 사람은 알지 못한다. 당하는 수밖에 없다. 이토록 완벽한 수법이라면 아무것도 보지 못한 채 당할 공산이 크다.

누구에게 어떤 수법으로 당하는지조차 모르게 된다.

그럴 수는 없다. 한 번 당했고, 또 한 번 같은 수에 당해준다. 하지만 누가 암습을 시도하는지, 어떤 수법을 쓰는지는 알아낸다. 역습은 그다음이다.

이 모든 것을 뒤에서 지켜보는 자가 알아내야 한다. 당하는 자는 모를지언정 지켜보는 자는 알 수 있다.

상대는 귀영단애처럼 신출귀몰하는 신법을 구사할 게다. 오행(五行)을 취하든 구궁(九宮)을 쓰든, 아니면 사마인들이 쉽게 쓰는 눈속임이든 신형을 감추는 방법에 능통할 게다.

순간적인 움직임을 관찰해 내야 한다.

홍의여인이 피 흐르는 옆구리를 움켜잡으며 말했다.

"알았어. 네가 해."

쒜에엑!

똑같은 수법이 편마의 정수리를 향해 떨어졌다.

'속임수!'

편마는 홍염쌍화의 의중을 짐작해 냈다.

살초는 강맹하다. 필살의 강기가 스며 있다. 반드시 일장에 때려죽이고야 말겠다는 의지가 물씬 풍겨난다.

하지만 거짓이다.

위맹한 공격은 바늘만 살짝 닿아도 뻥 터져 버릴 물거품이다. 내용이 쏙 빠졌다. 진기가 깃들어 있지 않다. 하지만 직접 공격을 당하지 않는 자, 옆에서 지켜보는 자, 방관자, 구경꾼들에게는 필살의 공격처럼 보일 것이다.

홍염쌍화는 암습자를 찾아낼 생각이다. 당우를!

당우는 무공을 모른다.

투골조는 진기일 뿐이다. 조공(爪功), 초식을 배우지 못했다. 십지를 강철처럼 만드는 방법은 아는 듯하다. 그것은 투골조의 기본이니 내공 구결 속에 포함되어 있을 게다.

거기에 초식이 포함되어져야 한다.

한데 당우는 초식에 대해서는 문외한이다. 초식을 알면서도 수련하지 않은 것인지, 아니면 구결 속에 포함되지 않았는지 알 수 없다. 분명한 것은 수련하지 않았다는 것이다.

당우는 그 밖에도 몇 가지 무공을 모방하고 있다.

어디서 어떤 경로로 배웠는지 모르지만 풍천소옥의 일촌비도나 낙화검법을 흉내 낸다. 적성비가의 암행류와 구중철각도 제법 그럴싸하게 따라 한다.

모두 버려야 할 잡기(雜技)다.

그렇게 배운 것들은 무기(舞妓)들의 난무(亂舞)에 지나지 않는다. 제대로 된 위력이 나올 리도 없고, 오히려 어설픈 무공을 씀으로써 목숨만 위태롭게 만든다.

편마는 아무 소리도 하지 않았다. 할 필요가 없다. 그런 것은 본인 스스로 깨우쳐야 하는 것이지, 누가 가르친다고 해서 배울 수 있는 게 아니다.

지금은 백 마디 말을 해도 알아듣지 못한다.

복숭아나무, 사과나무, 배나무 등, 모든 과일 나무는 열매를 맺는다. 꽃이 핀 만큼 수십 개의 과일이 주렁주렁 매달린다. 한데 일정한 시간이 지나면 바람도 불지 않는데 과일들이 뚝뚝 떨어지는 현상이 일어난다.

나무가 과일들을 솎아내는 것이다.

계속 키워야 할 과일과 영양분을 집중시키기 위해서 버려야 할 과일들을 가려낸다.

이렇듯 모든 것은 때가 되면 스스로 알게 된다.

당장 싫은 소리를 하면 수련을 멈출 것이다. 하지만 그것이 왜 나쁜지, 왜 버려야 하는지 알지 못한다.

마음으로 느끼지 못한 강제 억압은 독이 되어 쌓인다. 그런 독이 모이면 사부의 말을 의심하게 되고, 작은 의심은 전체가 되는 데 큰 방해가 된다.

그러느니 차라리 본인이 느끼도록 내버려 두는 게 낫다.

당우의 무공이란 모두 이런 것들뿐이다.

치검령이나 추포조두의 손에서 펼쳐지면 절정 비기가 될 터이지만, 그의 손에서 펼쳐지는 무공은 한낱 잡기보다도 못하다.

한데 그런 무공으로 홍염쌍화를 쳤다.

무기지신!

주의를 세심하게 기울여도 항상 놓치곤 했던 무기지신이 본연의 위력을 드러냈다.

인기척이 없다. 아무런 느낌도 없다. 공격을 가하고 있건만 위험을 감지하지 못한다.

이것이 무기지신의 위력이다.

사실, 이것은 위력이라고도 할 수 없다. 투골조가 이런 점을 노리고 본신진기를 씨앗으로 만든 것도 아니다. 이것이 최선일 것 같으면 제이법(第二法)으로 넘어갈 때조차 풀리지 말아야 한다.

제이법으로 넘어가면서 씨앗은 깨진다. 무기지신도 풀린다. 본연의 진기를 되찾는다.

지금 당우가 보여주는 무기지신은 만정이기에 통하는 것이다. 홍염쌍화가 야광주를 가지고 있다지만, 그 정도의 밝기를 어찌 밝은 대낮에 비할 수 있을까.

만정의 주변 여건이 당우의 무기지신을 완벽한 무형체(無形體)로 만들어준다.

이 점을 생각하지 못했다.

막연하게 '놈이 살수를 쓰면 참 위험하겠구나' 하는 생각을 가져본 적은 있지만 이토록 위협적인 줄은 몰랐다.

무기지신으로 슬쩍 다가와서 풍천소옥의 낙화검법을 떨쳐냈다. 그리고 옆구리에서 피를 뽑아내는 쾌거를 이뤘다.

자신을 비롯해서 아무도 하지 못한 일을 그 꼬마 놈이, 당우가 해냈다.

한데 홍염쌍화가 두 번째 공격을 가해온다.

허초(虛招)로 가득한 맹공을 쏟아낸다.

속아서는 안 된다. 자신을 공격하는 여인은 미끼다. 정작 무서운 사람은 뒤에 있는 여인이다. 옆구리에서 쏟아지는 피를 지혈도 시키지 않은 채 두 눈을 부릅뜨고 있는 여인이다.

'말려들면 안 돼!'

그때다. 어둠 속에서 작은 인형이 일렁거렸다.

스스슷!

소리없이 일어난 신형이 홍의여인의 빈틈을 향해 석비를 들이민다. 조용히…….

2

"잡았다!"

앙칼진 음성이 빽 터졌다.

방심하고 있을 때는 놓쳤지만, 두 눈 부릅뜨고 지켜보는 상황에서 놓친다는 건 있을 수 없는 일이다. 더군다나 놈은 미련하게도 직접 눈앞에서 암습을 가하고 있다.

쉿!

배고픈 고양이가 생쥐를 덮치듯, 솔개가 병아리를 낚아채듯 피를 흘리던 붉은 그림자가 느릿느릿 있는 듯 없는 듯 움직이는 동체를 덮쳤다.

편마를 덮치던 여인도 초식을 급변시켰다.

이제는 허초를 사용할 필요가 없다. 뒤에서 암습자를 낚아챘으니 원래 목적한 대로 편마를 쓰러뜨린다.

쒜엑!

허초가 실초로 변했다. 빠져나갔던 진기가 다시 채워지고, 일변(一變)으로 그칠 듯하던 초식에 만변(萬變)이 깃들었다.

"훗!"

편마는 짧은 경악성을 토해냈다.

당우는 싸움 경험이 없다. 그래서 조금만 생각해 보면 피할 수 있는 함정도 파악하지 못한다.

당우가 홍의여인을 피한다는 건 있을 수 없다. 더불어서 자신 역시 실초로 급변한 초식을 받아내지 못한다.

두 사람의 죽음이 한순간에 걸렸다. 순간,

파파팟!

그녀의 등줄기를 통해서 강력한 진기가 밀려들었다.

잔잔하던 바다에서 갑자기 풍랑이 일어난다. 웬만한 함선쯤은 단번에 뒤집어엎을 듯 격랑이 굽이친다.

'훗!'

편마는 즉시 진기를 받아들이지 못했다.

진기가 너무 급하게, 그리고 격하게 몰아쳐 온다. 지금까지 전해져 오던 여분의 진기가 아니라 정심한 진기, 본신진기가 벼락 치듯 쏟아져 들어온다.

치검령과 추포조두는 승패가 기울자 손을 떼고 물러섰다.

그때는 그것이 최선이다. 하지만 당우가 나타남으로써 상황이 변했고, 최선도 변했다.

지금의 최선은 뒷일 따위는 생각지 말고 지금 이 순간에 온 전력을 쏟아내는 것이다.

타악! 쒜에에엑!

금잠사 편이 힘차게 쳐들렸다. 그리고 승천하는 용처럼 굉음을 터뜨리며 솟아올랐다.

쒜에에엑! 쐐애액!

금잠사 편은 두 번의 변화까지 그려냈다.

편하게 초식을 뻗어내던 홍의여인은 깜짝 놀라서 물러섰다. 헝겊 채찍을 피하기 위해서 뒤로 네 걸음을 물러섰고, 그동안 상체는 무려 일곱 번이나 뒤틀었다.

편마는 찰나간의 내공을 얻었을 뿐이다. 한데 그 정도만으로도 홍염쌍화가 밀린다.

불행하게도 편마는 그 내공을 지속할 수 없다. 치검령과 추포조두 역시 본신진기를 언제까지고 풀어낼 수 없다. 이런 것은 한두 번만 쏟아내도 상당한 충격을 받는다.

승부!

두 사람은 지금이 승부를 걸 수 있는 절호의 기회라고 봤다.

당우의 무기지신을 간과했다. 살수들이 최고의 노력을 경주한 결과로 얻어지는 것이 무기지신 아닌가. 그것을 아무렇지도 않게 얻었다고 해서 무시할 수는 없다.

한데 모든 사람이 무시했다. 그저 '기척을 감지하지 못하게 만드는 요소' 정도로 가볍게 치부해 버렸다.

살수로 생각하기에는 당우가 너무 어리고 순박하다. 당우와 살수라는 말은 도저히 연결되지 않는다. 순박하고 어리석어서 무슨 일이든 시키는 대로 하는 '당우'라는 말과 너무 냉정해서 피도 눈물도 없는 무기지신 살수가 어떻게 같을 수 있을까.

그런 편견들이 당우의 무기지신을 간과하게 만들었다.

한데 이제는 봤다. 무기지신의 효용성이 얼마나 뛰어난지 직접 두 눈으로 확인했다. 홍염쌍화의 옆구리에 석도를 들어박을 정도라면 승부를 걸어도 좋다.

두 사람은 막대한 손실이 눈에 빤히 보이는 데도 본신진기를 풀어냈다.

타악! 따악!

금잠사 편은 당우도 휘감았다. 아니, 당우를 교묘하게 비켜가서 덮쳐 오는 여인의 가슴을 두들겼다.

"훗!"

여인은 허리를 납작 숙였다.

휘잉! 스으읏! 스으읏! 스으읏!

그녀의 등 위를 쓸고 간 금잠사 편이 땅바닥에 나뒹굴었다.

진기를 끝까지 이어가지 못하고 힘없이 떨어져 버렸다. 편마는 편을 거두지 못해서 질질 끌어댄다.

그래도 홍염쌍화는 움직이지 못했다.

"하아! 그 꼬마 놈!"

홍의여인이 옆구리에서 흐르는 피를 손으로 막으며 실소 지었다.

소리없이 나타나서 옆구리에 석비를 틀어박은 놈이 당우였다. 투골조를 익힌 놈, 그래서 차라리 죽여 버렸으면 했던 그 반송장이 살아서 움직인다.

그리고 지금은 사라져서 보이지 않는다.

완벽하게 잡았는데, 피할 생각도 하지 못하고 멍하니 얼굴만 쳐다보고 있었는데, 편마의 채찍이 날아들자 화들짝 정신을 차리고 어둠 속으로 달려가 버렸다.

그것이 끝이다. 그냥 달려갔는데, 찾을 수 없다.

세상에 이런 일이 있을 수 있나. 두 눈을 빤히 뜨고 지켜보았는데 어디로 갔는지 찾을 수 없다니.

믿을 수 없지만 사실이다.

당우의 기척을 감지할 수 없다. 당우가 일부러 발걸음 소리를 내지 않는 한 그를 찾을 수 있는 방법은 없다.

그를 무시하고 편마만 노릴 수도 없다.

이제는 치검령과 추포조두도 결사 항전으로 돌아섰다.

그들이 두려운 것은 아니다. 하지만 그들이 전력을 다해서 진기를 밀어 넣고 있다는 점이 두렵다. 그것은 곧 편마의 힘으로 둔갑되기 때문에.

 지금처럼 편마가 일 초를 넘어서 이삼 초까지 전개한다면 큰 사달도 일어날 수 있다.

 "홍염쌍화…… 히히히! 서로 승산없다는 거…… 알지? 히히히!"

 편마가 징그럽게 웃었다.

 "나는 너흴 못 이겨. 이긴다는 꿈도 꾸지 않아. 하지만 그건 너희도 마찬가지야. 그렇지?"

 "호호! 편마, 이 싸움은 네가 먼저 걸어왔어."

 "히히히! 미안, 미안. 그건 미안하게 됐는데…… 그렇다고 그게 뭐가 어때서? 히히! 끝까지 하고 싶으면 해봐. 우리라고 사양할까. 결판내고 싶어?"

 "호호호! 편마……."

 편마는 씩 웃으며 편을 반대쪽 어깨 위에 올렸다.

 그렇게 하면 일 초의 편법을 더욱 빠르게 전개할 수 있다. 적어도 어깨 높이까지 들어 올리는 수고는 덜 수 있다.

 치검령과 추포조두는 깊이를 알 수 없는 신색으로 편마의 명문혈에 손을 얹었다.

 그들의 얼굴이나 모습에서 무슨 생각을 읽는다는 건 불가능하다.

 "너희… 방금…… 건너올 수 없는 강을 건넌 거야."

 여인이 피 묻은 손을 들어 올려 두 사람을 가리켰다.

 치검령이 대답했다.

"알고 있소."

홍염쌍화도 무기지신 앞에서는 함부로 손을 쓰지 못했다.

그녀들이 전력을 다하면 편마를 죽일 수 있다. 사구작서와 치검령, 추포조두까지 쓸어낼 수 있다. 하지만 당우의 암습도 염두에 둬야 한다. 최소한 두어 번 정도 당할 것을 각오해야 한다.

그녀들은 그만한 모험을 하지 못했다.

만정에서 피 흘리는 상처를 입는다는 것은 곧 죽음에 직면한 것과 다를 바 없다.

만정 마인들은 피에 눈이 멀었다. 피 냄새에 굶주렸다. 오랫동안 길들여진 식인 습관이 만정 마인들로부터 이성적인 판단 능력을 빼앗아가 버렸다.

그래서 그들은 피 냄새만 풍기면 달려든다.

마인들을 막을 수 있을 때는 별문제가 안 된다. 하지만 운공조식을 취해야 할 정도로 중한 상처를 입으면 아주 난감해진다. 운공은 할 수 없고, 상처는 깊어가고……. 고질병이 되거나 상처가 곪아서 죽거나 둘 중 하나다.

무엇보다도 한 여인이 벌써 피를 흘리고 있다.

그녀의 피 냄새는 마인들을 일깨운다. 많은 마인들이 혹시나 하고 슬금슬금 다가온다.

그녀가 치료를 제대로 하려면 옆에서 돌보아줄 사람이 필요하다. 그녀의 상처 자체는 그리 중한 것이 아니지만, 운공할 때

옆에서 호법을 서줄 사람이 있어야 한다.

부득불 싸움은 다음으로 미뤄야 한다.

"당우, 그놈…… 하! 애새끼한테 쩔렸단 말이야? 내 기가 막혀서……. 그 젖비린내 나는 놈한테 당할 줄이야. 으득! 이거 생각할수록 분통 터지네. 내 이놈을!"

상처에 금창약을 바르는 손길이 분노로 덜덜 떨렸다.

"그거…… 투골조가 맞나?"

또 한 여인이 고개를 갸웃거리며 말했다.

"투골조든 뭐든 무슨 상관이야! 내 이 새끼를 만나면 뎅겅 목부터 잘라 버려야지."

"투골조는 아냐. 편마가 도대체 무슨 무공을 가르친 거지?"

"넌 이 피가 보이지도 않지?"

"편마의 무공도 아니었어. 그건 은신술, 아니, 은신술도 아니고…… 그래, 기운을 완전히 죽였어. 호흡을 죽이고, 체온을 죽이고, 몸 밖에서 일어나는 모든 소리를 죽였어."

"그래, 넌 그 새끼 생각에 미쳐 있어라. 난 밥이나 먹으련다. 넌 안 먹지? 생각이 많아서 밥 먹을 정신이나 있으시겠어?"

홍의여인이 금창약을 잘 문질러 바르고 깨끗한 붕대까지 동여맨 후에 일어섰다.

사실 당우에게 당한 상처는 그리 크지 않다. 힘이 없어서인지, 병기가 날카롭지 않아서인지 깊게 파고들지 못했다. 그러나 머리에 피도 마르지 않은 풋내기에게 당했다는 창피함이 분노를 주체치 못하게 만든다.

"무기지신."

"뭐라는 거야? 무기지신은 또 뭐, 무기…… 지신? 무기지신!"

"그래, 무기지신."

"……"

약이 올라 펄펄 뛰던 여인의 안색에 경악이 어렸다.

무기지신이라는 말 한마디에 모든 것이 확연해졌다.

당우의 움직임은 그리 은밀하지 않았다. 철부지 어린아이가 발걸음 소리를 죽이면서 살살 다가오는 정도의 움직임이었다. 그런데도 아무런 기척을 감지하지 못했다. 자신이 뛰쳐나가지 않았다면 영락없이 석비에 찔렸을 게다.

그런 움직임을 왜 발견하지 못했을까?

지금까지는 그것이 무공의 일종이라고 생각했다. 살수, 혹은 은가 무인에게서 무엇인가 세상에 드러난 적이 없는 이상한 수법을 전수받았을 것이라고 추측했다.

무기지신? 살수들의 최고봉?

한낱 어린놈이 어떻게 그런 경지에 오를 수 있단 말인가.

"말도 안 돼."

여인은 중얼거렸지만 무기지신을 뒤집을 만한 생각이 떠오르지 않았다.

지금에 와서 돌이켜 보면 당우의 행동은 오직 무기지신이라는 말로밖에 설명이 안 된다.

무기지신을 떠올리지 않았을 때는 온갖 무공이 머릿속을 스쳐 지나갔지만, 지금은 오직 무기지신밖에 생각나지 않는다.

"그놈 무기지신이야. 죽이기 힘들겠는데."

"정말 무기지신인가?"

"그렇다니까."

"어떻게? 그 어린놈이 어떻게?"

"어떻게 된 건지는 모르겠지만 무기지신인 것만은 틀림없어. 그놈…… 귀신이야. 어둠 속에서 움직이면 아무도 눈치채지 못해. 호호호! 이게 우리 생명줄이 되었군."

여인이 야광주를 만지작거리며 말했다.

무공의 달인들도 모기에게 물린다. 파리가 달라붙는 것도 어쩌지 못한다. 이 모든 느낌이 살갗에 닿은 후부터 감지된다. 그전에는 윙윙거리는 날갯짓으로 알아차릴 뿐이다.

그런 일이 당우에게서 일어난다.

야광주가 없으면 놈이 움직이는 것을 감지하지 못한다. 석비로 몸을 쑤신 후에야 눈치챘다.

놈은 수련할 것이다. 곧게, 깊이 찌르는 방법을 수련하고 또 수련할 게다. 그래서 일격필살의 비수를 얻게 되면 주변을 맴돌면서 죽일 수 있는 기회를 엿볼 게다.

홍염쌍화는 야광주의 빛 속에서 살아야 한다. 그것도 항시 주변을 감시하면서 지내야 한다. 지금까지는 무신경하게 살아왔지만 앞으로는 피곤할 것이다.

"안 되겠어. 급습을 가해야지."

어지간해서는 선공(先攻), 급공(急切), 암습(暗襲)을 입에 담지 않는 어해연(於海燕)이 말했다.

"……."
사람은 있는데 말이 없다.
"후우! 후우웁……!"
가느다란 숨소리만 어둠을 꿰뚫었다.
귀를 기울이지 않으면 들을 수 없는 아주 작은 숨소리.
모두들 격장지계(激將之計)에 당했다. 꼬마 놈의 몇 마디 말에 휘둘려서 홍염쌍화를 건드렸다.
편마, 치검령, 추포조두…… 이 순간, 그들은 모두 바보다.
격장지계에 휘둘린 결과는 참혹하다.
가늘게 들리는 숨소리는 치검령이 내뱉은 것이다. 다른 사람들은 숨소리를 죽일 수 있는데 그는 숨기지 못한다. 아니, 사실은 숨긴 것이다. 거칠고 난폭한 호흡을 길고 가늘고 고요한 호흡으로 바꿔서 토해냈다.
그는 과도한 내공전이로 인해서 내상을 입은 상태다.
쉽게 치료할 수 있는 정도인지, 아니면 약을 복용해야 할 정도인지는 본인만 안다.
다행히 만정에는 의원이 있다. 산음초의라는 뛰어난 의원이 있다. 하지만 아직 진맥할 시간조차 갖지 못했다. 그것보다는 이놈을 어떻게 해야 할까?
"히히! 우리 꼬마가 무엇을 봤기에 요런 짓거리를 했을까?"
편마가 구슬리듯 말했다.

"본 게 아니라 들었어요."
"그래, 뭘 들었누?"
"당우를 죽여라."
"……."
일순, 얼음이 깔린 듯 조용해졌다.
한순간이지만 모두들 머릿속이 새떼가 날아오르듯 부산해졌다.
누가, 왜 당우를 죽이라고 했는가!
치검령은 자신에게 씌워진 인연의 굴레가 있다. 추포조두 역시 같은 듯하면서 다른 이해관계가 있다.
그들의 머릿속은 팽팽 돌았지만, 이번 명을 내린 사람은 짐작조차 되지 않았다.
왜? 무엇 때문에?
"그래서 네놈을 죽이라는 소리를 듣고…… 우릴 저것들과 맞붙인 게야?"
"전 아무 소리도 하지 않았는데요."
"뭐?"
"제가 어떻게 투골조를 전해 받았는지, 전 옛날이야기만……."
"이놈의 자식이!"
"걱정 마세요. 일촌비도만 열심히 수련해도 저 여자들을 이길 수 있을 것 같아요."
당우가 자신있게 말했다.

그는 자신이 지금 무슨 말을 하고 있는지 몰랐다. 어떤 내용의 말을 하고 있는지, 자신의 말이 어떤 파급을 불러올지 전혀 생각하지 못했다.

일촌비도는 풍천소옥의 절학이다.

그를 죽이는 것으로 임무를 매듭지어야 하는 치검령의 절학이다.

그는 감히 남의 문파의 무공을 훔쳐 배웠다고 자인했을 뿐만 아니라 당당하게 수련하겠다고 공언까지 했다.

즉살(卽殺)!

무림의 불문율이다. 타 문파의 무공을 훔쳐 배우는 자는 즉살하는 게 관례다. 그리고 이런 이유로 살행을 행할 때는 그 누구도 관여하지 않는다.

당우는 치검령에게 죽이고 싶으면 지금 즉시 죽여도 좋다고 말한 것이나 진배없다.

"히히! 일촌비도면 되겠냐?"

편마는 치검령이 끼어들 틈을 주지 않으려는 듯 재빨리 말했다.

그의 말은 법이 되었다.

당우가 일촌비도를 훔쳐 배웠지만 수련을 인정한다. 그러니 마음 놓고 수련하라. 이 말에 이의가 있다면 불복을 선언해야 할 것이다. 편마를 적으로 돌려세워야 할 것이다.

치검령은 침묵했다.

불의에 침묵한 것이 아니다. 그 자신, 당우가 이미 이것저것

잡다한 무공을 수련하고 있다는 사실을 알고 있다. 그리고 그 정도는 눈감아준다.

"홍염쌍화가 누굽니까? 귀영단애의 무공을 사용하던데."

추포조두가 침착한 음성으로 물었다.

"홍염쌍화? 키키킥! 어해연(於海燕), 어화영(於華榮). 어 씨 자매. 들어봤어?"

사구작서가 말했다.

"어 씨 자매? 어 씨 자매라면 이십 년 전에……."

"키키킥!"

"홍염쌍화가 이십 년 전의 그 어 씨 자매란 말입니까?"

치검령도 놀라서 물었다.

홍염쌍화는 이제 갓 스물을 넘겼을 것 같은 앳된 소녀들이다. 한데 사구작서 말대로라면 그녀들은 이미 마흔 중반을 넘긴 중년 여인들이어야 한다.

"크크큭! 맞아, 그 어 씨 자매. 강호에 어 씨 자매가 또 있지 않다면 그 여자들이 맞아."

"대단한 주안술(駐顔術)이군요."

추포조두가 혀를 내둘렀다.

홍염쌍화가 이십 년 전에 암약하던 귀영단애의 어 씨 자매라면 자신들이 형편없이 밀린 게 이해가 된다.

그녀들을 막을 수 있는 사람은 없었다.

지금 이 자리에 편마가 있지만, 편마조차도 그녀들의 암습은 방심하지 못한다.

은가 사람들을 거론할 때는 정상적인 비무라든지 일대일의 결전 같은 것을 생각하면 안 된다. 음모와 함정, 간계, 암습 등등이 어우러진 총체적인 공격을 생각해야 한다.

홍염쌍화는 편마의 무공 상대가 아니다. 귀영단애의 무공은 편마의 편공을 견디지 못한다. 하지만 귀영단애의 방식으로 부딪쳐 올 경우에는 편마조차도 쓰러지지 않는다는 장담을 하지 못한다.

그만한 사람이 만정에 있다.

무공을 고스란히 간직한 채 마인들을 지켜보고 있다.

풍천소옥이나 적성비가가 특정한 임무에 몸을 맡기듯, 그녀들 또한 특별한 임무가 있어서 이곳에 있는 것이리라.

"홍염쌍화가 이곳에 있은 지 얼마나 됩니까?"

"모르지. 우리가 오기 전부터 있었으니까."

"네?"

"얼추 이십 년은 넘을걸. 키킥!"

'이십 년……'

당우가 태어나기도 전이다. 아주 오래전부터 만정에 들어와 터를 잡고 살았다. 이십 년이라는 세월을 빛 한 줌 들지 않는 암흑 속에서 살아왔다.

아무리 임무라지만 견디기 힘들 게다.

그녀들은 무엇 때문에 이곳에 있는 것일까? 마인들을 죽이는 것도 아니고, 감시하는 것도 아니고, 통제하는 것도 아니고, 마인들의 세계에는 발도 들여놓지 않으면서 왜 이곳에 머물고 있는 것인가. 도대체 어떤 임무인가.

그녀들의 임무에 귀영단애는 간여하지 않는다. 그러므로 귀영단애는 생각하지 않아도 좋다.

살인 청부 집단은 일거리를 맡는다. 그래서 흔히 살수라고 부르는 무인들은 조직체의 명령을 좇는다. 우두머리가 누구를 죽이라고 하면 죽이고, 납치해 오라고 하면 납치해 온다.

살수는 자신이 무엇 때문에 그런 일을 하는지 모른다. 누가 어떤 목적에서 시킨 일인지 모른다. 일을 하다 보면 짐작 가는 바가 있지만 직접 명을 받은 것은 아니다.

살수에게는 그가 몸담은 조직체가 직접적으로 간여한다.

은가는 다른 방식으로 운영된다.

은가는 사람을 판다. 손님이 은자를 제시하면 그에 합당한 무인을 내놓는다.

그 순간부로 은가와 은가 무인의 관계는 끝난다.

물론 완전히 끝나는 것은 아니다. 일정 기한 동안, 일을 맡고 있는 동안에만 완전한 남남이 된다. 일이 끝나면 다시 은가로 돌아가서 아무런 일도 없었던 듯 태평스럽게 무공 수련을 한다.

밖에 나가서 무엇을 했는지 일절 묻지 않는다. 잠시 외출했다가 돌아온 것이 고작이다.

그러므로 은가 무인과 은가는 일에 관해서는 완전히 남남이다.

귀영단애는 손님에게 돈을 받고 홍염쌍화를 내줬다.

기한은 이십 년 이상이다. 홍염쌍화가 이십 년이라는 세월을 만정에서 묵묵히 버티고 있다. 그런 것으로 보면 억지로 가둬놓고 있는 건 아니다.

 누군지 모르지만 그 손님은 상당한 은자를 내놨을 게다.

 홍염쌍화가 아무것도 하지 않고 만정에서 무료하게 세월을 보내는 대가로 일개 성을 살 만큼의 은자를 내놓는다?

 무언가가 있다. 홍염쌍화는 아무것도 하지 않은 것이 아니라 무엇인가를 하고 있다.

 그리고 그 손님이 새로운 명령을 내렸다.

 당우를 죽여라!

 치검령은 당우를 죽이기 위해서 만정까지 뛰어들었다. 그리고 추포조두는 천검가의 류명을 잡기 위해서 지상 최악의 감옥이라는 만정으로 들어섰다.

 그 여파는 아직도 남아 있다. 묵혈도가 거의 폐인이 되어서 목숨만 부지하고 있다.

 그들은 그만한 희생을 각오하면서까지 만정에 왔다.

 이것이 은가 사람들의 행동 방식이다.

 당우를 죽이라는 명령이 떨어졌다. 비밀스럽기로는 은가제일이라는 귀영단애의 무인에게 척살 명령이 하달되었다.

 그들이 어떻게 행동할까 하는 점은 생각할 필요도 없다.

 인간적인 고뇌, 망설임, 갈등 같은 것은 모두 임무를 능가하지 못한다. 손님의 명령은 모든 것에 앞서서 최우선이다.

 이제부터 홍염쌍화는 귀영단애의 명예를 걸고 당우를 죽이고자 할 것이다.

원한이나 복수심에서 죽이고자 할 때는 그래도 희망이 있다. 만정같이 협소한 공간에서 서로 어울리다 보면 마음이 통하는 경우도 생긴다. 동병상련(同病相憐)이라고 할까?

하지만 은가 무인들처럼 사문의 명예를 생각하면서 검을 들면 정말 피곤해진다. 이런 살수 앞에서는 인정도, 의리도, 정의도 뒷전으로 밀린다.

'힘들게 됐군.'

그들이 심란한 표정을 짓고 있을 때 당우가 태연스럽게 말했다.

"와! 그럼 이곳에서만 이십 년 넘게 있었다면…… 그런데 왜 저렇게 젊어요?"

第三十四章
자웅(雌雄)

自由
自在

1

아무도 홍염쌍화를 막을 수 없다.

치검령은 족히 한 달은 정양해야 할 정도로 내상이 깊다. 사구작서도 싸움다운 싸움 한번 제대로 해보지 못하고 끙끙 앓아눕는 신세가 되었다.

홍염쌍화의 손속은 아주 매웠다.

그들이 앓아눕자 마인들이 동요하기 시작했다.

편마 한 사람만으로는 그들을 막기가 역부족이다.

그렇다. 여기서는 편마와 사구작서가 아니다. 무림에서는 감히 비교도 하지 못할 만큼 현격한 차이가 나지만, 만정에서는 어둠에 익숙해진 무공 다섯 개일 뿐이다.

그중에 네 개가 앓아누웠다.

당연히 마인들이 들썩이지 않을 리 없다.

그렇다고 당장 어떻게 하는 것은 아니다. 아직은 위험 부담이 크다. 편마 곁에는 치검령도 있고 추포조두도 있다.

마인들은 평범하지 않다. 그들도 은가 무인들이 어떤 사람들이라는 것 정도는 안다. 마인들 중 일부는 은가 무인들과 직접 부딪쳐 본 적도 있다.

그들은 차분하게 기다린다. 결코 눈길을 떼지 않고 뚫어지게 주시하면서 기다린다.

만정에서 상처를 입었다는 건 죽음을 의미한다.

하루를 살든 이틀을 살든, 운이 좋으면 한 달 이상을 살겠지만 결국 그 상처 때문에 죽는다.

만정에는 약이 없다. 치료할 그 무엇도 없다. 양식도 없다. 사람 살을 뜯어먹어야 근력을 유지할 수 있는데, 아픈 자에게는 그것조차도 주지 않는다.

사구작서가 뛰어나지만 죽을 날이 얼마 남지 않았다.

그래도 혹여 성급한 자들이 먼저 일을 일으킬 수도 있다. 그럴 경우에 대비해서 막아서는 사람이 있어야 한다.

그 몫이 추포조두에게 떨어졌다.

추포조두가 일반 무가의 무인이었다면 상당히 난감했을 게다. 그가 비록 내공을 지녔다지만 완벽한 어둠 속에서는 오 할이상이 깎이게 된다.

그는 만정 마인들을 당할 수 없다.

하나 그는 적성비가의 무인이다. 어둠에 익숙해 있고, 어둠을 제대로 쓸 줄 아는 몇 안 되는 무인 중 한 명이다.

사구작서에게는 형편없이 당했지만, 그들보다 훨씬 처지는 마인들의 급습 정도는 막아낼 수 있다.

그의 어깨에 많은 사람의 안위가 달려 있다.

"히히히! 요놈들, 밖에서는 한 줌 거리도 안 되는 것들이……. 휴우! 누굴 탓하나."

편마가 자조하듯 중얼거렸다.

누가 어디서 무엇을 하든지 상관하는 사람이 없다.

무엇을 하든지 위험한 일을 하면 좋다. 그러다가 아프게 되면 더 좋고, 죽는 일이라도 벌어지면 더욱 좋다.

어디를 가든 결코 길을 알려주지 않는다. 무엇을 하든 상관하지 않는다. 도움을 줄 생각도 하지 않고, 받을 생각도 하지 않는다. 같이 낄낄거리며 웃다가도 급살이라도 당하면 제일 먼저 달려들어서 살을 물어뜯는다.

당우는 홍염쌍화가 기거하는 동굴을 향해 걸었다.

아무도 그를 말리지 않았다. 오히려 편히 가도록 길을 내주었다.

모두들 당우를 우습게 보았던 때가 있다. 바로 엊그제까지만 해도 사구작서나 편마의 보살핌이 없었다면 당장 뜯어먹었을 것이라고 생각했다.

하나 홍염쌍화와 싸우는 모습을 본 후에는 생각이 달라졌다.

당우는 이제 누구의 보살핌을 받지 않고도 제 몸 하나는 지킬 수 있는 위치에 올라섰다. 아니, 그가 죽이려고 하면 누구든 죽을 수밖에 없는 처지가 되었다.

언제든 잡아먹을 수 있는 놈이 아니다. 눈치를 살펴야 하는 분으로 변했다.

그가 겁없이 단신으로 홍염쌍화에게 간다.

싸우다 죽으면 좋다. 부상만 입어도 좋다. 곁에 없는 것만 해도 좋다. 적어도 암습을 당할 염려는 없으니까.

당우는 마인들을 지나쳐서 푸른빛이 일렁거리는 곳까지 걸어갔다.

만정에 작은 동혈이 뚫려 있다.

푸른빛은 그곳에서 흘러나온다. 동혈의 모습을 희미하게 비쳐 주는 모습이 신비하기까지 하다.

입구가 환히 보이는 곳에 자리를 잡고 앉았다.

당분간 그 누구도 홍염쌍화를 막을 수 없다. 그렇다면 제일선에서 막아줄 사람은 자신뿐이다.

'신경질 좀 날걸?'

머릿속에 그린 그림을 천천히 복원시킨다.

편마는 삼 초의 편공을 그려냈다. 힘이 없는 헝겊 채찍으로 강력한 위력을 뿜어냈다.

낯선 무공, 새로운 무공이다.

그 편공이 사십사편혈인지 녹엽만수인지 알지 못하지만 새로운 무공을 봤으니 머릿속에 각인시킨다.

'이건 내공이 아주 강해야겠어.'

삼 초 편공을 알게 되자 고개가 절로 흔들어졌다.

이것은 편마의 전부가 아닐 것이다. 편마가 알고 있는 편공 중에서 가장 약한 것, 아니면 가장 펼치기 쉬운 것이리라.

그런데도 엄두가 나지 않는다.

자신이 헝겊으로 만든 채찍을 들고 삼 초 편공을 펼치면 절반도 나아가지 못하고 뚝 떨어질 것 같다. 초식을 끝까지 전개한다고 해도 사람을 다치게 할 정도의 위력은 나오지 않을 게다.

여든 근 도끼를 휘두르는 것과 같은 정도의 힘이 필요하다.

당우는 고개만 살래살래 저은 채 삼 초 편공을 머릿속에 저장시켰다.

지금 당장은 펼칠 수 없더라도 언젠가는 큰 도움이 될 것이다. 반드시 그렇게 되도록 만들 것이다.

당장 급한 무공은 따로 있다.

일촌비도!

쉑!

연습 삼아서 손짓을 해봤다.

바람은 일어나는데 큰 위력은 없다. 어린아이가 돌팔매질하는 정도의 위력밖에 실리지 않는다.

일촌비도의 정수와는 거리가 멀다.

내공, 내공이 없기 때문이다. 내공이 안으로 잠긴 탓이다.

그 덕분에 무기지신을 얻었지만, 또 그 덕분에 무공을 자유자재로 펼칠 수 없게 되었다.

당우에게 남은 것은 오직 하나 무기지신뿐이다.

그러나 무기지신만으로는 홍염쌍화를 상대할 수 없다. 어떻게든 일촌비도를 시전해 내야 한다.

스웃!

손에 비수를 쥐었다고 생각한다. 그리고 번개같이 떨쳐 낸다.

손끝에 바람이 스친다. 손끝에 힘이 집중된다.

'틀렸어.'

아직도 멀었다. 손끝에서 치미는 감각만 가지고도 일촌비도의 위력이 가늠된다.

내공 없이 던지는 일촌비도는 한낱 돌팔매에 불과하다.

스웃! 스웃! 스웃……!

그는 동혈을 뚫어지게 쳐다보면서 손만 연신 떨쳐 냈다.

출렁!

동혈에서 푸른빛이 일렁거린다.

'움직인다!'

당우는 즉시 허리춤에서 석비를 꺼내 들었다.

사구작서의 말을 빌리면, 자신에게 석비를 맞은 여인은 어화영이다.

사실 그녀들은 자매라고만 알려졌지 누가 언니고 누가 동생인지는 알려진 바가 없다.

어화영은 사내처럼 괄괄하다. 행동이 즉흥적이고 파격적이다. 술도 좋아하고 도박도 꽤 잘하는 편이라고 한다. 거기에 얼굴 예쁘고, 몸매 좋고, 자유분방하고, 뒤끝없고, 그야말로 사내들이 딱 좋아하는 유형의 여자다.

반면에 어해연은 조용하다. 유순하다. 시서금화(詩書琴畵)는 장인 수준이라는 말도 있다. 술은 입에도 대지 못하고 도박은 어떻게 생겼는지도 모른다.

자매라고 하기에는 너무나 상반된 기질이다.

누가 언니이고 누가 동생인가?

그런 것은 알 필요가 없다. 단지 모두들 궁금해하기에 생각이 떠올랐을 뿐이다.

당우는 동혈 앞으로 바짝 다가섰다.

빛무리가 움직인다. 푸른빛이 점점 강렬해진다. 분명히 안에서 밖으로 걸어나오고 있다.

이 정도의 빛이면 고수들 눈에는 태양이나 진배없다.

당우는 몸을 숨겼다. 동혈 바로 앞에 있는, 동혈로 올 때부터 눈여겨봤던 바위 뒤에서 푸른빛을 주시했다.

저벅! 저벅!

발걸음 소리도 들린다.

홍염쌍화는 아직까지도 경계라는 걸 하지 않는다. 감히 그녀들을 누가 공격할까 하는 마음이 있는 탓이겠지만, 싸움이 끝난 직후라서 더 방심하는지도 모른다.

저벅!

동혈 입구로 두 여인이 모습을 드러냈다.

야광주는 어해연이 쥐고 있다. 허리에 붕대를 감은 어화영이 바짝 뒤를 쫓는다.

두 여인은 경계를 하지 않는 게 아니다. 당우의 무기지신을 알아봤기 때문에 철저히 경계를 선다. 두 여인이 서로가 서로의 주위를 살펴준다.

'될까? 에라, 모르겠다. 하나, 둘, 셋!'

당우는 마음속으로 셋을 세자마자 손에 들고 있던 석비를 냅다 던졌다.

일촌비도!

거리가 일 장이 떨어져 있든 십 장이 떨어져 있든 상관없다. 코앞에서 비수를 던진 것처럼 빠르게 날아가 꽂힌다. 방비할 틈조차 주지 않는다.

쉑!

석비는 강렬한 소리를 냈다.

"호홋!"

어화영이 그럴 줄 알았다는 듯 웃었다. 그리고 손을 들어서 당우 스스로 번개가 무색할 만큼 빠르게 던졌다는 석비를 장난처럼 떨어뜨렸다.

텅!

어화영의 손짓에 가로막힌 석비가 힘을 잃고 툭 떨어졌다.

역시 내공이 실리지 않은 일촌비도는 제대로 된 위력을 선

보이지 못한다.

"어디 있는지 알아. 나와."

"……."

"안 나와! 이 쥐새끼 같은……."

쒜엑!

어화영이 둥실 떠오르는가 싶더니 쾌속하게 덮쳐 왔다.

바위 뒤에는 아무도 없었다. 방금 전까지만 해도 당우가 있었지만, 지금은 흔적조차 남기지 않고 사라졌다.

"아주 약은 놈인데."

어해연이 웃으면서 말했다.

"놈은 우릴 겨누지 않고 이 야광주를 노렸어. 빛이 없으면 해볼 만하다는 생각인가 봐."

"호호호!"

"웃을 일이 아냐. 사실이 그러니까. 저 바위 뒤는 빛이 닿지 않는 곳이야. 우린 놈이 사라지는 걸 몰랐어. 절정 신법을 지닌 것도 아닌데 놓쳤다고."

"역시 무기지신이야. 그렇지?"

어화영은 분노하지 않았다. 당우를 잡지 못했으면서도 창피해하지 않았다. 그러기는커녕 오히려 당우를 인정했다. 현실을 제대로 보는 눈이야말로 은가 무인들이 지녀야 할 정안(正眼)이다.

"확실해."

"근데 뭐야? 도망가기에도 바쁜 놈이 웬 선제공격?"

"멀리 가지 말고 여기서 끝장내자는 거지. 호호호! 편마가 의외로 심각한 모양이군."

"호호호! 그럼 놈은 편마를 보호하기 위해서라도 멀리 가지 못하겠네? 지금도 이 근처 어디에 숨어 있을 것이고. 쥐새끼처럼 말이야. 당우, 들었어? 쥐새끼라고 한 말. 들었으면 아무 거나 던져 봐. 주위에 있는 걸 확인해야겠어."

기척은 일어나지 않았다. 공격도 없었다. 조용한 침묵이 동혈 주위를 에워쌌다.

"네가 움직이지 않으면…… 우린 편마에게 가는 수밖에."

어화영이 발을 한 발짝 뗐다. 그 순간,

쒜엑!

이번에는 작은 돌 한 개가 날아왔다.

역시 푸른빛이 닿지 않는 바위 뒤다. 그리고 노리는 것은 여전히 야광주다.

타악!

어화영이 작은 돌멩이를 쳐냈다.

"조금 빨라졌어."

어해연이 돌의 속도를 보고 말했다.

"일부러 작은 돌멩이를 썼다는 거야?"

"석비는 무거우니까."

"놈에게 그런 머리까지 있을까?"

"편마가 제자로 거둬들인 놈이야."

"빌어먹을! 투골조에 편마의 제자에…… 정말로 이놈은 죽여도 단단히 죽여야 할 놈인가 보네. 죽었다는 걸 두세 번은 확인해야 할 놈인가 봐."

쒜에엑!

어화영은 말이 끝나기가 무섭게 기습적으로 주위를 맴돌았다.

돌멩이를 던진 곳은 뒤지지 않았다. 놈은 벌써 몸을 빼냈을 게다. 돌멩이를 던지는 그 순간이 아니면 낚아챌 수 없는데, 놈의 기척을 감지하지 못하니 돌멩이가 날아온 후에야 감지하게 된다. 한데 그동안이면 당우는 이미 몸을 빼낸 후이다.

어화영은 당우의 발걸음을 계산했다.

이제 열서넛? 열대여섯? 그 정도의 아이가 재빨리 달릴 수 있는 거리가 어느 정도일까?

좌에서 우로, 또 우에서 좌로 모두 계산한다. 뒤로 빠지는 것도 염두에 둬야 한다. 야광주의 푸른빛을 피하기 위해서는 좌우로 움직이는 것보다는 일단 뒤로 빠지는 게 나을 수도 있다.

뒤로 빠졌다가 기회를 봐서 다시 슬그머니 앞으로 나온다.

그럴 가능성이 제일 높다.

쒜엑! 쒜에엑!

그녀는 솔개가 되어서 앞뒤, 좌우를 모두 뒤졌다. 조금이라도 의심이 드는 구석을 보면 발길질 한 번이라도 했다.

당우는 없었다.

"제길! 또 헛걸음인가?"

쒜엑!

그 말이 끝나기가 무섭게 엄지손가락만 한 돌멩이가 날아왔다.

타악!

이번에는 어해연이 직접 쳐냈다.

돌멩이는 힘이 빠졌다. 그녀가 쳐내지 않아도, 야광주에 맞아도 어찌할 힘이 깃들어 있지 않다.

큰 돌은 무거워서 일촌비도를 전개하지 못하고, 작은 돌멩이는 반대로 너무 가벼워서 힘을 싣지 못한다.

당우의 무공은 형편없다. 돌멩이조차 제대로 던지지 못하는 것으로 보면 체계적인 무공 수련과는 거리가 멀다. 거지처럼 아무거나 막 주워 먹은 티가 여실히 난다.

그런데 이런 아이를 잡지 못한다.

"이놈이 해보자는 거네?"

"그래, 해보자는 거야. 편마에게 가지 말고 여기서 잡아보라는 소리야. 호호호! 이거 정말 잡지 못하면 홍염쌍화라는 이름에 먹칠하는 건가?"

어해연은 말을 끝내자마자 이번에는 어화영만 들을 수 있을 정도로 작게 말했다.

"귀식대법(龜息大法)."

"뭣!"

어화영도 개미 기어가는 음성으로 되물었다.

"놈은 무기지신이니 몸을 숨길 필요가 없어. 가만히 있기만 하면 돼. 대신 숨만 죽이는 거야. 귀식대법처럼. 그러면 네가 뒤지고 다녀도 찾지 못해. 어둠 속에서는."

"그럼 아까……."

"네가 뒤진 곳 중에 놈이 있었을 거야."

"이거 어린놈이 뭐 이렇게 대가리를 잘 굴려?"

"판살(板殺)."

"알았어!"

어화영이 의미심장하게 웃었다.

쒜엑!

돌이 날아온다. 이번에는 엄지손가락 두 개 정도 되는 크기다. 첫 번째와 두 번째보다는 작고 세 번째보다는 크다. 그러니 속도도 나고 위력도 어느 정도는 깃들어 있다.

"확실히 진화하고 있군."

어화영이 몸을 날리며 말했다.

쒜엑! 쒜에엑!

어해연도 어화영의 뒤를 쫓아서 신형을 쏘아냈다.

앞으로 치달리던 어화영이 느닷없이 뒤로 돌아섰다. 그러자 뒤쫓던 어해연과 부딪칠 상황이 전개되었다.

두 사람은 부딪치지 않았다. 이런 점을 예측이라도 하고 있었던 듯, 서로 몸이 맞붙을 정도로 가까운 거리에서 태연하게 멈췄다.

쒜엑! 쒜에엑!

홍염쌍화가 다시 움직인다. 이번에는 두 여인이 서로 뒤로 돌아서서 왔던 길을 더듬어간다. 서로가 반대방향으로 등을 돌리고 뒤져 나간다.

쒜에에엑!

다시 돌아온다. 그리고 먼저처럼 아주 가까운 거리에서 마주 보며 멈춘다.

두 여인은 같은 일을 무려 네 번이나 반복했다.

당우는 없었다. 그러나 두 여인의 표정은 어둡지 않았다. 아니, 이제 아주 재미있게 되었다는 듯 웃음기마저 띠었다.

두 여인은 공간을 반으로 갈랐다.

방금 전까지만 해도 만정 전체가 당우의 세상이었지만 이제는 반으로 갈라졌다.

당우는 이쪽 아니면 저쪽에 있다.

이것이 판살이다. 공간을 반으로 갈라서 운신의 폭을 줄인다. 그다음은 또 반으로 가른다. 반으로, 반으로, 반으로, 그렇게 계속 갈라 나가다 보면 마침내 숨을 곳이 없게 된다.

어화영이 소리쳤다.

"꼬마야, 또 할래?"

"……"

"안 해? 그럼 편마에게 갈까?"

쉑!

방금 전보다 약간 더 큰 돌멩이가 날아왔다.

이번에는 제법 위력이 세다. 야광주에 맞으면 흠집 정도는 날 것 같다.

흠집? 아니다. 야광주는 유리로 된 것이 아니다. 금강석(金剛石)에 버금갈 정도로 단단하다. 그러니 어지간한 힘으로는 흠집조차 내지 못한다.

당우가 돌을 던져서 야광주를 깬다?

생각은 가상하지만 어림도 없다. 당우가 앞으로 십 년 이상 고련해도, 그래서 제법 무인다운 틀을 갖춰도 그런 일은 결코 벌어지지 않는다.

그럼에도 불구하고 어해연이 야광주를 보호하는 것은 당우에게 희망을 주기 위해서다.

당우가 보기에는 야광주가 깨질 수 있어야 한다. 그래야 계속해서 돌을 던진다. 지금처럼 이 돌, 저 돌 크기와 모양을 바꿔가면서 부지런히 던져야 한다.

무기지신을 잡으려면 놈이 움직이도록 만들어야 한다. 그렇지 않고 숨기만 하면 결코 잡을 수 없다.

탁!

어해연은 돌멩이를 떨어뜨렸다. 그리고 그 순간, 두 여인은 이미 공간을 반으로 가르고 있었다.

2

"판살……."

치검령이 신음하듯 말했다.

"이런 경우에 판살은…… 당연하지."

추포조두도 어느새 옆에 와 있었다.

그가 치검령 옆에 앉으며 말했다.

"무기지신 대 판살이라……. 이번에는 쉽지 않을 것 같은데, 그쪽 생각은 어때?"

"판살 승."

"후후후!"

두 사람은 같은 생각을 했다.

판살은 은가 무인들이 즐겨 쓰는 척살 방법 중 하나다. 은신술에 뛰어난 자를 잡아내는 데는 이만한 방법도 없다.

공간이 광활하지 않고 한정되어 있다면 더 좋다. 하지만 넓게 트인 초원이라고 해서 다를 바 없다.

매처럼 날카로운 눈으로 사면에 무형의 벽을 세운다. 그리고 그 안에서 잘게 쪼개 나간다.

쥐새끼는 탈출을 기도한다.

무형의 벽을 뚫고 나간다.

그러면 걸려든 것이다. 그렇게 해서 형체가 드러나면, 그때부터는 판살을 시도할 이유가 없다. 일점에 두 눈을 고정시키고 끝까지 쫓는다. 은신술을 펼쳐서 감쪽같이 숨어도 죽음을 피할 수는 없다. 형체를 드러낸 채 은신술을 펼치는 것은 아주 큰 모험이다. 독수리가 두 눈을 부릅뜨고 지켜보는 상황에서 보자기를 뒤집어쓰고 땅 위에 드러눕는 것과 같다.

판살을 시도하면 백 중 백 잡아낸다.

두 사람은 결과를 빤히 예측하면서도 끼어들지 못했다. 홍염쌍화의 적수가 안 될 뿐만 아니라 이 일을 누가 일으켰나? 당우가 만들지 않았나. 결자해지(結者解之)다. 당우가 일을 저질렀으니 스스로 정리해야 한다.

일면 냉정하게 보이기도 한다.

당우는 마인들을 위해서 두 여인을 가로막아 섰다. 실제로 어화영이 편마를 들먹일 때마다 어김없이 돌멩이를 날려서 현재의 위치를 알려준다.

적에게, 그것도 더할 나위 없이 강한 적에게 일부러 자신을 노출시키고 있다.

마인들을 위해서 자신을 희생하고 있다고 생각할 수 있다.

누가 그러래?

그렇다. 마인들도 그렇고 은가 무인들도 그렇고, 당우의 행동에 고마워하는 사람은 아무도 없다. 당우가 괜히 오지랖 넓게 혼자 나선 것뿐이다.

자기 앞가림만 하면 되는 거다.

마인들은 그렇게 살아왔다. 은가 무인들도 그렇게 산다. 자신과 상관없는 일에는 절대 눈길을 주지 않는다. 그것이 자신을 위해서 한 일이라도 마찬가지다. 도움을 받으면 좋긴 하지만, 그 대가로 무엇을 치를 생각은 없다.

고맙다는 말 몇 마디? 그 정도는 해줄 수 있다. 얼마든지 해준다. 말하는 데 돈이 드는 것도 아닌데 무슨 말인들 못해줄까. 말로 하는 것이라면 오히려 이쪽에서 꼬드길 수도 있다. 감언이설(甘言利說)이라는 말이 괜히 나온 게 아니다.

추포조두가 말했다.

"저놈… 일촌비도를 쓰는 것 같은데…… 주인 입장에서 보면 어떤가?"

"돌팔매질."

"내공이 없으니 그럴 수밖에. 그래도 형식은 일촌비도 아닌가?"

"후후후! 일촌비도만 보이고 십자표는 보이지 않나 보군."

"보고 있네. 십자표……. 딱 한 번 쓴 기억밖에 없는데, 그걸 머릿속에 담아두었다니."

두 사람은 조용히 말을 주고받으며 푸른빛 야광주를 주시했다.

당우가 얼마나 견뎌낼까?

마인을 사부로 둔 사람은 참 괴롭다.

사마외도에게 제자는 한낱 도구로 전락하는 경우가 왕왕 생긴다.

무공을 가르치면서 정을 쏟는 듯하다가도 정작 위험이 다가오면 방패막이로 돌려세운다.

자신이 죽을 자리에 제자를 보내는 경우도 다반사다.

그렇기에 마인의 제자가 되면 낮이고 밤이고 사부의 심중을 잘 살펴야 한다. 그래서 막상 위해가 생길 것 같으면 요령껏 알아서 빠져나가야 한다.

사마외도에게서 진정(眞情)을 기대하는 것은 하늘의 별 따기다.

편마, 마인 중의 마인이다.

그녀의 독심은 하늘도 치를 떤다. 대표적으로 지금도 충실히 수발을 드는 사구작서를 예로 들 수 있다. 그들은 편마를 위해 목숨도 아까워하지 않지만, 편마는 그들을 쳐다보지도 않는다.

죽을 자리가 생기면 기꺼이 밀어 넣는다. 죽음을 뚫고 나와도 수고했다는 말 한마디 하지 않는다.

속마음은 어떨까? 속마음도 겉모습처럼 차디찰까?

거의 그렇다. 마인들의 세계에서는 힘의 논리가 모든 법이나 인정 위에 군림한다. 수하가 되었든 제자가 되었든 힘이 있으면 이용되는 것이고, 마음에 들지 않으면 제거된다.

뼛속까지 마(魔)에 물든 사람은 만정 같은 지옥의 구렁텅이 속에서도 화합하지 못한다.

당우는 그런 사부의 마음을 읽었다.

읽고 싶어서 읽은 것이 아니다. 전체가 되어서 사부와 한 몸, 한마음이 되다 보니 사부의 냉심(冷心)을 엿보게 되었다.

자신이 홍염쌍화를 가로막든 말든 사부는 상관하지 않는다.

정말 그럴까? 아니다. 지금은 달라졌다. 처음 같았으면 두말할 필요도 없겠지만, 전체가 되어 생각의 교류가 일어난 지금은 안위를 염려한다.

다른 마인들은 이런 지경을 이해하지 못한다.

마인들은 피를 나눈 부모형제도 쉽게 죽인다. 살을 섞은 아내도 가차없이 죽인다. 자신이 낳은 자식도 거치적거린다 싶으면 나무 베어내듯 잘라 버린다.

마인들은 오직 자신만 생각한다.

자신 외에 타인을 생각하고 염려한다면 마(魔) 속에 정(情)이 싹튼 것이다.

그런 자는 일찍 죽는다.

오직 자신만 생각하고 자신을 위해서만 살아가야 한다. 그래야 오래 버티고, 질기게 살아남는다. 세상의 이목을 아랑곳하지 않고 자기 멋대로 살아가기로 작심했다면 자신 본위로 살아가야 한다.

그렇기에 마인은 제자를 염려하는 사부의 마음조차도 지니고 있지 않다.

자신의 철학을 후대에 남긴다?

마인들은 그런 개념도 없다. 오히려 뛰어난 무공일수록 감춘다. 자신만 쓰다가 죽기를 바란다. 누가 자신이 만든 것을 가지고 위명을 떨치는 꼴은 보지 못한다.

처음에는 편마도 그랬다.

그녀는 녹엽만수는 감추고 사십사편혈만 전수하려고 했다.

전체를 수용할 줄 아는 놈만 제자로 받아들이겠다고 생각했다. 그런 놈만이 절기를 제대로 이어받을 수 있다고 판단했다. 그러면서도 막상 자신은 모든 것을 줄 준비가 되어 있지 않았다.

당우의 전체적인 수용은 편마의 마음까지 녹였다.

이것은 편마 자신도 생각하지 못했던 부분이다. 전체가 되어서 자신의 모든 것을 흡수한다는 것이 어떤 상태인지 그녀 자신도 실제 상황은 예측하지 못했다.

전체는 무리(武理) 중에 하나다. '이렇게 하면 이럴 수 있겠다' 하는 가설 중에 하나다. 단순한 가설이 아니라 실행 가능성이 농후한, 그러나 아주 어려운 무리다.

사부의 전부를 받아들일 준비가 되어 있는 자.

한 오라기 의심조차도 지워 버리고 완전한 신뢰 속에서 머물고 잠드는 자.

다른 마인들처럼 자신에게 해가 될지 득이 될지를 먼저 따져 보는 것이 아니라 사부의 말이라면 팥으로 메주를 쑨다고 해도 믿고 따르는 자.

전체는 머리가 좋다고 될 수 있는 게 아니다. 머릿속에 든 게 많은 사람일수록 되기 어렵다. 배운 게 많으면 사부의 말과 자신의 배움을 서로 견주게 된다. 그래서 어긋나는 부분이 있으면 왜 그런가 하고 고민한다.

이것이 의심이 아니고 무엇인가.

바보도 전체가 될 수 없다.

바보는 전체가 되고자 하는 마음이 없다. 사부와 하나가 된다는 것이 무슨 의미인지를 모른다. 머릿속이 텅 비어 있어서 의심을 품지는 못하지만, 더 나아가려는 의지도 없다.

바보도 아니면서 배운 것이 없는 자, 사람에 대한 신뢰가 전폭적인 자, 그러면서도 무골(武骨)이어야 한다.

이런 제자는 천 명에 하나, 만 명에 하나도 고르기 힘들다.

군계일학(群鷄一鶴)이라는 말로도 전부 설명되지 않는다.

전체는 그녀 자신도 이뤄보지 못했다. 그렇기 때문에 전체가 되면 어떤 일이 벌어진다는 것을 알지 못했다. 경험해 보지 못한 부분이기 때문이다.

당우가 전체가 되었을 때, 편마는 사십사편혈 대신 녹엽만수를 전수하기로 생각을 고쳤다.

당우가 자신을 격동시켜서 홍염쌍화와 싸우게 했는데도 살기가 생기지 않는다. 당우가 일촌비도를 거론할 때는 치검령보다 한발 앞서서 입장 정리를 해주기도 했다.

그녀의 마음에 정이 깃들었다.

마두 중의 마두가 정에 이끌린다.

그런 마음은 당우에게도 전달된다. 가만히 있어도 몸과 마음으로 느낀다.

사제지연을 맺지 않았다고 해서 사부가 아닌 건 아니다. 사부의 마음을 느끼기에 사부인 것이다. 전체가 되어서 사부를 전폭적으로 신뢰하기 때문에 당장 이 자리에서 죽을 수도 있다.

사부는 무공을 가르쳐 주지 않는다.

만정에서 아무것도 하지 않고 반년이란 세월을 보냈다. 그동안 사부가 일러준 것은 뼈를 유연하게 만드는 해공이 전부다.

해공, 해공, 해공…….

초식이나 내공심법은 일절 일러주지 않는다.

투골조에 대한 언급도 없다. 당우가 여타의 무공을 수련하지만 거기에 대해서도 언급하지 않는다.

사부는 오직 해공만 말한다.

그 말을 신뢰한다. 처음에는 조급한 심정에서 여타의 무공을 수련했다. 하지만 전체가 심화될수록 해공 이외의 것은 수련할 필요가 없다는 생각이 든다.

사부가 어련히 알아서 지도해 주지 않겠나.

그렇게 믿고 따랐던 결과가 지금 나타난다.

번신(翻身)!

당우는 오로지 번신만으로 홍염쌍화를 비켜낸다.

쉐엑!

갈고리보다 단단해 보이는 오지(五指)가 가슴을 쓸어온다.

당우는 허리를 뒤로 툭 꺾었다. 허리가 뒤에서부터 꺾여 버린 듯 상반신이 무너졌다.

오지는 허공을 쓸었다.

그 순간, 당우는 허리를 꺾은 채 두 발을 움직였다. 게가 기어가듯이 옆걸음질을 쳤다.

"어딜!"

쐐엑!

허공을 찢는 파공음이 두 다리를 잘라온다.

푸른빛에 휘감겨서 자세히 볼 수는 없지만 파공음으로 미루어보면 검이나 도 같다.

홍염쌍화는 병기도 가지고 있다.

그때 편마가 죽기 살기로 싸웠다면 틀림없이 전멸했을 것이다.

다행히도 홍염쌍화가 편마를 높이 평가하는 바람에 위험한 고비를 넘겼다.

'검!'

생각이 병기에 미치는 순간, 그의 두 무릎이 주저앉듯이 굽혀졌다. 상반신은 여전히 절반가량이 꺾인 상태였다.

피웅!

쇠붙이가 허벅지를 쓸고 지나간다.

"괴물 같은 자식!"

어화영인지 어해연인지, 누가 말했는지 모르겠는데 괴물 운운하는 소리가 귓가에 들릴 무렵, 그는 뇌려타곤(雷驢駝滾)을 전개하고 있었다.

데구루루……!

"또!"

"이 쥐새끼 같은 놈!"

"휴우! 오늘은 이쯤 하자."

"아냐, 이 새끼를 꼭 잡아 죽여야겠어."

"어디 안 가. 가면 편마가 죽을 테니까."

"희한해. 개 잡종 놈이 사부는 끔찍이 생각한단 말이야."

"어느 정도 자신도 있는 거고."

"뭐? 방금 뭐라고 했어, 계집아!"

"판살로 놈을 확보한 게 세 번이야, 세 번! 한 번도 아니고 세 번!"

으득!

어화영이 이를 갈았다.

판살은 한 번으로 족하다. 한 번이면 된다. 숨어 있는 놈의 형체만 잡아내면 반드시 죽일 수 있다. 무공 고수도 아니다. 무공을 배웠다고 말할 수도 없는 풋내기다. 그런 놈을 야광주 아래 두었다면 이야기는 끝난 것이나 마찬가지다.

한데 번번이 놈을 놓친다.

놈은 뼈가 없는 문어다. 오징어, 낙지다. 완벽하다 싶은 공격도 예상치 못한 번신으로 피해낸다. 아니, 도저히 불가능한 모습으로 흘려버린다.

어해연이 말했다.

"들어가. 놈은 어디 갈 수 없어. 호호호! 오늘 끝내나 내일 끝내나 마찬가지 아냐?"

"알았어, 계집아!"

어화영이 퉁명스럽게 말하며 먼저 성큼성큼 동혈 안으로 걸어 들어갔다.

"휴우!"

자신도 모르게 큰 한숨이 새어 나온다.

전신이 땀으로 범벅이다. 아예 물웅덩이에 풍덩 뛰어들어 갔다가 나온 것 같다.

신법도 모르고 초식도 모르고, 아는 것이라고는 자신을 숨길 수 있다는 무기지신뿐인데, 그것으로 홍염쌍화와 상대할 수 있다고는 생각지 않았다.

적어도 팔다리 중 한두 개는 부러질 줄 알았다.

최소한으로 생각했을 때 그렇다는 말이다. 직통으로 걸리면 두말할 것도 없이 죽는다. 자신을 죽이라는 밀명까지 떨어진 마당이니 손속에 사정을 담을 리 없다.

사실이 그랬다. 홍염쌍화는 사정을 두지 않았다. 전력을 다해서 검까지 떨쳐 냈다.

그들의 검을 피하게 해준 일등공신은 당연히 무기지신이다.

감각에 의존하지 못하고 오로지 시력에만 의지해서 뻗어내는 검초는 본연의 위력을 떨쳐 내지 못한다.

이런 걸 알고 있었던 것은 아니다. 홍염쌍화와 부딪치면서 하나둘 자신도 모르게 깨우쳤다.

두 번째 공신은 단연 해공이다.

극통을 수반하는 연공이 이토록 놀라운 효과를 보일 줄은 미처 몰랐다.

그는 자신의 팔다리가 어떻게 꺾이는지 몰랐다. 어느 정도나 휘어지는지 확인한 적도 없다. 편마가 일러준 대로 구결을 운용하면 전신이 찢어질 듯이 아파왔다.

극통! 극통! 극통!

차라리 이대로 죽어버렸으면 하는 생각을 절로 들게 만드는 지옥의 아픔.

그런 고통을 겪고 나면 팔다리가 달렸는지 떨어졌는지도 의식하지 못한다. 그저 사지를 쭉 뻗고 누워서 한숨 잤으면 좋겠다는 생각밖에 들지 않는다.

너무 아프고 나면 졸리다.

아픔이 고비를 넘어온 자는 반드시 잔다.

한숨 자고 일어나서 정신을 수습해 보면 또 해공을 수련할 시간이 되었다.

그런 과정을 수도 없이 반복했다.

이제는 어느 정도 극통에 익숙해졌지만, 익숙? 고통에 익숙하다는 말은 없다. 고통은 절대로 익숙해지지 않는다. 바늘로 찌르면 그만큼 아프고, 가시로 찌르면 또 그만큼 아프다. 칼에 찔려서 누워 있다고 가시로 푹푹 찔러댈 수 있는 건 아니다.

해공을 수련만 했지 결과를 확인한 적은 없다.

한데 그 효과가 이번 싸움에서 나타났다. 자신이 원하는 대로 팔, 다리, 허리, 온몸이 비비 틀린다.

이것은 확실히 기적이다.

사람 몸이 이토록 유연해질 수 있다고는 믿지 않았다. 해공을 수련하면서도 자신이 이런 몸으로 변할 것이라고는 생각하지 않았다. 사부가 할 수 있다고 하니 전적으로 믿지만, 그래도 마음 한구석에는 할 수 없다는 불안감이 싹텄다.

모든 게 기우(奇遇)다.

'해냈어.'

당우는 홍염쌍화를 견뎌냈다는 사실보다도 자신이 해공을 풀어냈다는 사실이 더 기뻤다.

그에게는 경근속생술이 있다. 초향교로 발라진 구각교피도 있다. 웬만한 도검에는 상처받지 않는 철갑 육신이다.

산음초의는 육신을 제대로 활용할 수 있도록 장단점을 세세하게 말해주었다.

사실 가진 게 아무것도 없으면서 대범하게 홍염쌍화와 부딪친 것도 경근속생술과 구각교피에 의지한 바가 크다.

한두 대 맞아서는 죽지 않아.

이러한 사실들이 그에게 날개를 달아주었다.

'하루 종일 뛰느라고 상처가 덧났을 거야. 그러니 오늘은 나서지 못하겠지?'

싸움 중에 어화영의 옆구리에서 피가 흐르는 것을 봤다.

신법을 과도하게 전개한 탓에 지혈시킨 지 얼마 되지 않은 상처가 다시 터져 버렸다.

크게 신경 쓸 문제는 아니라고 해도 하루 정도 휴식을 취할 필요는 있으리라.

당우는 바위에 등을 기대고 앉아서 구결을 떠올렸다.

―일류두발(一縷頭發) 절성박편(切成薄片), 박편착일개굴륭(薄片鑿一個窟窿) 전신새진료(全身塞進了)…….

'한 올의 머리카락을 박편으로 쪼갠다. 다시 박편에 구멍을 뚫어 전신을 밀어 넣는다.'

"큭! 훗!"

자신도 모르게 콧바람, 헛바람이 새어 나왔다.

단지 구결만 떠올렸을 뿐이다. 단전 진기를 이용할 수 없기 때문에 의념(意念)으로 경맥만 쳐다본다. 그런데도 생각이 일어나자마자 기다렸다는 듯이 극통이 밀려온다.

―습골두(啃骨頭) 골분타제(骨粉打制)…….

'뼈를 물어뜯어 골분을 만들고…….'

"하악! 하아악!"

자신도 모르게 입을 쩍 벌렸다. 그리고 어떻게 새어 나오는지도 모를 숨을 쏟아냈다.

고통 속에 육신이 사라진다. 너무 아파서 육신이 마비된다. 아픈 육신을 내버려 두고 넋만이라도 빠져나오고 싶다.

예전 같으면 '미친 짓'이라는 생각이 들었을 게다.

사부의 말을 믿지만, 그래서 아픔을 참아가며 수련하지만, 마음 깊은 곳에서 치솟는 악마의 유혹은 어쩌지 못했다.

지금은 다르다. '미친 짓'이라는 생각이 고개를 쳐들려고 하자, '방금 전에 봤잖아' 하는 생각이 먼저 치솟는다.
부정은 없다. 긍정만 있다.
'참아!'
"끄으으으윽!"
뱃속에서부터 쥐어짜 내는 신음이 어둠 한구석을 흔들었다.

第三十五章
진검(眞劍)

1

저벅! 저벅! 저벅……!

천곡서원을 향하는 세 무인의 발걸음은 무척 무거웠다.

발걸음을 내디딜 때마다 땅이 푹푹 파였다. 전신에 어린 강기(剛氣) 때문에 마주 오던 사람들이 황급히 몸을 피했다.

그들을 유생이 기다렸다.

길가에 두 손 모아 시립한 자세로 머리까지 수그린 채 수하가 상관을 맞이하듯 기다렸다.

저벅! 저벅!

삼 인이 유생 앞을 지나쳤다.

"잠깐만, 향암 선생님의……."

유생이 세 사람을 가로막으며 차분히 말을 이어갈 때,

스륵! 쒜엑! 철컥!

어느새 뽑힌 검이 유생의 머리를 잘라 버렸다.

몸에서 분리된 머리가 허공에 둥실 떠오르는가 싶더니 길가 숲 속으로 떨어졌다.

잘린 목에서는 피가 분수처럼 솟구쳤다.

유생은 털썩 무릎을 꿇었다. 그리고 곧 이어서 남은 몸마저 뉘였다.

"대화를 하기에는 너무 멀리 오지 않았나."

주준강이 피 묻은 검을 검집에 꽂으며 말했다.

그 후에도 유생들의 자진(自盡) 행렬은 계속 이어졌다.

"향암 선생님의 말씀을……."

쒜엑! 철컥!

"크윽!"

비명이라도 터뜨린 사람은 그나마 낫다. 거의 대부분이 비명조차 지르지 못한 채 나가떨어졌다.

십 장에 한 명!

세 사람이 천곡서원 정문 앞에 도달할 때까지 목숨을 잃은 유생은 십여 명이 넘었다.

"끝없이 오는군."

두가환이 미간을 찌푸리며 말했다.

"목적이 있을 거야. 괜히 죽는 놈은 없으니까."

강준룡이 천곡서원 현판을 쳐다보며 말했다.

"우린 그런 것 몰라도 돼. 목적? 있으면 있으라고 해. 목적이 뭐든…… 오늘 천곡서원은 중원에서 사라진다. 향암 선생도 내일을 보지 못한다."

주준강이 검을 꺼내 들었다.

쒜엑!

일 검에 현판이 두 조각으로 갈라져 떨어졌다.

"향암을 죽이는 데 앞을 막는 놈은 모두 죽인다. 지금 우리가 생각할 건 이것뿐이야."

"살기가 너무 짙어."

두가환이 고개를 절레절레 흔들며 말했다.

"네가 너무 옅은 거야."

주준강은 웃지도 않았다. 살기가 풀풀 날리는 냉막한 얼굴로 차갑게 말했다.

"휴우! 천검가로 돌아가긴 틀렸군."

"돌아갈 생각을 했나?"

"천검사봉이 천검사마(天劍四魔)로 둔갑하는 거 아냐?"

"천검삼마만 되어야지. 류정 그놈은 빼줘야 되잖아. 그놈은…… 천검가를 이어받을 놈이니까."

"후후후!"

강준룡이 웃었다. 그리고 조금 뜸을 들이다가 천천히, 그러나 단호하게 말했다.

"정이가 천검가를 물려받는다……. 후후후! 내 생각에는 틀린 것 같은데? 후후! 가주께서 이번 일을 정이에게 맡긴 건…

가주가 정말 향암을 몰랐을까? 그렇다면 가주께서 무능한 게 아닐까? 알고 있었으면서도 정이에게 이번 일을 맡겼다면…… 후후후!"

모두들 신색이 어두워졌다.

이번 일은 무척 난해하다.

취운궁의 절학이 튀어나오는가 하면 도마, 검마의 절학까지 쏟아진다. 검련가에 귀의(歸依) 신청을 했다가 탈락한 쾌검가의 절학도 출현했다.

무엇보다도 향암을 죽여야 한다.

지금 생각으로는 향암을 죽이는 것도 쉽지는 않아 보이지만 그건 중요한 문제가 아니다. 향암을 죽이려고 한다는 사실 그 자체가 중요하다.

무림 공적은 선비를 죽이는 데서 시작된다.

천검사봉이라는 이름으로 같이 어울렸던 네 명 중 세 명이 사마(邪魔)로 전락한다면 류정의 입지는 어떻게 될까? 향암을 죽이라고 명령을 내린 사람이 류정으로 밝혀진다면…….

굉장히 어려워졌다.

가주가 향암의 존재를 몰랐을 리 없다. 그렇다면 알고 시켰다는 것인데, 일이 이렇게 진행될 것을 짐작했다는 뜻인데, 이는 류정을 희생양으로 제단에 올린 게다.

"쯧! 향암을 죽이러 왔는데…… 우리 목숨도 위태로운 건가? 후후후! 어떤 놈한테 죽게 될지 궁금하군. 안 그래?"

두가환이 피식 웃었다.

사람들이 수군거렸다.

"세상에! 선생님 말씀을 전한다는데 목을 쳐버리는 거야?"

"평생 글만 읽은 서생을 저리 죽일 수 있나!"

"에잇! 천인공노할 놈들! 얼마 전에 백곡에서 일어난 투골조 사건도 저놈들이 한 짓 아냐? 제 놈들이 해놓고는 나중에 발각되니까 발뺌한 것 같은데?"

"그건 확실히 수상해. 모종의 흑막이 있는 것 같지?"

"천검가 막내아들 류명이란다, 투골조를 수련한 놈이."

"당우라며?"

"생각해 봐라. 그 칠푼이 같은 놈이 어디서 투골조를 배워? 안 그래? 죽어라고 농사일만 하던 순둥이가 어린애들을 백 명이나 납치해서 죽인다고? 그 말을 믿으라고? 에라이, 여드레 삶은 호박에 송곳 안 들어갈 소리를 해라."

"그럼 류명이 수련한 거 맞나?"

"맞겠지. 그런 일은 원래 제일 먼저 퍼진 소문이 대부분 맞잖아. 그걸 당우에게 덮어씌운 거지."

"죽일 놈들!"

"쉿! 듣는다. 현판 쪼갠 것 봐. 아예 천곡서원을 말살시킬 생각인 것 같은데…… 저래 놓고 또 뭐라고 할까?"

"자기들이 안 그랬다고 그러겠지, 뭐."

"그런 말은 안 통할걸? 상대가 천곡서원이잖아. 천하에 명성이 자자한 향암 선생이라고."

"어휴! 이걸 어째! 향암 선생님이 꼼짝없이 횡액을 당하게 생겼구만. 에구! 에구!"

사람들은 발만 동동 굴렀다.

세 사람은 서원 안으로 들어섰다.

그때부터 상황은 전혀 달라졌다. 묵묵히 죽음을 맞이하던 유생들은 온데간데없이 사라졌다. 대신 최절정의 기도를 발산하는 유생들이 나타났다.

"호오! 무공을 숨기고 있었던가? 천곡서원이?"

주준강이 유생들을 쳐다보며 씩 웃었다. 아니, 그중에서도 특히 강인한 인상을 풍기는 한 명의 청년을 주시했다.

나이는 스물일곱, 여덟? 스물 초반은 넘은 것 같고, 서른은 안 되어 보인다.

사내는 흰색 유삼(儒衫)을 입고 있다. 머리에는 유건(儒巾)을 썼다. 하지만 허리에는 고색이 창연한 보검이 매어져 있다.

청년은 주준강이 자신을 쳐다보자 옅은 웃음을 흘리며 말했다.

"죽으러 멀리도 왔군."

주준강은 어이없어서 피식 웃었다.

"네놈은 누구냐? 길을 가로막았을 때는 자신부터 소개하는 게 예의 아닌가."

유생이 말을 받았다.

"우리 사이에 논할 예의 같은 건 없는 것 같고…… 향암 선생님을 죽이고자 왔다며?"

"그전에 너희부터 요절내고."

"하하하! 재미있는 말이군."

"재미… 별로 없을 거야. 향암을 죽이러 가는 길에…… 길목을 막아선 자들 모두 죽인다고 했거든. 조금 전에 다짐한 건데, 마침 네놈들이 막아서는군. 그러니 죽여줄 수밖에."

주준강의 눈에서 불이 튀었다.

유생은 태연했다.

"천검귀차는 몰살했고, 천검가의 무인은 논두렁에 목이 꺾여 죽었고…… 후후후! 천검사봉은 어떤 식으로 죽여야 할까? 잘 죽었다는 소문이 나야 할 텐데 말이야."

'천검귀차가 몰살?'

세 사람은 서로를 쳐다봤다.

귀주의 시신을 운반하던 그들마저 죽었는가. 지금쯤은 천검가에 도착해서 귀주의 시신을 내놓고 있을 사람들인데, 죽은 원혼이 되었는가.

이놈들은 누군가!

강준룡이 말했다.

"마시검법을 봤다. 그들이 취운궁에서 나온 무인이라면 교두 급에 해당하겠지."

"하하하!"

"도마의 혈선사도도 구경했다. 제일 먼저 구경한 것은 조마의 투골조였나? 네놈들의 정체가 뭐냐?"

"하하하! 정체라……. 여기 올 때 한 말이 있지 않은가. 대화를 나누기에는 너무 멀리 왔다. 그 말을 하면서 애꿎은 서생들을 가차없이 벤 것 같은데?"

"맞다. 그랬지."

강준룡의 음성이 미미하게 떨렸다.

주준강이 분명히 그런 말을 했다. 한데 그가 그런 말을 할 때, 주위에는 자신들밖에 없었다. 유생들은 물론이고 구경꾼 한 명 없었다. 텅 빈 관도 위에서 조용히 일어난 살인이다.

그런 말을 이곳에서 듣는다.

다시 말해서 주위에 누군가가 있었다는 뜻이다. 그리고 자신들은 그 누군가를 찾아내지 못했다. 옆에 누가 있는데도 까마득히 모르고 할 말 못할 말 가리지 않고 마구 중얼거렸다.

기분이 썩 좋지 않다.

유생이 말했다.

"대화는 그만하지. 말 그대로 대화를 나누기에는 너무 멀리 오지 않았나. 열세 명의 목숨을 날렸으면 마지막 손짓치고는 짭짤했을 것, 죽어도 여한은 없겠지."

유생이 손을 번쩍 들었다.

유생 삼십여 명이 그들을 에워쌌다.

"얼마든지!"

창!

두가환이 검을 뽑았다.

주준강은 이미 뽑은 상태고, 강준룡이 제일 마지막으로 뽑아 들었다.

싸움을 피할 수 없다. 세 사람은 향암 선생을 죽여야 하고, 이들은 그런 자신들을 막아야 한다.

아니, 향암 선생은 미끼다. 천검귀차를 몰살시키고, 천검가 무인을 죽여서 논두렁에 내다 버린 것처럼 천검삼봉을 죽여서 천하에 널리 알리는 것이 목적이다.

선자불래(善者不來), 내자불선(來者不善).

선한 자는 오지 않고, 찾아온 자는 선하지 않다.

이들이 자신들의 앞을 가로막았을 때는 천유비비검 삼 검쯤은 감당할 자신이 있다는 뜻이다. 자신들의 무공을 낱낱이 파악했다고 봐도 좋다.

그러나 무공이란 안다고 상대할 수 있는 게 아니다.

"한꺼번에 덤벼야 할 거야. 헛되게 죽지 않으려면."

주준강이 검을 쳐들며 말했다.

"하하하!"

유생이 맑고 낭랑한 웃음을 터뜨렸다.

그것이 신호였던가? 그들을 둥글게 에워싼 삼십여 명의 유생이 일제히 검을 뽑았다.

창!

삼십여 자루의 검이 마치 한 자루처럼 일사불란하게 뽑힌다. 그리고 움직인다.

스으윳! 스윳!

유생은 삼 인에게 달려들지 않았다. 서로가 서로의 등만 쳐다보면서 둥근 원을 그리며 맴돌았다.

그러나 원진(圓陣)은 위력적이다. 유생들이 검을 옆으로 뉘인 채 돌고 있다는 사실만으로도 쉽게 달려들 수 없다.

촤르르륵! 촤르르륵! 촤르르륵!

삼십여 개의 회전 검날이 목숨을 요구한다.

검은 두 개의 원을 그린다. 하나는 유생들이 돌고 있는 큰 원을 따라서 돈다. 신법이 펼쳐지는 대형에 맞춰서 검도 빙글빙글 돈다. 그것이 일차적인 원운동이다.

두 번째 원운동은 검 자체에서 일어난다.

검은 검날을 검병(劍柄)에 살짝 꽂아놓기만 한 듯 자체적으로 빙글빙글 돌았다.

"배피(扒皮)⋯⋯ 진(陣)?"

강준룡이 원형진의 실체를 파악해 냈다.

배피진은 반항 자체를 못하게 만든다. 빙글빙글 돌아가는 검날은 막강한 파괴력을 지닌다. 철추(鐵鎚)나 철퇴(鐵槌) 같은 중병(重兵)도 부딪칠 엄두를 내지 못한다.

부딪치면 검 한 자루 정도는 깨뜨릴 수 있다. 하나 곧이어 달려드는 다른 검들이 육신을 난자한다.

허공으로 뜰 수도 없고, 땅으로 꺼지지도 못한다.

하나 배피진이 무적은 아니다. 상당히 강력한 진이면서도 널리 쓰이지 않는 것은 파해법(破解法)이 너무도 간단하기 때문이다.

암기(暗器)! 궁술(弓術)!

배피진의 가장 큰 단점은 상대를 격살하기 위해서는 검권(劍圈) 안으로 바싹 다가서야 한다는 점이다.

검이란 상대를 베지 않으면 병기로서의 가치가 없다. 그리고 상대를 베려면 검이 벨 수 있는 거리까지 다가서야 한다.

일족일도(一足一刀)의 거리까지 접근해야 한다.

한 걸음만 나아가면 상대를 죽일 수 있고, 한 걸음만 물러서면 방어를 할 수 있는 거리로 들어서야 한다.

그전에는 천하의 배피진도 공격 기능을 상실한다.

검이 회전하는가? 큰 원을 그리면서 쾌속하게 도는가?

일족일도의 거리로 들어서지 않는 한 그것은 아름다운 율동일 뿐이다.

그전에 암기나 궁술로 친다. 독술을 쓰면 더 좋다. 그러면 형편없이 무너진다.

강호의 삼류 잡배도 무너뜨릴 수 있다.

불행히도 삼 인은 잡배가 아니다. 그들은 절정의 검공을 가지고 있다. 그래서 암기 같은 것은 사용할 생각 자체를 하지 않는다. 오직 검으로 승부하고 결판낸다.

그렇기에 삼 인에게는 배피진이 강력한 진으로 둔갑한다.

차르륵! 차르륵!

검날이 요란한 소리를 내며 회전했다.

"후후후! 준비를 많이 했군."

주준강이 검을 어깨 높이로 들어 올리며 말했다.

"하하하! 손님 대접을 게을리하면 안 되니까. 그건 그렇고… 맛도 안 보고 다짜고짜 천유비비검으로 가는 건가?"

"천유비비검을 안다고 생각하나?"

"모를 수가 없는 입장이라면… 설명이 될까?"

"모를 수가 없는 입장이라……. 후후후! 천검가 내부에 간자가 있다는 뜻으로 들리는데?"

"깊게 생각하지 마. 어차피 곧 죽을 몸인데……. 생각이 많으면 괜히 저승길 가는 데 어깨만 무거워져."

천검가 내부에 간자가 있다!

그것도 천유비비검의 정수에 접근할 수 있는 자다. 천유비비검의 장점뿐만이 아니라 파훼법까지 자세하게 파악하고 있는 자다.

그럴 만한 자는 몇 명 되지 않는다. 그럴 위치에 있는 자라면 가주의 전각에 모였던 열두 명 중 한 명이다. 그중에 귀주가 절명했다. 그럼 이제 열한 명이 남는다.

자신들 세 명도 제외해야 한다.

그럼 나머지 여덟 명 중에 한 명이 간자다.

누가 천검가를 몰락시키려고 하는가. 또 정면승부를 걸어와도 전혀 손색없는 이 막강한 집단은 무엇인가. 무엇 때문에 천검가를 건드리는가.

유생이 검병을 잡고 있다.

엄지로 지그시 누르고 검지와 중지로 살며시 뒷받침한다.

이런 파지법(把指法)은 금시초문이다. 강호에 대한 경륜이 깊다고는 하지 못해도 남 못지않다고는 말할 수 있는데 처음 보는 파지법이다.

검을 뽑으면 순식간에 사오 초가 전개될 게다.

쾌검(快劍)이 아니라 속검(速劍)이다.

빠름만 구사하는 게 아니라 변화까지 가미시킨다. 거기에 힘까지 깃들어 있다.

좋은 검사(劍士)다.

이런 자를 전면에 내세울 정도라면 결코 이름없는 문파는 아니다. 잘 알려진 문파, 이름만 들으면 고개를 끄덕일 정도로 소문난 문파여야 한다.

그런데 어느 문파 사람들인지 짐작도 못하겠다. 유생이 어떤 무공을 쓰는지 가늠이 되지 않는다.

한 가지 분명한 사실은, 천검가를 노리는 자들은 결코 천검가에 못지않다는 것이다.

최소한 같은 힘을 지닌 문파가 한쪽은 태양 아래 발가벗겨져 있고, 다른 한쪽은 음지에 숨어 있다. 한쪽은 검을 저만치 밀쳐 놓고 양광을 즐기는데, 다른 한쪽은 서슬 퍼런 검을 쥐고 호기를 노린다.

천검가가 위험하다. 아주 위험하다.

"후후후! 천유비비검을 모르려야 모를 수 없는 위치라고 했던가? 후후! 잘 들어라. 천유비비검은 구결의 무학이 아니다. 구결을 안다고 해서, 파훼법을 전해 들었다고 해서 그것이 전부라고는 생각하지 마라. 지금부터 천유비비검의 진수를 똑똑히 보여줄 터. 두 눈 크게 뜨고 잘 보거라."

"애들아, 손님께서 발악을 하실 모양이다. 단단히 준비하도록."

촤르르르륵!

맹렬하게 돌아가는 검날 소리가 대답을 대신했다.

2

천유비비검을 이상하게 해석하는 사람들이 많다.

가주로부터 검법 사용을 승인받은 열 명의 제자 중에도 '저 사람이 정말 천유비비검의 정수를 깨달았을까?' 하고 의심 가는 사형제가 있다.

'천유비비검' 하면 대부분 천유(天遊)라는 말에 중점을 둔다.

천상에서 노니는 검이다. 하면 어떻게 해야 천상에 오를 수 있으며, 어떻게 해야 구름 속에서 놀게 되는가. 검을 어떻게 써야 그 정도의 아름다움을 나타낼 수 있을까?

천만에! 이런 식의 해석은 크게 잘못되었다.

천유비비검(天遊悱悱劍)의 진수는 천유에 있지 않고 비비(悱悱)에 있다.

표현하지 못할 비(悱)가 두 번이나 연속된다.

사람들은 이 말을 그저 감탄 정도로 받아들이지만 아니다. 틀렸다. 비비에 정수가 있다. 천유에 신경 쓸 필요가 없다. 비비에 몰입하면 천유는 자연히 생성된다.

천유비비검에는 형식상 다섯 개의 정공과 다섯 개의 반공이 뒤섞여 있다.

가주는 열 개의 공법(功法)을 능숙하게 사용하면 검법 사용을 승인한다.

그래서 천검가에는 천유비비검을 쓸 수 있는 자가 열두 명이다.

이번에도 '천만에!' 다.

춤을 추는 자는 사념(思念)을 떠올리지 못한다. 생각이란 것이 있을 수 없다. 춤을 추는 동안에는 손발을 어떻게 놀려야 한다는 생각이 없다. 그저 춤을 출 뿐이다. 이것이 진정한 춤꾼이다.

천유비비검을 쓰기 전에는 항상 이러한 과정을 거친다.

춤을 춘다. 검무를 춘다. 상대를 현혹시키기 위해서라고? 아니다. 자신을 몰아(沒我)의 경지로 밀어 넣기 위해서다.

단순하게 진기가 경맥을 순환한다는 개념을 뛰어넘어야 한다. 진기가 힘이 아니라 생명력이라는 사실을 깨달아야 한다. 육신을 버리고 생명력을 취할 때, 진기는 살아 있는 신(神)이 된다.

신성(神聖)을 어찌 말로 표현할 수 있을까? 이것이 비비다.

비비가 이루어지면 천유는 자연스럽게 일어난다. 신성이 깃든 육신과 그렇지 않은 육신이 같을 리 없다. 걸음걸이 하나, 손짓 하나도 다르다.

진기가 신성으로 승화할 때, 손에 잡은 검은 신검(神劍)이 된다. 신성이 펼치는 무공은 신무(神武)가 된다.

신이 하늘에서 노니는 것은 당연하다. 가장 기본적인 것이다.

천검가에서는 이런 점을 설명하지 않는다. 가주가 아들에게, 제자에게 말하지 않는다. 또 깨달은 사형이 사제에게 설명해 주지 않는다. 굳게 침묵한다.

비비의 실체를 머릿속으로 아는 자는 영원히 신무의 세계로 들어가지 못한다.

신무는 몰아에서 나온다. 한데 머릿속에 하나의 경지를 설정해 놓으면 그것이 곧 기준이 된다. 몰아로 들어가는 상태에서도 기준이 따라붙는다.

진기에 조그만 변화가 일어난다. 몰아는 변화 자체를 잊는다. 하지만 기준을 설정해 놓으면 신무가 일어난 것으로 착각한다. 그리고 그 상태에 깊이 빠져든다.

신무와는 전혀 다른 길, 주화입마(走火入魔)로 빠진다.

그러나 단 한 번이라도, 아주 조금이라도, 문지방에 발을 살짝 올려놓은 정도라도 몰아의 세계, 신무의 경지를 맛보면 영원히 잊지 못한다.

춤을 추면 단번에 그 세계로 들어선다.

이미 알고 있는 길이기에 당황하지 않는다. 이미 들어서 본 길이기에 능숙하게 들어선다.

다섯 개의 정공과 다섯 개의 반공?

이것 역시 상대를 공격하기 위한 것이 아니다. 상대를 죽이기 위한 초식이 아니다.

세상에는 반드시 정반(正反)이 존재한다.

정에 반대하여 반이 생기고, 또 반의 영향으로 새로운 정이 생긴다. 그러면 또 새롭게 나타난 정에 반대하는 반이 생긴다.

정반의 탄생은 끝이 없다.

천유비비검은 각기 다섯 개에서 끝난다.

그것이면 충분하다. 더 많을 필요가 없다. 정이라고 해서 최선이 아니고, 반이라고 해서 전부가 아니라는 사실을 인식하는 데는 다섯 개 정도로도 충분하다.

그 이상으로 많은 실증이 필요하다면 천유비비검을 손댈 자격이 없다. 열두 개, 열네 개…… 계속해서 정반을 만들어낸다면 그 역시 천유비비검을 쓸 사람이 아니다.

가주가 판단하는 근거는 이것이다.

열 개의 정반에 몰입하는 자.

그런 자라면 몰아의 비비를 깨우치지는 못했어도 언젠가는 신무를 경험할 것이라고 봤다.

천검가에는 두 종류의 무인이 있다. 초식의 세계에 연연하는 자가 있고, 신무를 깨달은 자가 있다.

천검가에 이런 구분이 있다는 것은 무림도 알지 못한다. 천검가의 수많은 식솔도 알지 못한다. 오직 신무를 경험한 몇몇 무인만이 안다.

주준강, 두가환, 강준룡……. 이들은 동배(同輩)라서 같이 어울린 것이 아니다. 천유비비검 사용을 승인받았다고 해서 천검사봉이 된 것도 아니다.

이들은 빛을 봤다.

촤륵! 촤륵! 촤라락! 촤륵!

세 명의 검사가 서로 등을 맞대고 춤을 춘다. 바깥쪽에서는 검날들이 맹렬하게 회전하고 있는데, 금방이라도 살을 찢고 뼈를 부술 것 같은데 아랑곳하지 않고 춤을 춘다.

파앗! 파라락!

검광이 출렁거린다. 검명(劍鳴)이 구슬프게 터진다.

"헛!"

한쪽에서 여유있게 팔짱을 끼고 구경하던 유생이 깜짝 놀라 헛바람을 내질렀다.

세 명이 펼치는 검무는 들었던 것과 별반 다르지 않다.

천유비비검의 기수식(起手式)이 특이하다는 것은 이미 무림에 정평이 난 터이다. 그런 정도는 천검가 내부 사람에게 전해 들을 필요도 없다.

그는 세 검사가 어떤 식으로 검무를 추는지 들었다.

들었던 그대로다. 크게 다르지 않다.

주준강이 추는 춤, 두가환이 추는 춤, 강준룡이 추는 춤, 춤의 형태는 각기 다르다. 정반 십공(十功) 중에서 춤사위로 선택한 공부가 각기 다르기 때문이다.

세 사람의 춤은 조화롭지 못하다. 개성이 너무 강해서 섞이지 않는다. 별개의 춤들이 보기 사납게 뒤엉킨 것 같다. 하나씩 떼어놓고 보면 멋있는데, 한데 어울리니 머리가 지끈거린다.

유생은 춤을 보지 않았다.

춤의 형태는 들은 그대로인데, 뿜어져 나오는 기운이 다르다.

그는 진실한 천유비비검을 구경한 적이 있다. 교두와 귀주가 싸우는 모습을 봤다.

솔직히 말하면 매우 실망했다.

귀주는 교두와 동귀어진했다. 천검십검과 대등한 위치에 있다는 귀주가 겨우 교두 정도 되는 무인과 목숨을 같이했다.

이 정도의 검공으로 무슨 검련십가인가. 천유비비검은 검련십가에 있을 만한 검공이 아니다.

그런데 세 사람의 검무는 다르다.

뭐가 다르다고 딱 잘라서 말할 수는 없다. 하지만 분명히 무엇인가 다르다.

'시간을 주면 안 돼!'

본능적으로 든 생각이다.

검무를 끝까지 추게 하면 안 된다. 왜 그런 생각이 들었는지 모르겠다. 천유비비검에 대해서 전해 들을 때도 검무에 대한 언급은 전혀 없었다.

실전은 사느냐 죽느냐 하는 결전의 기운이 뒤덮인다. 이런 마당에 춤이나 추고 있으니 천유다. 죽음의 기운을 쏘아내도 묵묵히 흔들리지 않고 춤을 추니 천유비비다.

유생이 파악하고 있는 천유비비검은 이게 전부다.

또 지금까지는 그랬다. 귀주의 천유비비검을 직접 목도한 터라서 더욱 확신이 선다.

그러면 이 불길함은 뭔가.

"쳐! 공격해!"

그는 자신도 모르게 빽 소리쳤다.

쒜엑! 쒜에엑!

쩍 벌린 입을 콱 다물어 버리듯 크게 회전하던 원이 세 사람을 가운데 두고 확 좁혀졌다.

가가가가각!

검날들이 맹렬하게 회전한다.

이대로 진행된다면 세 사람의 육신은 걸레조각처럼 찢어지고 만다. 그 순간,

쒜에에엑!

주준강이 장난이라도 치는 듯 검을 헐겁게 잡고 휘둘렀다. 맹렬하게 회전하는 톱니 속에 수수깡을 들이밀었다.

속도도 빠르지 않다. 진기가 강하게 실린 것도 아니다.

장난, 장난이다.

가가각! 가가각!

회전 검날들이 부서져 나갔다. 회전하는 검들이 거대한 철벽에 부딪친 듯, 유리조각이 바위에 던져진 듯 산산이 부서져 나갔다. 깨어진 검편이 사방으로 튕겨 나갔다.

쒜엑!

그 틈을 비집고 두가환이 검을 쳐냈다.

그는 웃는다. 어린아이처럼 티없이 맑게 웃는다. 손에 든 검으로는 형식도 없이 작대기처럼 휘둘러댄다. 그런데,

퍽! 퍼퍽! 퍽……!

눈 깜짝할 사이에 유생들이 피 떡이 되어 나가떨어졌다.

머리가 갈라지고, 팔이 잘리고, 허리가 베어지고, 아비규환의 참상이 회오리쳤다.

"아악!"

"끄윽!"

오히려 비명은 뒤늦은 감이 있다.

피가 솟구치고, 살아 있던 사람들이 시신이 되어 나뒹굴고 난 다음에 임자 잃은 울림이 텅 빈 허공을 쓸고 갔다.

배피진이 깨졌다.

많은 사람들에게 다양한 방법으로 깨진 진법이지만, 정면으로 부딪쳐서 깨진 적은 없다.

이번에는 정면에서 깨졌다.

무공 대 무공, 힘 대 힘으로 부딪쳐서 산산조각났다.

"음……."

유생은 신음했다.

이것이 천유비비검인가! 다르다. 들었던 것과는 완전히 다르다.

귀주는 천검귀차라는 희대의 조직을 이끌었다. 그는 훌륭하

다. 뛰어나다. 그가 사용한 천유비비검은 정통적인 것이다. 초식도 완벽했고, 진기도 강성했다. 그러나 뭔가 부족했다.

삼 인이 사용한 천유비비검은 뭐라고 설명할 길이 없다. 비비, 정말로 비비다.

더군다나 강준룡은 검도 쓰지 않았다. 그는 여전히 검무를 추고 있다. 이미 한 번 검을 쓴 주준강과 두가환도 언제 무슨 일이 있었냐는 듯 태연하게 검무를 춘다.

저들에게는 피바다가 보이지 않는다. 죽은 사람들이 보이지 않는다. 세상의 아비규환과는 전혀 상관없이 구름 속에서 홀로 떠도는 유령들이다.

"천유…… 비비……."

유생은 자신도 모르게 천유비비를 중얼거렸다.

그때, 강준룡이 검을 쳐냈다.

쒜에엑! 가가각! 가가가가각!

검들이 갉힌다. 끊어진다. 부러진다. 깨진다.

쒸잇! 쉐액! 쉬잇!

주준강과 두가환이 양 날개가 되어서 날아오른다.

퍼퍼퍼퍼퍽!

한 명 한 명 베어 넘기는 것이 아니다. 잘 익은 벼를 낫으로 베어내듯이 싹 쓸어버린다. 장난처럼 내지르는 검에 살아서 펄떡이던 목숨들이 떨어져 나간다.

"훗!"

유생은 숨을 깊이 들이켰다.

천유비비검을 잘못 봤다. 잘못 알았다. 자신이 잘못 안 것이 아니다. 자신에게 천유비비검을 말해준 그놈, 그놈이 잘못 알았다. 진짜는 설명하지 않고 초식 나부랭이만 열거했다.

놈이 왜 그랬을까?

놈이 일부러 잘못 말할 리는 없다. 골탕 좀 먹이려고 목숨을 내거는 놈은 없다. 그런데 잘못 말했다. 천유비비검을 잘 안다는 놈이 실은 모른다. 놈이 아는 것은 껍데기다.

스릉!

유생은 검을 뽑았다.

이런 검 앞에서 어떤 무공을 써야 할까?

그는 자신이 알고 있는 무공들을 떠올려 봤지만 마땅히 쓸 만한 무공이 생각나지 않았다.

천유비비검은 신력이 깃들어 있다. 회전하는 검날 십여 개를 단숨에 부러뜨릴 정도로 강력하다.

자신은 그럴 수 있을까? 없다. 그러면 그에 필적할 만한 무공은 있는가? 힘으로 안 된다면 속도나 변화 같은 것으로 잡을 수 있는데, 그런 것도 없나? 없다.

쉬잇!

고색창연한 검을 허공에 그어봤다.

검이 일으키는 바람 소리는 여전히 좋다. 기분을 상쾌하게 만들어준다.

"잡으러 왔다가 잡히고 마는군. 하하하! 재미있게 놀 줄 알았는데 너무 빨리 끝나 버리는 게 조금 아쉽군."

쉑! 쉑!

검이 바람을 일으켰다.

생각했던 대로 그의 검은 속검이다. 보기에는 아주 가볍다. 하지만 질서를 찾아서 움직일 때, 정확한 계산에 검선이 일어날 때 상대하기가 무척 까다로운 검으로 변한다.

그는 세 검사를 쳐다보고는 어깨를 으쓱거렸다.

그는 묻는다. 누구부터 상대할까?

"후후후!"

주준강이 피 묻은 검을 축 늘어뜨리고 한 걸음 앞으로 나섰다.

"가장 호전적이라더니."

"천검가에 대해서 꽤 많은 말을 들었나 보군."

"말했지 않나. 모를 수 없는 입장이라고."

"껍데기만 아는 건 아는 게 아니지."

"그러게. 그 말을 좀 더 일찍 들었으면 이놈들이 이렇게 죽지는 않았을 텐데."

유생이 죽은 유생들을 훑어봤다.

"진작 말했지. 귀담아듣지 않았을 뿐."

주준강이 검을 들어 올렸다. 그리고 덩실덩실 춤을 추기 시작했다.

'막아야 해!'

유생은 본능적으로 춤사위를 막아야 한다고 생각했다. 한데 막을 길이 없다. 주준강의 몸놀림에서는 한 치의 빈틈도 찾아볼 수 없다. 그리고 승화(昇華)한다.

이건 직감이지만 아마도 맞을 것이다.

춤을 출 때마다 진기가 전신을 휘돈다. 일주천, 이주천, 삼주천……. 동공(動功)이다! 춤을 추면서 운기를 한다. 진기를 더욱 높은 단계로 끌어올린다.

주준강은 곧 형체가 없는 무체(無體) 상태가 되었다.

그는 있다. 분명히 존재한다. 두 눈에 똑바로 보인다. 하지만 검을 들어서 치려고 하면 칠 곳이 없다. 공격하고자 마음을 먹는 순간, 그의 모습이 사라져 버린다.

'천유…… 비비…….'

사람들이 왜 천유비비검을 두려워하는지 이제야 알 것 같다. 천검가의 하찮은 무공이 어떻게 해서 검련십가의 무공으로 자리매김했는지 짐작된다.

천유비비검은 절학이다. 당대 최고의 검공이다.

스읏!

유생이 검을 들어 올렸다.

칠 곳이 없다. 공격할 곳이 없다. 그래도 공격은 해야 한다. 아무것도 보이지 않을 때는 팔방풍우(八方風雨)로 휩쓸어 버리는 것이 최고다. 칠 곳이 없을 때는 힘으로 뭉개 버리는 것이 최선이다. 그때,

쐐에에에엑!

하늘이 새카맣게 변하더니 철편(鐵片)이 무수히 떨어져 내렸다.

"웃!"

유생은 앞으로 나가려다 말고 뒤로 물러섰다.

철편을 안다. 철편에는 미세한 가시가 빼곡하게 박혀 있다. 그리고 가시마다 부시독(腐屍毒)이 묻어 있다. 살에 닿는 즉시 중독되며, 열 걸음을 옮기지 못하고 즉사한다.

"가십쇼!"

허공에서 우렁찬 소리가 들려왔다.

"이 미친!"

"가십쇼!"

놈의 임무는 감시다. 때로는 심복이 되어서 어떤 궂은일이라도 묵묵히 수행한다. 하지만 지금처럼 절체절명의 위기가 몰아치면 숨죽이고 지켜보기만 한다.

죽을 사람은 죽고, 살 사람은 산다.

그것만 살피면 되는 것이다. 자신이 보고 들은 것만 보고하면 되는 것이다.

"너 이놈!"

"가십쇼!"

파라라락!

철편이 세숫물을 흩뿌린 듯 분분히 날았다.

까가가가강! 까가강!

철편은 검막(劍幕)을 뚫지 못했다. 단 한 개의 가시조차 살에 틀어박히지 않았다.

"가십쇼!"

마지막 말이다. 그 말을 끝으로 잠도 나무 위에서만 자던 목상자(木上者)가 신형을 쏘아냈다. 주준강이 검을 겨누고 있는 곳으로, 유생조차 이기지 못하는 검으로 그와 싸우겠다고!

"미친!"

입으로는 욕을 내뱉었지만 사실 아무 생각도 나지 않는다. 목상자가 몇 초나 견뎌낼까. 도주는 가능한가? 괜히 추태만 보이는 게 아닐까? 도주, 아니면 결판!

온갖 생각이 후다닥 스쳐 지나갔다. 그리고,

"고맙다!"

유생은 초상비(草上飛)를 펼쳐서 스르륵 미끄러졌다.

"후후! 도주인가?"

두가환이 웃음을 떠올렸다.

유생이 아무리 빨라도 잡을 자신이 있다. 해가 환히 뜬 대낮인데 도주하면 어디로 가겠는가.

한데 유생이 담에 찰싹 붙는다 싶더니 스르륵 녹아버렸다.

사라졌다. 완벽하게 모습을 감췄다.

"이건 뭐야?"

강준룡이 재미있다는 표정을 지었다.

유생의 무공은 중원 무공이 아니다. 중원 무공과는 확실히 궤가 다르다. 이국에서 흘러들어 온 무공이다.

"컥!"

짤막한 비명이 터졌다.

나무 위에서 살며, 온갖 것을 보고 듣고, 그리고 보고하던 목상자는 일다경도 버티지 못했다.

그것도 주준강이 봐주었기에 일다경이다. 그렇지 않았다면 일 초 만에 끝났을 게다.

"이놈… 중원 무공이 아닌데?"

그가 뒤늦게 말했다.

그는 유생이 사라지는 모습을 보지 못했다. 무공에 현격한 차이가 날지라도 눈앞에 검이 날아오면 최선을 다해서 맞이해야 한다. 어떤 상대가 되었든 마찬가지다.

주준강은 목상자의 무공을 보고 중원 무공이 아니라고 말했다.

"천축(天竺) 쪽은 아닌 것 같고…… 동영(東瀛)의 인술(忍術)과 흡사하지 않아?"

"인술이라……."

주준강이 목상자의 얼굴을 들여다봤다.

한인이다.

세 사람은 서로를 쳐다보면서 묵묵히 서 있었다.

사라진 유생은 천곡서원의 향암이 아니다. 향암의 손자 정도라면 몰라도 향암 자신이 될 수는 없다.

그럼 향암은 어디 있는가?

천곡서원에는 없다. 이 난리가 났는데 아무도 나와보지 않는 걸 보면 모두 떠난 것 같다.

"이제는 천검가로 돌아갈 수도 없는 몸이고."

두가환이 마른 섶에 불을 지펴서 서원의 지붕 위로 던졌다.

길을 오는 동안 유생들이 말없이 죽어갔다.

그들이 괜히 죽었겠는가? 아니다. 그들은 천검가 무인들의 잔혹성을 알리기 위해서 죽었다. 그리고 그들은 목적을 달성했다. 수많은 사람들이 세 사람을 욕하고 있다. 마인 중의 마인이라고 한다. 그런 오명을 뒤집어쓴 채 천검가로 돌아갈 수는 없다.

이 정도면 죽을 만하다.

한데 그들은 이곳 천곡서원에서 세 사람을 죽일 작정이었다. 살려서 천검가로 보낼 생각이 아니었다. 그렇다면 왜 오명을 뒤집어씌웠을까? 지금과 같은 상태에서는 정의의 검으로 마인을 제거한다는 이야기가 성립된다.

사태는 그것으로 끝나지 않는다.

천곡서원은 여세를 몰아 천검가를 칠 것이다. 그 정도는 되어야 열 명의 죽음과 맞바꿀 수 있다.

천검가는 잔인하다. 모든 죄악을 잉태하고 있다. 그럼으로 정의라는 이름으로 징치한다.

아주 그럴싸하다.

이런 이야기를 만들려면 유생 십여 명이 순순히 목숨을 내놓은 정도로는 부족하다. 뭔가 조금 더 강력한 무언가가 뒷받침되어야 한다.

향암 선생의 죽음이다.

그것이면 충분히 만천하의 공분을 불러일으킨다. 아직 향암 선생의 죽음이 확인된 것은 아니지만, 오늘내일 사이로 그런 일이 일어날 것 같다는 예감이 든다.
"지겨운 싸움이 되겠어."
강준룡이 활활 타오르는 불길을 보면서 말했다.

第三十六章
배리(背離)

1

천곡서원의 향암 선생이 변을 당했다.

천검가에서 파견한 검수 세 명이 다녀간 직후 싸늘한 시신으로 발견되었다.

심장과 폐가 정확하게 관통되었다.

일 검에 즉사다.

심장과 폐 중에서 어느 한쪽만 찔렀어도 죽음을 면치 못할 만큼 고절한 솜씨다.

살검은 거기에서 그치지 않았다.

머리가 반으로 갈라졌고, 그마저도 목이 베어지면서 조각난 육편(肉片)이 되어 나뒹굴었다.

철천지원수에게나 행할 법한 살심이다.

주준강, 두가환, 강준룡은 향암 선생만 죽인 게 아니다. 그들은 천곡서원으로 향하는 길에 검조차 지니지 않은 유생들을 보는 족족 처리해 버렸다.

그들의 시신은 마을 사람들이 직접 거뒀다.

굳은 살 한 점 배기지 않은 손이 안쓰럽다. 평생 붓만 잡아서 여인의 손보다 더 곱디고운 손이 죽음을 더욱 애잔하게 만든다.

"죽일 놈들!"

"천검가주가 미치지 않고서야!"

"힘이 있으면 사람을 지켜야지, 되레 사람을 죽여!"

"그 양반… 나이를 처먹더니 망령이 든 게군."

사람들은 조용히 분노했다.

아주 낮은 곳에서부터 천천히 타오르는 분노의 불길이 지펴졌다.

사람들은 천검가를 존경한다. 천검가라는 존재 자체를 경배한다. 천검가의 무인이 되는 것을 무상의 영광으로 생각한다. 그들에게 천검가는 긍지의 상징이다.

또 한 사람, 향암 선생을 존경한다.

향암 선생이 지닌 학문을 우러른다. 그의 넓은 마음과 인의(仁義)를 흠모한다. 티 한 점 없이 깨끗하게 살아온 인품과 경륜을 아끼고 사랑한다.

천검가의 검이 향암 선생을 죽였다.

존경하는 존재가 존경하는 인물을 쳤다.

사람들은 혼란스러웠다. 무엇이 옳은가? 왜 이런 일이 벌어졌지? 천검가는 무(武), 향암 선생은 문(文), 서로를 해칠 이유가 없을 터인데, 무슨 일이 있었던 거지?

그러나 결과는 발생했다.

천검가의 검이 향암 선생을 죽였다는 고정 불변의 현실이 두 눈 가득히 들어왔다.

"미쳤어."

"이럴 수는 없는 거야."

사람들은 존경했던 만큼 미움의 폭 또한 깊어졌다.

하나 그들의 분노는 겉으로 드러낼 성질의 것이 아니었다. 화가 난다고 해서 무리를 지어 우르르 달려가지도 못한다.

천검가는 무인 가문이다.

힘이 있다. 검이 있다. 중원을 떨치는 무공이 있다. 천검십검 중에 한 명만 나서도 성난 물결을 잠재울 수 있다.

그들의 분노는 조용히, 마음 깊은 곳으로, 잔잔하게, 그러나 뜨거운 열기를 품고 흘렀다.

"후후후!"

류정은 하늘을 보며 웃었다.

눈이라도 쏟아질 듯 하늘 전체가 우중충하다.

그런 하늘이 싫은 것은 아니다. 회색으로 물든 하늘이 뜻밖에도 포근하게 느껴진다.

겨우 일곱 명을 치는 아주 간단한 일이었다.

정말 그들을 죽여야 하는가 하는 결단이 중요했지, 결단을 내린 이상은 하등 문제될 것이 없었다.

이쪽에서는 치고, 저쪽에서는 죽는다.

그것으로 그만이다. 모든 일이 마무리되기까지 하루도 걸리지 않을 지극히 간단한 사안이다.

그런데 천검귀차가 몰살당했다.

신상 내력이 환히 드러난 공식 무인도 아니고 천검가의 숨은 그림자라고 알려진 귀차들이 정확하게 조준 살해당했다.

천검귀차를 아는 자의 소행이다.

그들을 죽이러 가는 도중에 나타난 많은 무공들은 어떻게 해석할까? 처음에는 취운궁인 줄 알았다가 나중에는 도대체 뭐가 뭔지도 모를 상황으로 치닫고 말았으니…….

모종의 집단?

단순히 그렇게 치부하기에는 동원된 무공이 너무 다양하고 강하다. 천검귀차를 상대했던 교두들 또한 범상치 않다. 그들은 어디 내놔도 대우를 받을 수 있는 무인들이다.

문제점이 일어났다. 아니다. 이번 일은 원래부터 많은 문제점을 안고 시작했다.

향암 선생을 죽인다는 것은 무림 문파 한두 개를 멸절시키는 것과는 상대가 안 될 만큼 중대한 사안이다.

당장 선급한 문제가 있다.

향암 선생이 살해되었다는 소식이 황상에게 전해진 모양이다.

황상의 진노가 보통이 아니었다고 한다. 그럴 수밖에 없다. 워낙 총애하던 신하가 아니었던가.

 누군가에게 이번 일을 조사하라는 명이 떨어졌다.

 황상은 그에게 생살여탈권을 건네주었다. 향암 선생의 죽음에 관여한 자들을 모조리 척살할 것이며, 대상이 무림 문파일 경우에는 관군(官軍)을 동원해서라도 쓸어버리라고 명령했단다.

 향암을 죽인 화살이 곧바로 천검가를 향해 날아온다.

 유시(流矢)도 아니다. 자신을 겨냥해서 곧장 날아오는 철시(鐵矢)다. 피할 수도 없다. 날아오면 무조건 맞아야 한다. 자신이 맞지 않으면 천검가 전체가 폭삭 주저앉는다.

 이번에 관여한 자들 전부…….

 천검귀차는 몰살당했으니 문제될 게 없다. 그 외에 또 관여한 자라면 천검사봉뿐이다.

 이들 모두가 황궁에서 파견한 누군가에게 죽어야 한다.

 이런 일은 예상했다. 예상하고 시작했던 일이다.

 "후후후! 나를 치려고 했다……. 이런 일을 예상하셨으면서도 그런 말씀을 하시다니, 참 대단하신 분."

 류정은 입술을 옅게 비틀었다.

 그때, 등 뒤에서 지극히 정제된 발걸음 소리가 들렸다.

 저벅! 저벅! 저벅!

 보폭이 일정하다. 걸음에 주어지는 힘이 동일하다. 차분하고 침착하며 속이 깊다.

배리(背離)

발걸음 소리만으로도 상대가 누구인지 알겠다.

'묵비…… 비주…….'

"부르셨습니까?"

묵비 비주가 등 뒤에 서며 말했다.

"후후! 하늘이 참 포근해서…… 같이 감상이나 하자고."

"하하! 그럴까요? 공자님께서 저 같은 놈하고 풍취를 즐기시겠다니 영광입니다."

"풍취라면 자네가 나보다 낫겠지."

"부인하지 않겠습니다. 그런 쪽으로 워낙 천성이 발달해 놔서."

"하하하! 부인하지 않겠다. 재미있는 말이야."

"전 여기 앉겠습니다. 하늘 감상은 앉아서 하는 게 제격이죠."

묵비 비주가 돌난간에 주저앉았다.

두 사람은 잠시 거무튀튀한 하늘을 쳐다봤다.

한 사람은 앉고 한 사람은 서서 서로를 의식하지 않고 하늘 구경만 했다.

"너도냐?"

류정이 문득 말했다.

밑도 끝도 없이, 앞뒤 딱 잘라 버리고 묻고 싶은 것만 물었다.

"일부라는 편이 좋겠습니다."

"고맙다."

"공자님께 원한이 없으니까요."
"그럴 만한 가치는 있겠나?"
"가주님께서는 충분하다고 판단하신 듯합니다."
"그럼 됐고."
"저는 그럼 이만……."
묵비 비주가 돌난간에서 일어섰다.
"이번 일에 귀주가 죽었다. 그에게 죄책감은 없나?"
"무림에 발을 들인 이상…… 가주님께서 말씀하시더이다. 들어설 때는 떠들썩해도 나갈 때는 조용한 게 좋다고. 식솔 걱정은 마시지요. 잘 보살피겠습니다."
"후후후! 인질이라……."
"그렇게… 생각하시는 겁니까?"
"부인할 텐가?"
"하하하! 그런 면도 없지 않아 있으니 부인할 필요는……."
"저놈들과 손을 잡았다고는 보지 않는다. 이용한 것이겠지."
"맞습니다."
"저놈들…… 누구냐?"
"그건 저희도 아직."
"못난 것! 적이 누구인지도 모르고 이용부터 했단 말이냐!"
"가주님께서 그 말씀을 들으시면 상당히 서운해하실 겁니다. 방금 말씀은 못 들은 것으로 하겠습니다."
류정은 귀찮다는 듯 손을 내저었다.

이 정도의 대답은 예상하고 있었다.

'이런 분이 아니셨는데······.'

밖에서는 기상이 드높은 무인이셨다. 안에서는 자상한 남편이요, 아버지셨다. 참 좋은 분이셨는데, 집안에 사람이 잘못 들어오면 패가망신한다더니······.

"이제 어쩌실 거요?"

언제부터 와 있었는가? 그림자 두 개가 환상처럼 피어나 류정 뒤로 내려섰다.

"아버님의 뜻을 읽지 않았느냐."

류정이 담담하게 말했다.

"후후후! 아버님 뜻은 좇아야겠지요. 아버님이 죽음을 내렸다고 해서 냅다 되받아치는 호래자식은 될 수 없으니까. 그러나 분이 풀리지 않아서 이대로는 못 가겠소. 내 그 불여우하고 어린 새끼는 목을 비틀어놔야······."

"그러지 마라."

"형님!"

"살고 싶으냐."

"······?"

"살고 싶으면 그러지 마라."

류정이 등을 돌렸다.

그곳에 바로 밑에 동생인 류과와 그의 단짝이자 천검십검 중 한 명인 오송패가 서 있었다.

"내 참 별말을 다 듣겠네. 형님 입에서 그런 말을 들을 줄이야 꿈에도 몰랐소. 우리가 언제 죽음을 두려워하며 살았소? 새삼스럽게 죽음 운운하는 이유가 뭐요?"

"우린 지금부터 적을 만들지 말아야 한다. 가급적이면 산적이나 들 도적까지도 내 편으로 돌려세워야 한다. 그만큼 싸워 나가야 할 상대가 벅차다."

"형님!"

"너는 어떻게 할 테냐?"

류정이 오송패를 쳐다봤다.

오송패는 웃기만 했다.

뭘 새삼스럽게 물어보냐는 표정이다.

그렇다. 모두가 안다. 알고 있다. 가주의 뜻이 어디에 있는지 알고 있기에 선택의 여지가 없다. 약간의, 아주 약간의 선택이라면 지금 떠나느냐 조금 늦게 떠나느냐 하는 시간 차이밖에 없다.

"제길!"

류과가 투덜거렸다.

아버지는 천검가를 막내인 류명에게 물려주려고 한다.

이제 열여섯 살이다. 무공은 겨우 기본을 잡은 정도에 불과하다. 천유비비검은 맛도 보지 못했다. 그러니 천검십검은 고사하고 천검가의 이름으로 검도 들지 못한다.

천검가의 후인으로 내세우기에는 너무 풋내기다.

반면에 류정이나 류과는 백전노장에 가까워지고 있다. 명망도 쌓았고 무공도 하늘을 찌른다.

배리(背離)

그들이 천검가에 존재하는 한 류명이 설 자리는 없다.

류정과 류과……. 언젠가는 류명을 위해서 천검가를 떠나야 할 존재들이다.

한데 그럴 명분이 없다.

류정과 류과는 대부인의 자식이다. 공식적인 후계자다. 결정적인 실수를 한 적도 없다. 어디 가서 천검가의 위명을 세웠으면 세웠지 낯을 깎은 적은 없다.

적통(嫡統)인데다가 강하기까지 하다.

이러한 차이는 시간이 흐를수록 더해질 것이다. 류명이 강해지는 폭보다 류정이 강해지는 폭이 훨씬 넓고 깊을 것이다.

나중에 류명이 준비가 되었을 때, 그리고 본격적으로 천검가를 넘겨주려고 할 때, 류정은 어느 위치에 서 있을까? 과연 그가 순순히 복종할까?

가주가 고집을 부리면 분가(分家)가 이루어진다.

류정과 그와 뜻을 함께하는 천검사봉, 그리고 류과, 오송패, 이들이 우르르 떨어져 나갈 게 환히 보인다.

천검가는 껍데기만 남고 알맹이는 쏙 빠져나가게 된다.

류정이 강해질수록 알맹이의 크기도 커진다. 그와 뜻을 같이하는 사람들이 늘어갈 테니까.

그럴 바에는 차라리 지금 정비하는 게 낫다.

어차피 일정 부분을 떼어내야 한다면 알맹이가 가장 적을 때 도려내는 게 낫다.

천검십검 중에 여섯 명.

손실이 무척 크다. 하지만 가주가 건재하는 한 괜찮다. 천검 십검이 모두가 떨어져 나가도 천검가는 우뚝 존재한다.

가주는 그 작업을 시작했다.

아니, 작업을 마무리했다. 상황이 이렇게 되었으니 몇몇 사람이 천검가 대신 책임을 걸머져야 한다.

류정을 비롯한 천검사봉은 빠지고 싶어도 빠지지 못한다.

류정은 이번 일의 총책임자이다. 다른 삼봉은 직접적으로 손을 쓴 검수다.

천검가가 세인들의 지탄을 피하려면 이 네 검수는 천검가를 등져야 한다.

정체 모를 적이 천검사봉을 계속 공격할 것인지 아닌지는 모른다. 원래 그들의 목적은 천검가에 있었다. 결코 천검사봉에 있었던 것이 아니다. 천검사봉이 향암 선생을 죽였고, 몇몇 교두를 죽였지만 그 원한을 어떻게 처리할지는 아무도 알지 못한다.

작은 원한부터 정리할까, 아니면 원래의 목적대로 천검가를 노리고 쳐나갈까?

천검가는 여전히 노림 대상이다.

가주도 이런 점을 알고 있다. 아니, 적이 누구인지 안다. 적의 목적까지도 짐작할지 모른다. 정확하게는 모를지라도 대충은 알고 있으리라. 그렇지 않았다면 절대로 저들을 이용할 리 없다.

모르는 적은 이용할 수 없다. 또 설령 이용할 수 있다고 해

배리(背離)

도 그에 따른 위험부담이 너무 크다.

저들이 투골조로 시비를 걸어왔으니 단호하게 징치한다. 그리고 그 여파로 류정까지 내쫓는다.

이를 두고 일석이조(一石二鳥)라고 하는 겐가? 돌팔매질 한 번으로 새 두 마리를 잡았으니 만족하신 겐가?

서로 뿌리를 뽑는 싸움은 아니다. 그저 표면 위에 드러난 작은 새싹들을 처리하는 과정이다.

싹은 또 자란다.

저들의 목적이 천검가인 이상 반드시 또 다른 시비를 걸어온다.

그때 앞장서야 할 사람은 류과다.

류과와 그의 단짝인 오송패가 떨어져 나가야 한다.

그러면 끝나는가? 아니다. 이부인의 소생인 류아와 류형은 야심이 크다. 지금은 류정과 류과가 있어서 본심을 꾹꾹 눌러 삼키고 있지만, 그들이 사라지면 당장 발톱을 드러낼 게다.

류명에게 천검가를 물려주기 위해서는 자식들을 모두 내쳐야 한다.

대부인과 이부인의 소생들은 두 번 다시 임강부 땅을 밟지 못하게 만들어야 한다.

천검십검도 와해된다.

류 씨 형제들은 친형제 간의 우애만 돈독한 것이 아니다. 사형제 간의 끈도 매우 질기다. 특히 동배들과의 의리는 형제간의 정보다도 강한 것 같다.

아들들을 내보낸다는 것은 천검십검까지 내보낸다는 뜻이다.

과연 이럴 만한 가치가 있을까?

당신의 평생 적공(積功)이 천검십검에게 쌓여 있다. 한데 풋내기에게 가문을 물려주고자 이들을 모두 내친다는 게 말이 되는가? 류명에게 천검가를 물려줘야만 하는 특별한 이유라도 있는 것인가? 그에게 물려주면 천검가가 중원 제일의 문파라도 된다는 건가?

그런 것도 없다. 아니, 오히려 불안하기만 하다. 경망되고, 분을 삭일 줄 모르고, 욕심 많고, 그런데다가 늙은 아버지의 사랑을 독차지해서인지 안하무인(眼下無人)이다.

어쨌든 아버지의 결단은 내려졌다.

류정에게 이번 일을 맡길 때부터 정해진 것이다. 그리고 그 사실은 류정도 알고, 천검십검도 안다. 천검가의 위계질서가 와르르 무너지는, 대부인과 이부인의 소생들에게 근거를 뺏는 명령인 줄 알면서도 받아들였다.

왜? 아버지가 내린 결정이니까.

"갈 데는 있소?"

류과가 물었다.

"먼저 나간 놈들이 기다리고 있을 게다. 술 한잔 걸치고 있겠지. 더 취하기 전에 찾아야겠다."

"인사는 안 드리고 갈 참이우?"

"……"

배리(背離)

"후후! 내 정신 좀 봐라. 식솔도 못 보게 차단했다는 걸 깜빡했네. 참 대단하신 분이야. 후후후! 하긴…… 그러니까 적수공권(赤手空拳)으로 이만큼이라도 일궈냈겠지. 갑시다."

류과가 검을 어깨 위에 걸쳤다.

같이 따라나설 기세였다.

"넌 시간이 있다. 나중에 나와도 돼."

"그래도 되긴 한데… 처자식에게 준비할 시간도 줄 수 있고……. 하지만 늙은이에게 이용당하긴 싫소. 나갈 바에는 이렇게 나가는 것도 좋지. 늙은이에게는 아(雅)와 형(馨)이 있잖소. 쩝! 이렇게 급히 출문(出門)할 줄 알았으면 어머님이나 뵙고 오는 건데. 만나면 헤어지고, 헤어지면 만나는 법……. 어머님, 건강하쇼!"

류과가 깊은 구석에 고요히 묻혀 있는 전각을 향해 소리 질렀다.

2

이부인은 대부인을 찾았다.

그녀가 대부인을 찾는 경우는 극히 드물다. 천검가라는 같은 울타리에 기거하지만 일 년에 한두 번 정도 오다가다 얼굴을 보는 것이 고작이다.

"자네가 어쩐 일인가?"

대부인은 눈이 침침하지도 않은지 자수를 놓고 있었다.

"형님, 지금 이러고 있을 때가 아닙니다. 정아와 과아가 천검가를 떠나고 있어요!"

그녀의 음성에 다급함이 묻어났다.

"알고 있네."

대부인은 담담했다.

"아니, 아시면서도 이러고 계시는 겁니까? 어떻게든 떠나지 못하게 막으셔야죠!"

"쯧! 다 큰 애가 자기 머리로 생각해서 행동하는 것인데 무슨 수로 막누?"

"형님!"

"호들갑 떨지 말게. 애들 눈이 있네."

이부인은 기가 막혀서 할 말을 잃어버렸다.

두 사람의 출문이 의미하는 바는 매우 크다.

천검가의 후계자가 대부인의 소생에서 이부인의 소생으로 넘어왔다는 뜻이다.

이는 이부인에게는 매우 바람직한 상황이다. 하지만 때가 좋지 않다. 또한 류정과 류과에게 향했던 화살이 멈추지 않고 계속 달려올 가능성도 있다.

그들이 출문해서는 안 된다. 계속 천검가에 남아서 류아와 류형의 방패막이가 되어야 한다. 나가는 사람은 류정 한 명이면 족하다. 류과라도 남아 있어야 한다.

대부인은 그럴 만한 힘이 있다.

그녀는 전설의 검문(劍門)인 일원검문(一元劍門)을 배경으로 갖고 있다.

당금 무림에서 일원검문의 실체를 정확하게 파악하고 있는 문파는 아무도 없다. 또 당금 무림에 일원검문의 이름을 내걸고 활동하는 무인도 없다.

일원검문은 소문만 무성한 가상의 검문이다.

그들이 누구이며, 어디에 존재하며, 어떤 무공을 지녔으며…… 알려진 것이 전혀 없다.

그러나 그들은 분명히 존재한다.

대부인이 일원검문 출신이다. 그러니 중원의 모든 문파가 일원검문을 부인하더라도 천검가만은 부인할 수 없다

대부인이 검을 잡지 않는다. 애병(愛兵)이라는 것도 없다. 아니, 무공과는 전혀 상관없는 사람처럼 평생 운공조식 한 번 하지 않고 지내왔다.

일반 양갓집에서 태어나 성장한 여인처럼 차분하고 조용하다.

그러나 그녀는 분명히 일원검문의 검학을 수련했다.

일원검문도 천검가처럼 사내와 여인을 구분해서 각기 다른 검공을 전수하는 것일까? 그녀가 수련한 검학은 일원검문의 진신 무학일까, 아니면 곁가지에 불과할까?

모든 건 비밀에 싸여 있다.

대부인은 가주와 혼인한 이후, 단 한 번도 검을 잡지 않았다. 검무를 추지 않았다. 검에는 눈길도 돌리지 않았다. 하지만 그녀는 분명히 일원검문의 무인이다.

천검가에서 이런 사실을 알고 있는 사람은 몇 명에 불과하다.

몇 명도 지나치게 많이 생각한 것이다. 다섯 손가락 안에 꼽을 수 있을 정도로 적다.

이부인이 그중 한 명이다.

천검가에서 살아온 세월이 몇 년인가. 그 오랜 세월 동안에 대부인의 배경이 어디인지도 파악하지 못했다면 무가(武家)의 여인이라고 할 수 없으리라.

그녀는 대부인의 출신 비밀만 알아낸 게 아니다. 일원검문의 무학이 어떤 식으로든 천유비비검에 영향을 주었을 것이라는 사실까지 짐작하고 있다.

혹 천유비비검이 일원검문의 무학은 아닐까?

모든 짐작은 짐작에서 끝난다. 천검가주와 대부인이 일절 함구하고 있는 이상 밝혀낼 방법이 없다.

대부인은 마른 땅에 주춧돌을 박을 때부터 천검가와 함께했다. 장원 구석구석 손길이 닿지 않은 곳이 없다. 천검가의 절반은 그녀가 만들었다고 해도 과언이 아니다.

그녀는 할 말이 있다.

가주에게든 천검가 무인들에게든 당당히 말할 수 있는 권리가 있다. 자격이 있다. 배경이 있다.

"정아는 보낸다고 해도 과아까지 내보낼 필요는 없지 않습니까?"

이부인이 의장에 앉으며 말했다.

"같이 나가면 형제끼리 의지하고 좋지, 뭘."
"형님은 속상하지도 않으세요?"
"후후! 자넨 아직도 상할 속이 남아 있나?"
"형님!"
"난 그런 속 없네. 자네도 그만 놓게. 언제까지 애들 뒷바라지를 하고 있을 셈인가. 한두 살 먹은 어린애도 아니고…… 서른이 훌쩍 넘은 장정을 언제까지 보듬고 있을 참이야? 어미가 너무 나서도 안 좋은 법이야."

"형님, 좋습니다. 형님이 정 그러시다면 어쩔 수 없지요. 하지만 정이와 과아가 저대로 나가면 앞으로 영영 천검가에 발을 들여놓지 못할 겁니다. 그건 각오하셔야 할 거예요."

"쯧! 이런 사람하고는……. 나간 것도 애들이고 오고 자시고 할 것도 애들인데 내가 뭘 각오해? 내가 할 건 아무것도 없네. 오늘은 유독 추워서 뜨뜻한 곰국을 끓어오라고 시켰네만 한 그릇 들고 가시게."

"됐습니다. 전 국을 별로 좋아하지 않아서요."
이부인이 싸늘하게 말하면서 일어섰다.

대부인의 얼굴은 자식을 영영 잃어버리는 사람답지 않게 평온했다. 지금 벌어지는 일 같은 것은 신경 쓸 가치도 없다는 듯 시종일관 무덤덤했다.

가식이 아니다. 진짜 마음이다. 아니, 가식일 수도 있다. 자식이 둘이나 내쫓기는 마당에 무덤덤할 어미가 어디 있으랴. 일부러 평범함으로 위장하고 있는 게다.

그러나 그렇다고 해도 그녀는 여전히 평온하다.

가식이든 아니든 이번 일에 전혀 간여할 생각이 없다. 일원검문을 들먹이는 일은 절대로 없을 것이고, 자식들을 위해서 가주를 찾아가는 일도 없으리라.

대부인은 움직이지 않는다. 꼼짝도 하지 않는다.

이부인은 대부인의 심중을 명확하게 읽었다.

결국 앞으로 다가올 풍파는 자신의 두 아들이 받아쳐야 한다.

어떤 식으로 상대할 것인가. 대부인처럼 물 흐르듯이 흐르다가 내쫓길 것인가, 아니면 발악할 것인가.

'요것을!'

그녀의 눈에 앙큼한 계집이 그려졌다.

어려도 아주 어린 계집이다. 이번에 쫓겨난 류정과 소꿉장난을 하면서 컸다.

이제 갓 마흔을 넘긴 계집!

모두들 류정과 혼인할 줄 알았는데, 그 계집은 할아버지뻘 되는 가주를 유혹해서 셋째 부인으로 눌러앉았다.

가주는 늦게 가정을 일궜다. 그래서 류정의 아버지라고는 해도 연배로 보면 할아버지뻘 된다.

어떻게 그런 사람과 살을 섞을 생각을 했을까? 옆에 튼실한 사내가 있었는데.

'가증스런 계집!'

모든 사달이 그 계집으로부터 시작되었다.

배리(背離) 193

계집이 류명이라는 병신 같은 놈을 낳고, 가주의 총애가 중손자나 다름없는 자식에게 흠뻑 쏟아지고, 그때부터 천검가에 좋지 않은 바람이 불기 시작했다.

어쩌면 잘된 일인지도 모른다.

그녀로서는 류정과 류과를 처리할 방도가 전혀 없었다. 대부인의 소생이지만 자신이 낳은 자식이었으면 싶을 정도로 강하고 충실하게 기반을 닦았다.

그들을 제치고 천검가를 차지한다는 건 꿈만 같은 일이다.

한데 지금은 그런 일이 가능해졌다. 그 둘이 제 발로 나가고 있지 않은가. 류아와 류형이 가만히 앉아서 최상위로 발돋움하고 있지 않은가.

남은 것은 어쭙잖은 놈 한 놈뿐이다. 아니, 가증스러운 계집까지 해서 두 명만 처리하면 된다.

그 둘을 모두 합쳐도 류정 한 명 상대하는 것만 못하다.

할 만하다. 해볼 만한 상황이다. 자신의 소생들로 천검가를 잇는다는 꿈이 꿈으로만 그치지는 않을 것 같다.

그러나 가주가 먼저 손을 쓰게 해서는 안 된다. 그렇게 되면 류아와 류형도 정이나 과처럼 맥없이 쫓겨난다. 그전에 자신이 먼저 손을 써서 어린놈을 짓밟아야 한다. 그러면 가주도 어쩔 수 없이 아나 형 중에 후계자를 선택할 게다.

'괜히 큰일 난 줄 알고 허겁지겁 달려왔잖아? 오히려 잘된 건데. 그래, 이보다 잘될 수는 없어. 하늘이 도운 거야.'

그녀의 마음을 읽었는지, 아니면 지나가는 말인지 대부인이 조용히 말했다.

"괜히 평지풍파 일으키지 말고 조용히 있게. 속상하지 않느냐고 물었는가? 내 속이 다 타버려서 재만 남은 데는 자네도 한몫 단단히 하지 않았나. 조용히 있게."

쏴아아아!

차가운 밤바람이 어둠에 싸인 전각을 휩쓸고 지나간다.

전각 주위로는 횃불 한 자루 걸려 있지 않아서 짙은 어둠이 고스란히 내려앉았다.

오가는 사람도 없다.

오백여 평이 이르는 전각에 쥐새끼 한 마리 얼씬거리지 않는다.

조용하다. 쓸쓸하다. 적막하다.

대부인의 거처는 언제나 이렇게 어둠과 함께한다.

대부인은 아직 침소에 들지 않았다.

방 안에서 희미한 빛이 일렁거리는 것으로 보면 작은 호롱불 정도 밝힌 모양이다.

쏴아아아아!

눈보라를 동반한 바람이 지붕을 할퀴었다.

"찾아온 손님은?"

"소화(炤華)부인(婦人) 이후로는."

"그럴 리가 있나."

"한시도 눈을 뗀 적이 없습니다."

배리(背離) 195

"흐음! 정말 알 수 없는 분이란 말이야."

묵비 비주가 중얼거렸다.

두 아들이 사지로 내쫓겼다. 그리고 당신에게는 도와줄 힘이 있다. 직접적으로, 간접적으로, 하다못해 먼 길을 떠나는 아들들에게 은자라도 넉넉하게 쥐어줄 수 있다.

어떤 부모든 당연히 이런 행동을 해야 한다.

대부인은 잠자코 있다.

반드시 모종의 행동을 취할 것이라고 생각했는데 침묵만 고수한다.

훅!

희미하던 불빛마저 꺼졌다.

오백여 평에 이르는 전각은 쥐 죽은 듯한 적막에 휘감겼다.

소화부인 쪽은 부산하게 움직인다. 본인들은 은밀하게 움직인다고 생각하겠지만 묵비의 이목에 모조리 걸려들고 있다.

류형은 류아를 지지한다. 형이라서 마지못해 따라가는 면이 없지 않지만, 소화부인의 성질이 여간 아닌지라 꼼짝 못하고 분위기에 휩쓸린다.

확실히 류아와 류형은 류정이나 류과에 비하면 인물이 처진다.

그래도 뛰어난 점은 있다. 무공에 대한 자질이 남다르게 뛰어나다. 흔히 문일지십(聞一知十)의 천재라는 말들을 쓰곤 하는데, 이들 형제야말로 무공에 관한 한 문일지십이다.

미련한 곰이 힘만 세다고 할까?

류정과 류과가 앞에서 가림 막 역할을 했을 때는 그들의 무공 또한 돋보였다. 하지만 가림 막이 사라지고 그들 형제가 독단적으로 움직이는 시점이 오자, 한없이 둔해 보인다.

그들은 움직이지 않는 편이 좋다. 그래야 장수한다.

"잘 살펴라. 반드시 접선하는 자가 있을 터이니."

"알겠습니다."

묵비 무인들이 올빼미 눈으로 전각을 살폈다.

비주는 전각을 은밀히 돌면서 경계망을 살핀 후 조용히 물러났다.

"대부인께서는 침소에 드셨습니다."

"그래? 그럴 수 있지. 암! 그러고도 남을 사람이야. 허허허! 그 사람… 사내로 태어났으면 천하를 한 번쯤은 들썩였을 게야. 그렇지 않나? 허허허!"

"저도 그렇게 생각했습니다."

'대부인께서 정말 일원검문의 문인이십니까?'

비주는 목구멍까지 솟구친 말을 꾹 눌러 삼켰다.

묵비는 언제나 정확한 사실을 근거로 판단을 내린다. 사실이 정확하지 않을 땐 판단도 내려지지 않는다.

일원검문이 그런 경우다.

검문에 대해서 알려진 바가 전혀 없기 때문에 어떠한 판단도 내릴 수 없다.

대부인에 대한 판단도 유보다.

대부인은 무공을 쓴 적이 없다. 단 한 번도, 가벼운 손짓조

차도 한 적이 없다. 그러면서 무인이란다. 일원검문의 문하였
단다.

이런 사람을 어떻게 판단하란 말인가.

굳이 말하라면 '폭풍의 핵' 정도가 될 것이다.

"소화는 역시 그렇고?"

"네."

"쯧! 눈치 좀 주지그래."

"일부러 내버려 뒀습니다만."

"그럼 누가 남아? 모조리 다 내쫓으라고?"

"그렇습니까."

비주는 머리를 숙였다.

이번에도 가주의 생각을 잘못 읽었다.

모두 내쫓을 생각인 줄 알았는데 대부인 소생만 쫓아낼 심
산이다.

소화부인 소생쯤은 조종할 수 있다는 계산인 것 같다.

류명이 그만큼 클 수 있을까? 류아와 류형의 무공이 만만치
않은데. 그들은 벌써 천검십검의 일원이 되었고, 두 사람을 따
르는 동문도 꽤 많은 편인데.

천검가를 류명에게 물려주는 게 아니란 말인가?

도대체 가주의 진심이 어디에 있는지 알지 못하겠다. 이런
가 하면 저렇고, 저런가 하면 이래서 늘 허둥지둥하게 만든다.

"소화부인께 언질을 드리겠습니다."

"아! 그리고… 정명(靜明)에게는…… 잠시 불공 좀 드리고

오라고 이르지."

"네?"

"근처에 마땅한 절이 있나?"

"모실…… 곳을 말씀하시는 건지?"

"오래 머물 필요는 없고…… 한 천 일 정도면 되겠어. 몸이 쇠약해졌을 테니 푹 쉬었다가 오라고 해."

'류아나 류형이다!'

비주는 쇠망치로 뒤통수를 얻어맞은 것 같은 충격을 받았다.

지금까지 벌어진 모든 일이 막내인 류명을 후계자로 삼기 위한 고육책(苦肉策)인 줄 알았다. 한데 아니다. 정명부인을 절로 모신다는 것은 그동안 후계 체제를 공고히 하겠다는 뜻이다. 정명부인의 입김이 닿지 않게 하겠다는 의도다.

류명이 아니다. 류아나 류형이다.

"출발은 언제가 좋을지요?"

"사람하고는……. 그런 건 알아서 해야지?"

'내일 당장!'

"알겠습니다."

"명이는 연공 중이지?"

"네."

"연공에 방해되면 안 되겠지."

'모자 상봉 없이!'

확실해졌다. 소화부인 소생이 천검가를 움켜쥔다. 그러면 자칫 류명의 생명이 위태롭다.

배리(背離)

그러잖아도 류명은 투골조를 수련한 죄가 있다.

이 죄는 아는 사람에게는 영원한 족쇄로 작용한다. 그리고 세상에 비밀이란 존재하지 않는다. 지금은 영원한 비밀처럼 여겨져도 언젠가는 수면 위로 드러난다.

비밀이 있는 자, 비밀의 근거가 되는 자, 제거해야 한다. 비밀을 지키려면.

'이것이었나.'

비주는 마른침을 꿀꺽 삼켰다.

류명에 대한 총애는 그가 투골조를 수련하는 순간에 거둬졌다. 말끔히 가셨다. 그런데도 여전히 총애하는 척했다. 자식을 위해서는 수단 방법을 가리지 않겠다는 듯, 취할 수 있는 모든 방편을 동원하여 방벽을 쌓았다.

풍천소옥의 치검령까지 동원했다. 목숨을 한 번쯤은 구해줄 것이라던 도광도부의 자식을 끌어내 이용했다.

모두가 류명에 대한 가주의 총애를 의심하지 않았다.

그런데 아니다. 그때부터 가주는 류명을 버렸다. 썩은 가지로 생각해 왔다.

하면 왜 자식들 중에 가장 뛰어난 류정은 버리는 것일까?

'알 수 없는 분.'

비주는 다시 한 번 마른침을 삼키며 말했다.

"조용히 모시겠습니다."

휘이이잉!

차가운 눈보라가 천검가를 쓸고 간다.

류정, 류과가 떠났다. 그리고 내일이면 정명부인도 장원을 떠나야 한다.

'류아…… 류형…….'

아무리 생각해도 이 그림은 아니다.

그들이 천검가를 이어받는다면 천검가의 위세는 대번에 절반으로 뚝 꺾인다. 그래서는 검련십가는 고사하고 검련사십가에 낄 수나 있을지 모르겠다.

'하기는…… 무공은 뛰어나니 검련십가의 위세는 이어가겠지.'

그래도 이건 아니다.

류명을 총애하는 건 알았고, 그래서 대공자와 이공자를 쫓아냈다고 생각했는데, 류아와 류형을 위해서 한 일이라면 너무나 싱겁다. 헛힘만 잔뜩 쓴 것 같다. 아니, 천검귀차의 죽음을 생각하면 대가가 너무 크다.

비주는 어깨에서 힘이 쭉 빠졌다.

'도대체 가주께서는 무슨 생각을 하고 계시는 건지. 후후후! 묵비를 맡았다는 자가 모시는 분의 생각조차 읽지 못하고 우왕좌왕하는 꼴이라니. 귀주, 자네와 술 한잔하고 싶군.'

비주는 새삼 죽은 귀주가 생각났다. 그가 무척 편해 보이는 것은 왜일까?

第三十七章
누년(累年)

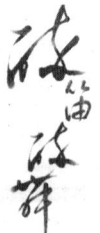

1

삼 년이란 시간이 쏜살같이 흘렀다.

투골조 사건은 당우의 실종과 함께 묻혔다.

백곡에는 동남동녀 백 명의 원혼을 위로하는 위령비(慰靈碑)가 세워졌다. 그러나 삼 년이 지난 지금 백곡을 찾아 위령비에 향을 올리는 사람은 없다.

백곡은 쓸쓸하게 잊혀졌다.

백곡과 관련된 모든 죽음이 기억 속에서 멀어졌다.

향암 선생의 척살 사건도 유야무야 흐지부지 끝나 버렸다.

그것은 그렇게 끝날 수 있는 사건이 아니었다. 당시 사람들의 분노는 팔팔 끓는 기름 솥처럼 들끓어 올랐었다.

그들의 분노는 가라앉힐 수 있다.

임강부에 대한 천검가의 장악력은 상상을 초월한다.

지주(地主)들의 대다수가 천검가를 지지한다. 거상(巨商)들 또한 천검가와 끈끈한 유대를 맺고 있다. 관(官)은 말할 것도 없다. 임강부에 새로 부임하는 관원들은 제일 먼저 천검가주를 만나 인사부터 하고 간다.

이런 일들은 상례(常例)라고 해도 과언이 아니다.

그러니 민초들이 아무리 분노에 치를 떤다 한들 농사를 지어먹고 살려면 천검가의 눈치를 살필 수밖에 없다.

천검가는 농민들을 모조리 베어 죽일 수 없다. 하지만 그들 중 대다수를 임강부에서 쫓아낼 수는 있다.

이 말은 반대로도 해석된다.

천검가는 풍족한 생활을 보장해 준다. 풍년이면 좋고 흉년이 들어도 천검가가 있으니 괜찮다. 가뭄이 들거나 수재가 들어 난리를 겪어도 천검가가 뒤를 봐주니 곧 안정을 되찾는다.

천검가는 이런 일을 해줄 수 있다.

민초들의 분노는 오래갈 수 없다. 그들의 자존심을 달래줄 약간의 조처만 보여주면 곧 풀린다.

문제는 황궁이다.

이 나라 제일의 권력자인 황상이 직접 진상 파악을 지시했다. 뿌리부터 철저히 캐내라고 분노의 일갈을 터뜨렸다.

황궁에서 사람이 파견되었다.

그들은 간단하게 사건을 무마할 수 없다. 향암 선생의 죽음과 관련된 모든 사건이 조사될 것이다. 주변 인물들 또한 샅샅이 조사될 게다. 원한을 가진 자는 물론이고 호의를 가졌던 사람까지 모두 조사에 응해야 한다.

그런데 천검가가 단호한 조치를 내렸다.

대공자와 이공자의 축출, 천검사봉과 오송패의 축문(逐門).

이것은 대단한 사건이다. 어떤 문파에서도 생각할 수 없는 삭골(削骨)의 결단이다.

천검십검 중에 여섯 명이 이번 일에 책임을 지고 파문(破門)되었다.

그들 중에는 천검가의 후인으로 고정되다시피 했던 대공자와 이공자가 포함되어 있다.

천검가의 발 빠른 조처로 민심은 단번에 돌아섰다.

역시 천검가!

사람들은 가주의 결단에 환호했다.

대공자와 이공자는 천검가를 반석에 올려놓을 기재 중의 기재다. 그런 사람을 내치는 마음이야 오죽 속 쓰릴까. 하지만 했다. 읍참마속(泣斬馬謖)의 심정으로 아들들을 내쳤다.

그들을 죽이는 것까지는 바라지 않는다.

천검가주에게 천검십검 중에 여섯 명을 죽이라고 요구할 수는 없다. 사실 무인이 문인을 죽인 이유가 불분명하다. 누구라도 향암 선생 같은 대석학을 죽이면 파장이 클 것이라는 것을 예측할 수 있는데, 그럼에도 살검을 든 이유가 밝혀지지 않았다.

무엇인가가 있다.

대공자와 이공자가, 그리고 천검십검이 아무런 이유도 없이 향암 선생을 죽일 리 있겠나.

솔직히 천검가가 천곡서원을 친다면 천검십검 중에 한 명만 보내도 충분하다. 대공자를 비롯해서 절정검수가 여섯 명이나 동원될 일은 절대 아니다.

그런데 그런 일이 벌어졌다.

여섯 명 중에 세 명은 실제로 검을 들고 싸웠다.

천곡서원에서 마중 나온 문인들을 가차없이 죽였다. 목을 베어 되살아날 수도 없게 만들었다.

어떤 내막이 있다.

천검가는 그런 내막을 밝히고 민심을 추스를 수도 있었다.

하지만 그렇게 하지 않았다. 사연은 사연이고 죄는 죄라는 듯, 죽일 사람은 죽였고 책임질 사람은 파문했다.

어떠한 변명도 하지 않았다. 단호하게 관련된 사람들을 축출함으로써 행동으로 양심을 보여주었다.

이제 사람들은 자존심이 살아났다.

천검가가 향암 선생을 죽인 것은 사실이다. 하지만 어떤 사연이 있을 것이라고 생각한다. 말 못할 사연, 그것은 아마도 천검가에 누가 되기보다는 향암 선생에게 누가 되는 게 아닐까?

그래서 일부러 밝히지 않는 게 아닐까?

사람들에게 모진 욕을 얻어먹고, 천검십검 중에 절반이나 파문하면서까지 일의 원인을 밝히지 않는다.

천검가는 충분히 그런 희생을 감수하고도 남을 문파다.

사람들은 천검가를 미워하지 않는다. 여전히 존경한다. 축출된 사람들도 미워하지 않는다. 그들에게도 말하지 못할 깊은 사연이 있겠거니 생각한다.

그들은 임강부를 떠났다.

지난 삼 년간, 어디서 무엇을 하는지 몰라도 소식 한 장 보내오지 않았다.

죽었는지 살았는지…….

어디서 누구와 싸웠다는 소식도 없고, 비무행을 한다는 소문도 없다. 살아 있으면 어떻게든 소식이 나게 마련인데 일절 없다. 아예 이 세상에서 증발해 버린 듯 감쪽같이 사라져 버렸다.

천검가는 그들을 찾지 않는다.

겉으로 그런 척만 하는 게 아니다. 천검가 자체적으로 완전히 청소해 버렸다. 그들에 대한 것이라면 사소한 흔적까지도 철저하게 말살되었다.

그들의 식솔은 아직도 천검가에 머문다. 하나 그들에게는 무공 수련이 허락되지 않는다. 장원 한구석에서 숨만 쉰다는 편이 맞을 정도로 갇혀 산다.

뇌옥처럼 울타리가 있는 감옥은 아니다. 하지만 외인이 출입

할 수 없고, 안에 있는 사람이 밖으로 나올 수 없으니 연금(軟禁) 형태의 옥살이를 하고 있다고 봐야 한다.

천검가의 이런 조처 때문일까? 황궁에서 파견했다는 사람도 모습을 비추지 않았다. 하다못해 천검가를 방문하고 형식적일지라도 이것저것 캐물었어야 하는데 그림자조차 비치지 않았다.

그렇게 한 해, 두 해 흘렀다.

투골조 사건도, 향암 선생의 죽음도 모두 옛일이 되고 말았다.

2

한바탕 난리를 치렀기 때문일까? 근래 들어서 가주의 건강이 급속하게 쇠잔해졌다.

가주는 의자에 앉아서 따뜻한 양광을 즐겼다.

"일광욕(日光浴)은 젊어서부터 빼놓지 않고 즐기는 편이었지."

"네."

"나이가 들면 더욱 햇볕을 찾게 돼."

"아직 건강하십니다."

"쯧! 너도 네 어미를 닮아서 입에 발린 소리를 잘하는구나."

"정말입니다. 아직 건강하십니다."

"이것도 기력이 있어야 즐기는 거야. 요즘은 좀 따뜻하다 싶으면 어김없이 수마(睡魔)가 찾아와. 이제 갈 때가 된 게지."

"아버님, 그런 말씀은 받잡기 어렵습니다."

류아는 턱에 수건을 깔고 찻잔을 들어 입에 대주었다.

후루룩!

가주는 찻물 몇 모금을 들이켜다가 어김없이 앞자락에 쏟았다.

고개를 돌릴 힘도 없고, 차 한 잔 마실 기력도 부친다.

'다 됐어.'

류아의 눈가에 기광이 일렁거렸다.

천검가가 가진 영향력은 대단하다.

천검가주가 된다는 것은 한 문파의 수장이 된다는 의미만 들어 있는 게 아니다. 임강부를 통째로 손에 거머쥐고 좌지우지할 수 있는 위치에 오른다는 뜻이다.

그 위치에 가장 가까이 다가섰다. 그리고 그 위치에 있는 노인은 금방이라도 저승사자의 호출을 받을 것 같다.

"어디…… 춤 한번 춰봐."

"지금 말입니까?"

"그래. 춤 한번 춰봐."

류아는 어깨를 들썩였다.

사방에서 훈훈한 봄바람이 불어온다. 새싹은 푸릇푸릇 피어나고, 땅은 윤기로 반질거린다.

지난겨울에는 눈이 많이 왔다.

하루 종일 눈을 치우다가 잠이 들면 치운 것보다 더 많은 눈이 쌓여 있곤 했다. 눈이 많이 오면 풍년이 든다는 말도 있지만 어지간히 좀 내렸으면 좋겠다는 생각이 굴뚝같았다.

영원할 것 같던 겨울이 갔다. 그리고 움츠린 어깨를 활짝 펴고 춤사위를 실컷 추고 싶은 계절이 왔다.

그러나 늙어서 죽기 일보 직전인 아버지가 보고자 하는 춤은 그런 춤이 아니다.

흥에 겨워 어깨를 들썩이며 추는 춤 같으면 백번이라도 추어 보이련만 아버지는 검무를 원한다. 천유비비검을 보고 싶어하신다.

스릉!

류아는 검을 뽑았다.

긴장감에 손끝이 굳어진다. 입술도 바싹 마른다.

의자에 누워 있던 아버지가 어서 해보라는 듯 손짓을 했다.

척!

류아는 검병을 두 손으로 잡고 포권지례를 취했다.

원래 부자 사이에는 이런 허례(虛禮)가 필요없다. 하지만 지금 이 순간은 부자가 아니다. 두 사람은 가주와 그에게 무공을 전수받은 제자일 뿐이다.

스읏! 쒜엑! 스으으읏!

한 자루의 검이 허공에 난무했다. 때로는 나비처럼 하늘거

렸고, 때로는 꽃비처럼 화려했으며, 때로는 벌새처럼 짧고 간략했다. 검을 뺐고 거둠이 물 흐르듯 자연스럽고, 어색함이 일절 보이지 않으며, 군더더기다 싶은 부분도 엿보이지 않았다.

완벽했다.

그도 그럴 것이, 그는 십 년 전부터 천검십검으로 활동했다. 형들이 있고, 사형들이 있어서 겸손한 척 뒤로 빠져 있었지만 검공만큼은 조금도 양보하고 싶지 않았다.

형들? 천검사봉?

누가 되었든 생사를 걸고 싸워야 하는 입장이라면 흔쾌히 받아줄 자신이 있다.

쒜엑! 쒜에에엑!

그는 근 반 각에 걸쳐서 검무를 추었다. 그리고 어떠냐는 듯이 아버지를 쳐다봤다.

가주는 자고 있었다.

"아버님의 뜻이 어디에 있는 것 같나?"
"새삼스럽게 무슨 말이야?"

묵비 비주가 고개를 쳐들며 되물어왔다.

"요즘은 도통 헷갈린단 말이야. 아버님의 뜻이 정말 내게 있는지 아닌지."
"후후후! 다 왔는데 왜 그래?"
"오늘도 검무를 쳤어."

"그래?"

"주무시더군."

"후후후! 영 마음에 들지 않는 모양이시군."

"그래도 그렇지, 꼭 그런 식으로 표시해야 하나?"

"후후! 그게 원래 그분 방식인데 어쩌나."

비주가 다시 고개를 숙여 서적을 읽었다.

"그놈은 어때?"

"누구? 명이 말인가?"

"천유비비검을 전수했다면서?"

"꽤 성취가 있는 모양이야."

"시두(始頭)가 누구야?"

"하하! 이거 왜 이래. 그건 말해줄 수 없다는 것 자네가 가장 잘 알면서."

"난 가주 대리야. 가주를 대신해서 천검가를 이끌고 있다고. 그런데도 말 못해?"

"그럼 가주님께 직접 여쭤보든지."

"후후후!"

류아는 웃었다.

시두는 사부를 대신해서 천유비비검을 전수한다.

그는 사부가 아니다. 류명과 아무런 관계도 없다. 단지 천유비비검을 전수하는 역할만 맡는다.

천검가에서 그럴 만한 인물이 몇 명이나 될까?

딱 다섯 명뿐이다.

자신과 동생인 류형과 그리고 눈앞에 있는 묵비 비주, 이렇게 셋이 거론된다. 나머지 둘은 백패패와 진지우다. 동생을 제외하고는 모두 동배(同輩)로 마음을 터놓고 지낸 지 오래다.

백패패와 진지우는 자신이 아니라고 했다. 동생 역시 류명에게 검공을 전수할 바에는 술이나 마시겠다고 했다. 그렇다면 딱 한 명, 비주만 남는다.

비주가 류명의 시두 역할을 하고 있다.

그래서 물었다. 류명의 진전이 어느 정도냐? 비주는 성의없이 대답했다. 꽤 성취가 있는 것 같다.

이런 점들이 류아의 심기를 건드린다.

"비주, 넌 나와 같은 부류야."

"그런가?"

"시세에 영합하지."

"그건 간사한 소인배의 전형 아닌가."

"그게 우리란 말이야."

"하하하! 이 사람, 더운밥 먹고 쉰 소리를 하고 있군."

"기다리지 않겠네. 하지만!"

"……"

"선택은 하게. 이도저도 아닌 미적지근한 상태는 싫으니까. 나를 택하든 류명을 택하든."

"무슨 소리야?"

"후후후!"

류아는 비주에게 사나운 눈길을 던지고 등을 돌렸다.

삼 년 전만 해도 비주는 자신에게 바싹 다가섰다. 친구이면서 수하도 할 수 없는 잔심부름까지 손수 할 정도였다. 어머니에 대한 충성심도 매우 높았다. 그때는 하루에 두세 번 꼴로 소화각(炤華閣)을 들락거렸다.

그러던 사람이 어느 날인가부터 변하기 시작했다.

소화각에 대한 발걸음이 뜸해지고, 자신을 만나도 데면데면하기 일쑤다. 그리고 그때부터 아버지로부터 끊임없이 검무를 추어보라는 요구에 시달려 왔다.

류명이 뭔가 색다른 것을 보여주었다.

잃었던 신망이 되살아날 만큼, 내친 사람을 다시 불러들일 만큼 확고한 것을 증명해 보였다.

놈이 무공의 천재였던가?

그럴 리 없다. 놈은 투골조 같은 망나니 무공조차 변변히 수련해 내지 못한 처지다. 더군다나 놈은 투골조를 수련한 전적이 있었다. 놈이 살아 있는 한 그 전적은 지워지지 않는다.

류아는 암중에서 일이 더 커지기 전에 추스를 필요가 있다고 생각했다.

우선 적과 아군을 분리한다.

백패패와 진지우는 두말할 필요도 없이 자신 편이다. 그들은 태어난 날은 달라도 죽을 때는 같이 죽자고 맹세한 사이다. 류형도 자신 편이다. 동생이 형을 거들지 않으면 누가 거들겠는가.

문제는 비주다.

이놈은 동배이면서도 영악하다. 간사하다. 시류에 편승하여 이리 붙었다 저리 붙었다 박쥐같이 움직인다.

류아가 등을 돌려 두어 걸음 걸었을 때, 등 뒤에서 비주의 음성이 들렸다.

"경거망동하지 말게."

"뭐라!"

"자네를 위해서 하는 말이야. 경거망동하지 말고 가주의 뜻을 받들게. 앉으라면 앉고 서라면 서고. 자식이라면 당연히 부모의 뜻을 받들어야 하는 게 아닌가."

비주의 뜻을 전해 들었다. 놈은 류명을 택했다.

'류명…… 놈이 뭘 가진 게야!'

류아는 눈에서 불길이 솟았다. 그는 등을 돌리지 않은 채 차디찬 음성으로 말했다.

"그게 자네 뜻인가?"

"삼 년 전, 정명부인은 불공이나 드리라는 명에 순순히 응했네. 자네가 잘 알겠지. 용화사(龍華寺)를 거론한 게 자네이니까. 정명부인은 지금도 용화사에서 불공을 드리고 있네. 그때 만약 정명부인이 날을 곤두세웠으면 어떻게 했겠나? 그때는 자네에게 전권이 있었으니 자네가 말해보게. 어떻게 했겠나?"

"그 칼날을 내게 겨누겠다는 건가? 후후후! 그래, 이번에는 누가 전권을 쥔 겐가?"

"하하하! 그저 자네를 위한 충고로 받아들이게. 심각하게 생각할 필요는 없네. 원래 묵비 비주라는 직책이 한낱 장난도 심각하게 고민하는 자리이지 않나. 하하하!"

비주는 놀리듯이 웃어젖혔다.

톡! 톡! 톡!

류아는 손가락으로 탁자를 두들겼다.

생각하면 생각할수록 어려워진다.

류명이 무공 기재라고는 생각할 수 없다. 그러면 뭔가? 놈이 무엇을 가졌나?

자신의 천유비비검이 아버지 눈에 들지 않는 것은 확실하다. 류명이 가진 무엇인가에 정신이 현혹되어서 자신의 천유비비검마저 보지 않고 계시는 게다.

'이쯤에서 끝내야겠어.'

더 이상은 참기 힘들다.

오늘내일 죽을 듯하면서도 끈질기게 살아 있는 아버지를 모시는 일도 지겹다. 노구(老軀)의 명확하지 않은 판단을 있는 그대로 받아들이기도 어렵다.

백패패와 진지우, 그들이라면 눈도 제대로 뜨지 못하는 아버님을 편안한 길로 모실 수 있다. 그동안 자신은 류형과 비주를 친다. 한날한시에 번개같이 해치운다.

"좋아!"

류아는 결정을 굳혔다.

그전에, 일을 시작하기 전에 상의할 분이 있다.

어머니!

'안 돼!'

소화부인은 뚫어지게 자식을 쳐다봤다.

류아는 자신만만하다. 손만 뻗으면 일이 해결될 것으로 믿고 있다. 막연하게 생각만 하는 게 아니라 확신을 가지고 있다. 이게 더 위험하다. 이미 마음속으로 결심을 굳혔으니 누가 무슨 말을 한다고 해도 듣지 않을 게다.

그래도 미련을 버리지 못하고 돌려서 물어봤다.

"아버지를 확실히 파악한 게냐?"

"하하하! 걱정되세요? 염려 마세요. 제가 왜 아버지를 모르겠어요. 매일 그 햇볕 쬐기를 하느라고 살이 다 벌겋게 익어버렸는데, 그런데도 모르겠어요?"

'이런 멍청이!'

소화부인은 뺨이라도 갈기고 싶었다.

그렇게 잘 안다는 놈이 이런 짓을 하려는 겐가!

하지만 말은 하지 않았다. 그런 말은 소용없다. 실제로 도움이 되는 말을 해줘야 한다. 말로 안 되면 지혜라도 짜내야 한다.

그녀는 눈에 넣어도 아프지 않을 자식을 빤히 쳐다봤다.

갓난아기로 발버둥을 칠 때가 엊그제 같은데 어느새 세월이 흘러 내일모레면 나이 사십 줄에 들어선다. 그동안 혼인을 해서 자식도 넷이나 봤다. 천유비비검을 수련하여 천검십검으로 인정받았으니 무림에서 차지하는 비중도 적지 않았다.

그런데도 어리게 보인다.

"휴우!"

긴 한숨이 절로 새어 나온다.

삼 년 전에 쫓겨난 류정이나 류과는 야심을 드러내지 않았다. 묵묵히 자신이 할 일만 찾아서 했다. 근면하고 성실했으며, 기상이 드높았다. 재능도 탁월했다.

반면에 류아는 연약하다. 야심만 많다.

류정과 류과는 가주가 입을 열기도 전에 거취를 결정했다.

그들은 가주가 향암 척살이라는 명령을 내릴 때부터 자신들이 어떻게 될지를 짐작했다. 그러고도 묵묵히 명령받은 일을 수행했고, 결과까지 책임졌다.

류아는 자신의 목에 밧줄이 걸린 줄도 모른다.

시작은 묵비 비주로부터 일어났다.

그는 의도적으로 접근했다. 아주 가까이 찰싹 달라붙었다. 그리고 '너는 내 사람이다'라는 생각이 깊이 들 때, 역시 의도적으로 떨어져 나갔다.

자신은 그런 게 보였다. 비주의 어린애 장난 같은 행동이 환히 보였다. 한데 자식은 보지 못한다. 비주가 자신의 목에 밧

줄을 걸고 있다는 사실을 조금도 눈치채지 못한다.

가까웠던 사람이 소원해지면 누구든지 '왜?'라는 의문을 가진다.

그럴 때 윗사람은 참고 기다릴 줄 알아야 한다. 목마른 자가 우물을 판다는 말도 있지 않은가. 가주가 될 자는 급할 게 없다. 오히려 수하 될 자가 현명하게 처신해야 한다.

비주는 류아의 성격을 알고 있다.

조금만 조급하게 만들면 참지 못하고 팔딱팔딱 뛸 것을 예상했다. 그래서 일부러 가까이 다가왔다가 일부러 멀어진 게다. 그리고 그사이에 류명 이야기를 슬쩍 섞어 넣었다.

그가 왜 이런 짓을 할까?

두말하면 잔소리다. 삼 년 전, 류정과 류과에게 그랬듯이 이번에는 류아와 류형에게 올가미를 씌우고 있다.

가주는 아주 철저하다. 이번 일에 셋째는 아무 관계가 없다는 것을 알리기 위해 불가에 묶어두었다. 한 명은 절에, 또 한 명은 동굴에 틀어박혀 있다. 그러니 그들이 무슨 짓을 꾸민다고는 도저히 생각할 수 없다.

자, 이제 본격적으로 움직일 기회를 주자.

가주는 자신을 죽였다. 점점 죽음으로 몰아넣었다. 때로는 기식이 엄엄하기까지 했다.

가주는 류아에게 역천(逆天)을 강요한다.

이런 수가 보이지 않는단 말인가? 그러고도 아비를 안다고 말하는가. 야망만 있지 머리는 없다. 앞으로 달려갈 줄만 알지 좌우를 돌아보지 못한다.

가주는 처음부터 류명에게 모든 것을 물려줄 심산이었다.

가주에게는 다른 자식들은 모두 방해꾼으로만 보일 뿐이다. 가주의 자식은 딱 한 명, 류명뿐이다.

희한한 일이다.

정명부인은 이남이녀를 두었다.

여아는 관심 밖이니 그렇다 치고, 정명부인의 소생으로 두 아들이 있는데, 첫째인 류광(劉光)은 그 누구도 거론하지 않는다. 류광은 이복형들에게 치이고 동생에게 치인다.

자신에게도 그런 아들이 있다.

류평(劉坪)은 불행히도 불구다. 한쪽 다리를 심하게 절룩거린다. 온몸을 뒤틀지 않고는 걸을 수 없을 정도로 두 다리의 길이 차이가 심하다.

그때부터 류평은 버린 자식이 되었다.

류평은 불구이니 그렇다 치고, 류광은 멀쩡한데도 죽은 사람 취급을 받는다.

류명, 류명, 류명…….

가주는 오직 류명만이 자식이다.

이제 류명에게 천검가를 넘길 준비가 끝난 것 같다. 그러니 역천을 부채질하는 것이겠지.

'떠날 때가 되었나.'

소화부인은 조용히 말했다.

"하려면 확실히 하거라."

"어떻게 하면 좋을까요? 전 오늘이라도 시작했으면 하는데."

류아의 눈빛이 반짝거렸다.

"아니. 조금 더 신중해야지. 이런 일을 할 때는 화근을 남겨두면 안 되는 거야. 가주뿐만이 아니라 대부인까지 처리해야 한다. 용화사에 있는 삼부인과 류명도 한꺼번에 처리해야 돼. 단순히 죽이는 게 문제가 아니라 명분까지 있어야 된다."

"비주의 하극상(下剋上)으로 처리하려고요."

'휴우!'

가는 한숨이 새어 나온다.

대부인은 똑똑하다. 삼 년 전, 오늘 같은 날 그녀는 어떻게 해야 자식들이 역천의 오명을 뒤집어쓰지 않고 살 수 있는지 깨달았다. 그래서 일원검문을 들먹이지 않았다.

일원검문이 나서면 피바람이 몰아친다.

천검가가 녹록한 검문이 아닌 이상 일원검문도 상당한 타격을 받아야 한다.

아니, 그건 문제가 아니다. 류정과 류과가 아버지를 상대로 검을 들어야 한다는 역천이 문제다. 그 문제만큼은, 그 오명만큼은 백 년의 세월로도 씻을 수 없다.

대부인은 그 문제를 피하고자 조용히 있었던 것이다.

다시 말해서 가주가 미친 짓을 해도 어쩔 수 없다. 광기(狂氣)가 분명해도 거역하지 못한다. 왜? 아버지니까. 살과 피와 뼈를 나눠 준 아버지니까.

한데 류아는 자신이 나서서 역천을 행하려고 한다.

아비가 그러라고 꼬드기고, 멍청한 자식은 꼬드김에 넘어가 검을 뽑으려고 한다.

소화부인이 말을 이었다.

"외삼촌을 잊었구나. 외삼촌에게 도움을 청해라."

"아!"

류아의 얼굴에 화색이 돌았다.

하남(河南)의 신산(神算)!

왜 진작 외삼촌을 생각하지 못했을까? 외삼촌의 도움만 받는다면 옆에 책사(策士) 열 명을 둔 것과 진배없다. 막히는 일 없이 모든 게 술술 풀려 나갈 게다.

소화부인이 쐐기를 박았다.

"형아와 함께 외가에 갔다 오너라. 며칠 동안 바람 좀 쐬고 오겠다고 해. 갈 때는 너희 두 사람이지만 올 때는 천군만마와 함께 와야 한다. 외삼촌과 꼭 함께 오너라."

"하하! 걱정 마세요. 하하하!"

류아는 신나게 웃었다.

잘못된 생각, 잘못된 판단이다.

오라버니는 결코 류아를 도와주지 않는다. 그가 바로 하남의 신산이다. 계산은 정말 잘 뽑아낸다. 지금 류아가 천검가주와 부딪치면 어찌 될지 누구보다도 잘 안다.

오라버니는 자신이 왜 류아와 류형을 보냈는지도 짐작할

게다.

두 아들, 다시는 천검가로 돌아오지 못한다.

소화부인이 웃으면서 말했다.

"빨리 다녀오너라."

第三十八章
옥룡(玉龍)

1

 임신년(壬申年) 갑진월(甲辰月), 노산삼마(爐山三魔)가 푸릇 푸릇한 새싹 위에 육신을 뉘였다.

 일 검, 일 검, 일 검……. 단 한 수로 생각되는 검의 연결이 세 마인의 몸뚱이를 휩쓸었다.

 누가 노산삼마를 이토록 간단하게 죽였을까?

 갑진월 열아흐레, 흑백쌍마(黑白雙魔)가 죽었다.

 역시 단 일 검이다. 두 사람을 목석처럼 세워놓고 신기(神氣) 합일된 검으로 목을 갈라 버렸다.

 흑백쌍마는 반항도 하지 못한 듯하다. 그냥 멀거니 눈 뜨고 서서 당한 것처럼 보인다.

 갑진월 스무하루, 고루신마(骷髏神魔)가 무너졌다.

왼쪽 견갑골을 파고든 검이 심장을 가르고 창자를 가르며 쭉 그어 내렸다.

고루공의 달인인 고루신마는 육신이 양단되는 수모를 당했다.

무서운 검수가 등장했다.

노산삼마는 그렇다 쳐도 흑백쌍마와 고루신마가 차지하는 비중은 무척 높다. 그들은 온갖 악행을 저지르고 다니지만 그 누구도 제지하지 못했다.

뛰어난 무공도 무공이려니와 약삭빠른 눈치는 도저히 감당이 되지 않는다. 기껏 머무는 곳을 알아내어서 포위하면 어느새 빠져나가고 없다.

그들은 도주하는 것으로 그치지 않는다. 포위망을 탈출한 후에는 역공을 취한다. 모임이 흩어지기를 기다렸다가 각개격파를 하는 경우도 있고, 포위망의 뒤통수를 노리는 경우도 있다.

여간 상대하기 꺼려지는 인물들이 아니다.

그런데 그토록 약삭빠른 자들이 피할 사이도 없이 날아든 검에 목숨을 잃었다.

누군가? 누가 마인들을 척살하는가?

말끔한 차림의 미공자가 주루(酒樓)로 들어섰다.

넓은 이마, 반듯하게 솟은 검미(劍眉), 여인처럼 큰 눈, 반듯한 코, 붉은 입술, 그리고 하얀 피부!

여인이 남장했다고 해도 믿을 정도로 아름다운 공자다.

"사내야, 계집이야?"

"꼴에 검은 찼네."

"쉿! 보아하니 세도깨나 있는 집안 자식인 것 같은데 말조심하라고. 괜히 경 쳐."

"세도까지는 아니더라도 있는 집 자식인 것 같기는 하다. 그런데 뭔 놈의 자식이 저리 곱다냐."

"흐흐흐! 왜? 한번 안아보고 싶냐?"

"안아도 될 것 같은데? 흐흐흐! 저 자식, 수염도 안 났어."

주루에서 술을 마시던 취객들이 사내를 보며 수군거렸다.

사내는 이런 반응에 익숙한지 크게 개의치 않았다. 바로 옆에서 계집 운운해도 무표정한 얼굴을 유지했다.

그가 걸어가서 빈 탁자에 앉았다.

"뭐로 드릴깝쇼? 지금은 시간이 시간인지라 술과 안주밖에 안 되는데."

"검남춘(劍南春) 특상(特上)."

"아!"

점소이는 입을 꾹 다물었다.

술을 마시는 사람은 많지만 검남춘을 마시는 사람은 없다.

술값이란 게 원래 천차만별이지만 그래도 명주(名酒)라고 하면 기본적인 가격이 있게 마련이다.

인근에서 검남춘을 마실 만한 사람은 없다. 그런 고급술은 기녀를 끼고 마시는 기루(妓樓)에서나 찾아볼 수 있다. 오다가다 목이 출출해서 기웃거리는 길가 주점에서 찾을 수 있는 술이 아니다.

거기에 특상이란다.

인구 십만이 넘는 대도시에서도 고작 서너 군데서만 찾아볼 수 있으리라.

"안주는……."

"거, 검남춘은 없는뎁쇼. 있기는 한데 저희가 파는 것은 하품(下品)뿐이라서……."

하품과 특상은 천지차이다.

하품이 길가에 널린 잡초라면 특상은 깊은 산속에서 찾을 수 있는 산삼에 비유할 수 있다.

"가져와."

"네, 네."

점소이는 허리를 굽실거렸다.

한편으로는 얄밉기도 하다. 이놈은 길가 주점에 특상품이 없다는 걸 알고 있었을 게다. 자신도 특상품을 마실 생각은 없었을 거고. 그저 기나 죽여보자는 심정에서 툭 던진 말일 것이다.

이럴 때 특상품이 있어야 하는 건데. 그래서 '여기 있습니다' 하고 코앞에 들이밀어야 하는 건데. 정말 그러면 이놈 표정이 어떻게 변할까? 술값을 치를 돈이나 있나?

"안주는 뭐로 드릴깝쇼?"

"아무거나."

"네?"

"하품에 받쳐 먹을 안주는 없어. 아무거나 가져와."

"네, 네."

점소이는 또 머리를 조아렸다.

'하품에 받쳐 먹을 안주가 없어? 꼭 기둥서방처럼 생긴 놈이……'

점소이는 머릿속을 바쁘게 굴렸다.

어떻게 할까? 말을 이따위로 했으니 어디 골탕을 먹여봐? 어떻게 먹인다? 안주로 그냥 콱 국수를 내놓을까? 아니면 옴팍 바가지를 씌워볼까?

분을 풀자면 국수나 만두를 내놓는 게 좋고, 주루를 위하자면 바가지를 씌우는 게 낫다.

'어디 돈이 얼마나 있나 보자!'

점소이는 바가지를 씌우기로 작정했다.

점소이는 하품의 검남춘과는 전혀 어울리지 않는 불도장을 안주랍시고 내왔다.

"헤헤! 아무거나 가져오라셔서."

여기저기서 큭큭거리며 웃는 소리가 터졌다.

취객들은 사내의 반응을 살폈다.

불도장 한 그릇을 앞에 놓고 무슨 생각을 할까? 제일 먼저 든 생각은 바가지 단단히 썼다는 생각일 텐데…….

사내는 묵묵히 저금을 들어 버섯을 건져 먹었다.

옥룡(玉龍) 233

"좋군."

"네?"

"좋아. 됐어."

사내는 술잔에 검남춘을 또르르 따랐다.

하얀색의 맑은 액이 향긋한 주향을 풍긴다.

하품이라고는 해도 검남춘은 검남춘이다. 주도에 달통한 사람이 아니면 향 같은 것으로 품질을 구분하지 못한다. 그때,

"하하하! 그런 고급 안주에 싸구려 주향이라니. 하하하! 공자, 내 술 한잔 대접해도 되겠소?"

취객 중에 한 명이 휘청거리며 걸어와 양해도 구하지 않고 미공자의 맞은편에 털썩 앉았다.

"흐흐흐! 오늘 아주 입이 호강할 거요."

사내에게서는 음식 썩는 냄새 같은 퀴퀴한 냄새가 진동했다. 얼마나 씻지 않았는지 손등도 터졌고, 얼굴에도 새카만 때가 덕지덕지 붙어 있다.

사내는 봇짐을 뒤져서 손바닥만 한 작은 단지를 꺼냈다.

"흐흐흐! 요기 있네. 요 귀여운 놈!"

사내는 단지에 입을 쪽 맞췄다.

점소이는 옆에 없었다. 사내가 다가오자 불에라도 덴 듯이 화들짝 놀라 급히 사라졌다.

"자, 한 잔 받게. 아! 나보다 어려 보여서 말 놨는데, 괜찮지?"

미공자는 가타부타 말없이 여전히 무표정한 얼굴로 잔만 앞

으로 내밀었다.

"호호! 호호호!"

사내가 그런 모습을 귀엽다는 듯 지켜보다가 작은 단지를 열어서 술을 따랐다.

또르륵!

다소 누런빛이 감도는 탁한 액체가 술잔에 떨어졌다. 순간,

"아!"

"음……!"

여기저기서 탄성이 흘러나왔다.

탁한 액체가 내뿜는 주향은 단숨에 후각을 잡아당겼다. 주루 안에 있는 온갖 냄새가 사라지고 오로지 주향만 맡아졌다.

청아하다. 맑다. 향기롭다.

특상품 중에서도 단연 최고다.

미공자는 넘칠 정도로 찰랑찰랑 따라진 술잔을 집어 들었다.

"좋군."

"최고지."

"이 술값은 어떻게 치러야 하나?"

"호호호!"

"내가 셈할 수 있는지 알아야 마시지. 다시 묻지. 이 술값은 어떻게 셈해야 하나?"

"호호호! 그냥 아무 생각 말고 쭉 들어. 그리고 일어서서 나가."

"그거면 되나?"

"호호호!"

미주 한 잔의 값은 일어서서 나가는 것이다.

술값을 셈할 필요가 없다. 불도장 값을 낼 필요도 없다. 그냥 나가기만 하면 된다.

미공자는 술잔을 옆으로 기울였다.

또르르륵!

기울어진 술잔에서 술이 떨어져 바닥에 흘렀다.

"미안하지만 이런 술 정도는 얼마든지 구할 수 있는 입장이라……. 기분 나쁘군. 겨우 이 정도로 내 행동을 좌우하려고 했다니."

"한 잔 가지고 안 되면 한 잔 더."

사내가 술 단지를 들어 올렸다.

"취생몽마(醉生夢魔). 살고 싶은 겐가?"

"호호호!"

"구차하지 않나?"

주루는 찬물을 끼얹은 듯 조용해졌다.

미공자의 입에서 취생몽마라는 말이 거론되는 순간부터 옷자락 부스럭거리는 소리조차 들리지 않았다.

한세상 모든 게 일장춘몽(一場春夢), 헛된 꿈이다. 나도 꿈, 너도 꿈이다. 하니 죽음을 두려워 마라. 죽는 것 또한 꿈이니 어느 세상에선가 다시 태어나면 된다. 전생(前生)이 있고, 현생(現生)이 있고, 내생(來生)이 있다. 환생(幻生)이 있는데 무엇을 두려워하는가. 죽이면 죽어라.

취생몽마의 손길은 거침이 없다.

하루라도 죽음을 안기지 않으면 잠이 오지 않는다는 살인마 중의 살인마다.

그런 자가 눈앞에서 술을 마시고 있었다.

술에 취하는 것도 꿈, 취기(醉氣)를 느끼는 것도 꿈, 세상 돌아가는 게 모두 꿈.

미공자가 나타나지 않았다면 지금 이 주루 안에서 누군가는 죽었다. 술 취한 미친놈에게 개 같은 잡소리를 들으면서 살해당했다. 더군다나 점소이가 놀라서 달아난 것을 보면 미친놈이 이 주루를 이용한 게 한두 번이 아닌 것 같다.

더욱 놀라운 일은 그런 취생몽마가 닭 한 마리 잡을 힘도 없어 보이는 미공자에게 생명을 구걸한다는 것이다.

또르르륵!

누런빛의 술이 술잔에 채워졌다.

"두 번째 잔이야."

"난 마신 적 없다."

"준 사람만 있고 받은 사람은 없는 경우군. 흐흐흐! 좋아. 하나 예의란 게 있으니까…… 들지."

미공자는 또다시 술잔을 기울였다.

또르륵!

술이 쏟아져 바닥을 적셨다.

취생몽마와 미공자의 눈빛이 허공에서 얽혔다.

"보자 보자 하니까……."
"누가 보라고 했나? 일 초다. 최선을 다해라."
"정말… 꼭…… 이래야 하나?"
"일 초다."
"이… 빌어먹을 새끼!"
"그래, 그래야 마구니 새끼 같지. 욕은 그만하면 됐고, 이제 손을 써라."

그 순간이다. 느닷없이 취생몽마의 입에서 빗살 한 무더기가 뿜어져 나왔다.

푸왓! 촤촤촤촤악!

빗살은 순식간에 미공자의 얼굴을 덮어버렸다. 아니, 덮어버린 듯했다.

쒜엑! 촤악!

미공자의 신형은 어느새 허공에 떠 있다. 취생몽마가 입에서 비침(飛針)을 쏟아내는 것보다 그가 허공에 뜨는 시간이 더 빨랐다. 입만 살짝 벌리는 작은 행동보다 몸을 전부 움직여야 하는 큰 행동이 훨씬 빨랐다.

촤아악!

검광이 물결쳤다.

누군가의 눈에서 선(線)으로 보였고, 또 누군가의 눈에는 빛으로 보였다.

한 줄기 검광이 취생몽마를 훑었다.

"껙!"

비명은 지극히 짧았다.

"그 사람, 그 사람이야. 노산삼마를 죽인 사람!"
"흑백쌍마, 고루신마를 죽인 사람?"
"그 사람 맞아."
"세상에! 저렇게 젊었어?"
"봤어? 봤어? 순식간에 번쩍하는 것 봤어?"
"내 살다 살다 저렇게 빠른 검초는 처음 본다. 어느 문파 검법인지 알아본 사람 있나?"
"뭐가 어떻게 움직였는지도 모른 판에 어떻게 검법을 알아봐."
"하긴……."

미공자는 떠나고 없다. 하지만 사람들의 입담은 쉬지 않고 흘러나왔다. 아니, 시간이 지날수록 살이 보태지고 뼈가 더해져서 완벽한 신검(神劍)으로 재탄생했다.

"옥면신검(玉面神劍). 옥면심검이야."
"야! 그 말 한번 잘했다. 옥면신검…… 딱 그 공자에게 어울리는 별호네. 그렇지?"
"어느 집에서 저런 공자를 낳은 거야? 저런 사람이 있다는 소린 완전 금시초문인데. 그러나저러나 어느 문파인지 모르지만 옥면신검으로 인해서 깃발 좀 휘날리겠는데?"
"깃발뿐인가. 저 정도면 검련도 눈이 돌아갈걸?"

옥면신검은 이렇게 모습을 드러냈다.

옥룡(玉龍) 239

2

저벅! 저벅! 저벅!

미공자가 커다란 저택을 향해서 걸었다.

손에는 목검을 들었다. 단단한 박달나무를 깎아서 만든 목검에 자르르 살기가 감돈다.

"누구냐!"

수문(守門) 무인이 건방진 태도로 물었다.

그들은 그럴 만하다. 어느 누구도 천검가라는 현판 앞에서는 초라해진다. 수문 무인들이 감히 하대할 수 없는 신분일지라도 처음에는 순순히 신분을 밝혀야 한다.

공대는 그때 해도 늦지 않다.

"나? 옥면신검."

"옥… 면신검? 흑백쌍마와 고루신마를 죽였다는?"

저벅! 저벅!

미공자는 수문 무인들을 쳐다보지도 않고 걸었다.

"잠깐! 뭐하는 거야! 옥면신검이고 뭐고 간에 용건을……."

쒜엑! 따악! 따아악!

느닷없이 박달나무 목검이 허공을 그었다. 그리고 수문 무인 두 명의 머리를 깨뜨려 버렸다.

"컥!"

"크윽!"

수문 무인들은 머리를 감싸 쥐고 펄쩍 나가떨어졌다.

깨진 머리에서 피가 철철 흘러내린다. 신음은 새어 나오지 않았다. 꿈틀거리지도 않는다.

혼절!

살갗을 약간 찢은 정도가 아니다. 뼈까지 부숴 버려서 즉사하지 않고 낫더라도 심한 후유증에 시달릴 것 같다.

"한심한……."

미공자는 수문 무인들을 비웃으며 안으로 걸어 들어갔다.

"뭐냐!"

수문위장(守門衛長)이 앞을 가로막았다.

그는 두 무인이 가격당하는 것을 봤다. 미공자의 솜씨도 파악했다. 그렇기 때문에 충분한 거리를 두고 마주 섰으며, 언제라도 즉시 응대할 수 있도록 검을 뽑아 들었다.

"넌 좀 낫니?"

"시비냐?"

"병신……. 무공으로 싸울 거야, 천검가의 위세로 싸울 거야?"

"시비구나."

"그렇다면?"

순간, 좌우에서 무인 십여 명이 쏟아져 나와 미공자를 에워쌌다.

"이거 실망인데?"

미공자가 목검을 들어 올리며 말했다.

옥룡(玉龍) 241

"천검가라면 그래도 손님 대접을 할 줄 알아야지. 그렇게 사람이 없는 거야? 이렇게 떼거리로 덤벼드는 건 삼류 문파나 하는 짓이지. 안 그래?"

그가 수문위장을 노려보며 말했다.

미공자의 두 눈에서 활화산 같은 열기가 터져 나왔다. 그것은 강렬한 도전이요, 가슴의 울림이다. 검 대 검의 겨룸에 대한 간절한 열망이다.

수문위장은 흔들리지 않았다.

"옥면신검, 귀하의 검은 분명히 나보다 두어 수 위요. 난 귀하를 상대할 수 없소. 하지만 난 수문(守門)에 목숨을 건 사람, 당신을 저지해야겠소. 수단방법을 가리지 않고. 이게 내가 선택할 수 있는 가장 최선의 방법이오."

그가 수문 무인들을 가리키며 말했다.

천검가의 무인으로서 합공을 선택한 것은 떳떳하지 못하다. 하지만 상대가 안 되는 걸 어쩌랴. 이럴 때는 무인의 기상보다는 임무를 택하겠다.

수문위장의 뜻은 명확하게 전달되었다.

스읏! 사사삭!

수문 무인들이 재빨리 움직여 팔괘진(八卦陣)을 형성했다. 그리고 두 사람, 수문위장은 팔괘진의 북상(北上)에 위치했고, 또 한 사람은 남하(南下)에서 기수식을 취했다.

인원이 남아돌아서 팔괘진 밖으로 밀려난 것일까? 바보들…… 그럴 같으면 십방진(十方陣)을 수련하거나 팔괘진 안에서 이인합격진(二人合擊陣)을 구사하면 되는데…….

그렇게 생각하면 큰 오산이다. 이것은 천검가만의 독문 진법인 천지팔괘진(天地八卦陣)이다. 팔괘진을 진일보시킨다는 개념이 아니다. 팔괘진은 그런 식으로 해석될 수 없다. 천지팔괘진은 팔괘진의 형태를 빌린 새로운 진형이다.

"귀찮아."

미공자가 심드렁하게 말했다.

"옥면신검! 방문 목적을 밝히지 않으면 봉변을 당할 것이오."

"보통 귀찮은 게 아냐."

"천검가가 아무나 난동을 부리는 곳인 줄 알았소! 방문 목적을 명백히 밝히지 않으면……."

"않으면?"

"말로는 안 되는 친구군."

"네 친구 아냐."

"쳐!"

쉐액! 쉐쉐액!

천지팔괘진이 움직이기 시작했다.

일팔육삼(一八六三) 건곤감리(乾坤坎離)의 네 무인이 쑥 나서며 검을 찔렀다. 그 순간, 이칠오사(二七五四) 태간진손(兌艮辰巽)에 있던 무인들이 서로 간에 위치를 바꿨다.

휘이잉!

찬바람이 매섭게 휘몰아친다.

진방(辰方)은 손방(巽方)으로 가며 바람을 일으키고, 손방은 진방으로 움직이면서 우렛소리를 낸다. 태방(兌方)은 간방(艮方)으로 가서 든든하게 자리를 지켰고, 간방은 태방으로 움직이면서 어지러이 난검(亂劍)을 펼쳤다.

이들의 행동은 얼핏 무질서해 보인다. 아니, 공격해 오는 건곤감리 네 무인에게 신경을 쓰느라고 자세한 변화를 읽지 못했다. 그저 뒤에서 사람들이 움직이고 있구나 하는 정도만 깨닫게 된다.

그때, 또 다른 변화가 일어났다.

건곤감리 네 무인이 뒤로 쑥 빠졌다. 그리고 태간진손의 무인들이 한 발 앞으로 나서면서 방금 전에 보여주었던 변화를 다시 한 번 펼쳐 냈다.

하나 이번에는 다른 점이 있다. 그들의 검이 미공자를 향하고 있다는 점이 확실히 다르다.

쒜엑! 쒜에엑!

바람을 일으키는 검은 굉장한 검력(劍力)을 실었다. 우뢰를 일으키는 검은 강맹함을 위주로 하는 패검(霸劍)으로 쏘아왔으며, 산악이 되는 검은 진중한 검초를 차분하게 풀어냈다. 또 다른 검, 간방의 검은 땅에서 위로 솟구쳤다. 땅으로 처질 때는 고요히, 위로 솟구칠 때는 천지를 압도하는 힘으로 밀어닥쳤다.

"귀찮아."

미공자는 같은 말을 세 번째 반복했다. 그리고 그 순간,

쒜엑! 따악! 딱! 딱! 딱!

미공자의 손이 허공을 휘젓는다 싶은 순간, 무엇이 어찌 되었는지 파악하기도 전에 인영 네 명이 나가떨어졌다.

"헛!"

수문위장은 깜짝 놀랐다.

천지팔괘진은 무적의 절진이 아니다. 진형이라는 것은 무리(武理)에 근거하여 창출된다. 그러므로 무리를 뒤집을 수 있는 역설적인 무리만 발견되면 언제든지 파훼될 수 있다.

한데 미공자는 그런 식으로 파훼하지 않았다.

힘!

놀라운 속도로 모든 변화를 제압했다.

강검, 패검, 정검, 난검의 조화는 산악이 무너지는 것과 같은 효과를 불러일으킨다.

어느 검을 먼저 막아야 할까? 이것을 막자니 저것이 위험해 보이고, 저것을 막자니 이것이 더 선급해 보인다.

일단 뒤로 물러서자.

이것이 첫 번째 변화가 노리는 점이다.

진에 갇힌 자가 한 걸음 물러서면 바로 건방(乾方)에 직면한다.

건방의 검은 당연히 터질 것이고, 천지의 천(天)도 움직인다. 바로 수문위장인 자신이 일격필살의 검초를 터뜨린다.

그것으로 완벽한 것은 아니다. 흩어졌던 팔괘진은 다시 모이게 된다. 그리고 그 순간부터 열 개의 검이 숨 돌릴 틈도 주지 않고 부단하게 공격한다.

 하나를 막으면 둘이 몰아친다. 둘을 막으면 셋이 몰아친다. 어떻게 셋까지 막아낸다고 해도 넷, 다섯…… 끊임없이 달려든다. 진기를 다시 조율할 시간조차 주지 않고, 가쁜 숨을 고를 숨 한 모금의 여유조차 주지 않고 공격한다.

 경험상 천지팔괘진이 변화를 보인 후, 십 초 이상을 버틴 사람이 드물다.

 한데 미공자는 무인들이 따라가지 못할 속도로 검을 쳐냈다. 무인들이 쳐내는 속도보다 두 배, 세 배는 빠르게 가격했다.

 딱! 딱!

 한 명, 한 명 두들길 때 나는 소리다.

 다른 여섯 명은 그렇게 듣지 않았다. 따악! 하는 단 한 번의 격타음만 들었다. 그리고 네 명이 동시에 나가떨어졌다.

 '무서운 쾌검!'

 수문위장의 안색이 새하얗게 질렸다.

 이런 검법은 만진(萬陣)을 파훼한다. 어떠한 변형도 무적의 쾌검 앞에서는 당할 수 없다. 이쪽에서 손을 한 번 내리긋는 동안 네다섯 번 팔을 휘두를 수 있다면, 그만한 속도 차이라면 어떠한 무공도 당적할 수 없다.

 '천검십검! 천검십검만이 상대할 수 있어!'

 수문위장은 절망감을 느꼈다.

 현재의 천검가는 굉장히 쇠약해져 있다. 과연 이대로 얼마나 버틸 수 있을지 의문스럽다.

삼 년 전에 천검십검 중에 여섯 명이 빠져나갔다. 나머지 네 명도 현재 천검가에 없다. 얼마 전에 우르르 출타한 이후 돌아오지 않고 있다.

현재의 천검가는 무주공산(無主空山)이다.

그동안 천검가를 지탱해 왔던 류아와 류형 형제가 출타 중이다. 천검십검 중 마지막 두 명인 백패패와 진지우도 류아 형제가 출타한 다음날 어디로 간다는 말 한마디 남기지 않고 떠나갔다. 그리고 소식 한 장 전해오지 않는다.

천검십검은 없다.

천검가를 이끌고 있는 사람도 없다.

바깥일은 묵비 비주가 가주의 명을 빌려서 시행하고 있고, 장원 내부의 일은 소화각에서 처리하고 있다.

진위를 확인할 수는 없지만 가주는 병세가 깊어서 움직일 수 없는 처지라고 한다.

누군가 이름을 날리고자 하는 무인이 있어서 비무라도 신청해 오는 날에는 상대해 줄 고수가 없다.

그런 일이 없기만, 출타했던 사람들이 돌아올 때까지 조용히 지나가기만…….

세상은 뜻대로 되는 게 아니다. 나쁜 일은 더더욱 피해갈 수 없다. 이상하게도 이런 일만 일어나지 않았으면 좋겠다고 생각하면 꼭 그 일이 일어난다.

수문위장은 하루에도 열두 번씩 비무를 신청하는 무인, 시비를 걸어오는 무인이 없기를 바랐다.

천검가를 대상으로 비무나 시비를 걸어온다면 상대의 무공 또한 만만치 않을 것이다. 천검십검을 상대할 각오로 병기를 든 자이기 때문에 신중히 상대해야 한다.

그런데 그런 일이 벌어졌다.

이건 비무 신청이 아니다. 시비를 걸어온 것도 아니다. 시시비비 따위는 애당초 거론도 하지 않는다. 다짜고짜 싸움부터 걸어온다. 막을 수 있으면 막고, 그렇지 않으면 길을 비키라고 강요한다.

'최악이야!'

수문위장은 검을 들었다.

상대가 안 되는 줄은 알지만 그렇다고 길을 비켜줄 수도 없다.

"모두 비켜라!"

천지팔괘진을 풀었다.

네 명이 쓰러졌다. 머리가 깨져서 피를 줄줄 흘린다. 푹 쓰러져서 일어나지 못하는 것을 보면 즉사했거나 혼절했다.

열 명 중에 네 명이 쓰러졌으면 진은 깨진 것이다.

자신은 어쩔 수 없이 길을 막지만 나머지까지 희생을 강요할 필요는 없다. 어차피 나머지가 모두 달려들어도 섶을 지고 불속으로 뛰어드는 꼴밖에는 안 된다.

"저희도 함께하겠습니다."

수문 무인들이라고 사태를 읽지 못할까. 수문위장의 뜻을 알지 못할까.

"물러서라. 지금은 한 명이라도 전력을 보존할 때다."

뎅뎅뎅뎅!

급한 타종이 울렸다.

천검가가 현판을 올린 이래로 침입을 알리는 타종이 울린 것은 이번이 처음이다.

상황을 지켜보던 무인도 상당히 망설였던 듯하다.

타종을 울린 적이 없는데 울려야 하나 말아야 하나 고민했으리라. 그러다가 돌아가는 상황이 너무 심각해지자 자신도 모르게 타종을 시작했을 게다.

"후후후!"

미공자가 옅은 웃음을 지어 보였다.

그 모습이 무척 매력적이다. 훤칠한 키에 균형 잡힌 몸, 잘생긴 외모, 어느 한구석 빠지지 않는 미공자가 웃음까지 지어 보이니 친근감까지 느껴진다.

"천불심소(千佛心笑)!"

수문위장이 놀라서 외쳤다.

천불심소는 일명 '죽어가는 자를 위한 미소'라고 불린다. 대자대비하신 부처님의 미소라고도 한다. 미소를 접하는 자는 마음이 평안해진다. 들끓던 마음이 공허한 울림으로 변한다.

"수문위장치고는 안목이 넓군."

미공자가 조롱했다.

"내 당신의 적수가 안 됨을 알지만……."

옥룡(玉龍) 249

"귀찮아."

쒜엑!

목검이 허공을 흘렀다.

미공자는 수문위장의 말을 끝까지 듣지 않았다. 그가 말하는 도중에 벼락같이 목검을 쳐냈다.

따악!

목검은 정확하게 두개골을 두들겼다.

"컥!"

수문위장은 일초반식조차 펼쳐 보이지 못했다.

정심(定心)으로 최선을 다해도 받아내기 어려운 검이다. 한데 기습까지 당했으니 어찌할 도리가 없다.

수문위장의 코에서 코피가 주르륵 흘러내렸다. 눈에서도 붉은 핏물이 눈물처럼 흘렀다.

"말이 너무 많잖아."

미공자는 목검을 축 늘어뜨린 채 걸었다.

수문 무인들은 앞을 막지 못했다. 머릿속에서는 막아야 한다는 생각이 간절했지만 몸이 따라주지 않았다.

뎅뎅뎅뎅!

멀리서 울리는 타종 소리가 더욱 급박해졌다.

따악! 따악! 따아악!

일 초에 한 명!

헛손질이 없다. 허초(虛招) 또한 없다. 펼쳐지는 모든 검식이 실초(實招)다. 실초가 펼쳐질 때마다 한 명씩 쓰러진다.

천검가는 나약하지 않다.

천검가에는 천검십검만 있는 게 아니다. 당주(堂主)도 있고 향주(香主)도 있다. 원주(院主), 각주(閣主)…… 수많은 고수들이 기라성처럼 널려 있다.

그들 모두가 일 초를 감당하지 못한다.

재당(財堂)당주가 쓰러졌다.

비서원주(秘書院主)도 무너졌다.

"천유비비검은 없는가!"

미공자가 말했다.

"며칠만 기다려줄 수 없나?"

미공자는 고개를 돌려 말한 사람을 쳐다봤다.

"누구냐?"

"천검가 무주(武主)다."

"무주라면?"

"타 문파에서는 교두(敎頭)라고 하지."

"흠! 그대 정도면 괜찮은 검을 쓸 것 같은데?"

"거짓말은 하지 않는다. 우리는 모두 천유비비검을 수련했다. 하지만 사용을 승인받지 못했다."

"그래서 쓰지 않는 건가?"

"그렇다."

"아까 며칠을 기다리라고 했는데, 정확히 말해라. 며칠을 기다리면 되나?"

"하루면 된다."

"하루……. 하루가 지나면 날 상대할 사람이라도 나타나는 건가?"

"그렇다."

"기다릴 수 없다면?"

"결사(決死)만 남겠지."

"그러거나 말거나. 내가 그런 걸 염려할 필요는 없잖아?"

무주라고 말한 사내의 표정의 어두워졌다.

그는 묵비 비주를 생각했다. 비주는 천유비비검을 쓴다. 천검십검에 포함되지는 않지만 천검귀차의 귀주와 함께 천유비비검을 쓸 수 있는 예외적인 인물이다.

그런데 하필이면 오늘따라 비주도 출타 중이다.

가주의 명을 거역할지라도 천유비비검을 쓰고 싶다. 그 검초만 쓰면 지금보다는 한결 나은 상황이 될 것 같다.

써야 하나 말아야 하나.

무주가 고민하고 있을 때, 미공자가 광오한 소리를 했다.

"좋아, 하루를 기다리지. 그러나 조건이 있어. 하루를 기다려 달라고 요청한 것은 너희니까, 나는 기다려 줄 이유가 없고. 적당한 대가를 치러."

"원하는 걸 말해라."

"천검가 현판을 가져가겠다."

"뭣이!"

"너희가 기다리는 놈에게 전해. 내일 와서 찾아가라고."

스슷! 스스슷!

천검가 무인들이 일제히 에워쌌다.

그들의 표정은 비장했다. 절대로 현판을 떼어가게 할 수 없다는 비장의 의지가 줄줄 흘러나왔다.

"좋군. 이제야 투지가 느껴지는데. 사실 그동안은 시체와 싸우는 기분이었어."

"모욕은 삼가라!"

"후후후! 몸에 좋은 약은 쓴 법인데, 듣기 싫다는 건가? 사실 너희의 검에는 생명이 없어. 살아서 펄떡거리는 기운이 느껴지지 않아. 후후후! 썩은 물…… 천검가라는 위명에 기대어 호의호식(好衣好食)이나 바라는 한심한 작자들."

"넌… 선을 넘었다!"

무주가 두 손으로 검병을 잡았다. 그리고 전력을 다해서 검초를 떨쳐 왔다.

천검가 여인들이 수련하는 천유선검(天遊仙劍)이다.

사내가 쓰기에는 너무 가볍고 변화가 많다. 그래서 삼 척 장검을 사용하지 않고 병기고(兵器庫)에서 특별히 제련한 세형장검(細形長劍)을 쓴다.

무주는 삼척장검으로 천유선검의 변화를 그려냈다.

오죽하면, 얼마나 다급했으면 일 식(一式)에 십팔 초(十八招)를 담아낸다는 환검(幻劍)의 절정을 펼쳐 냈을까.

그러나 천검가의 바람은 거센 바람에 꺼져 버렸다.

쉐엑! 따악!

미공자의 목검이 무주의 정수리를 가격했다. 다른 사람들과 마찬가지로 머리뼈가 함몰될 정도로 강력하게 두들겼다.
 그때, 미공자의 등 뒤에서 진중한 음성이 들려왔다.
 "뛰어난 검이군."
 묵비 비주의 음성이었다.

第三十九章
귀가(歸家)

1

  천검귀차가 가주의 발이라면 묵비는 가주의 손이다.
  묵비는 천검가를 위해서 움직이지 않는다. 그들은 오직 가주의 의중만을 좇는다.
  천검가의 존재 여부는 상관치 않는다.
  가주가 천검가를 버리고 심산유곡에 은거한다면 그들도 당장 따라나선다.
  류아가 가주를 치기 위해서 묵비의 의향을 물은 것은 아주 잘못된 판단이었다. 그런 것을 물을 바에는 차라리 아무것도 묻지 않고 처리하는 편이 좋았다.
  누가 이토록 절대적인 충성심을 보일 수 있는가.
  절대적인 충성심은 절대적인 야망에서 비롯된다.

극과 극은 언제든 자리바꿈을 할 수 있다. 극에 이르지 못한 사람이 다른 극으로 이동하는 것은 어렵지만, 일단 극에 이른 사람이 다른 극으로 움직이는 것은 아주 간단하다.

이것은 널뛰기와 같다.

한쪽에서 쿵! 하고 울리면 다른 쪽이 튕겨 오른다.

절대적인 성인만이 절대적인 악인이 될 수 있다. 또 극악한 인간이 마음 한 번 돌리면 절대 성인으로 변모한다.

절대 성인이 되기 위해서 악을 추구하라는 말이 아니다. 또 할 수도 없다. 그런 것은 본성에 따른 것이지 인위적으로 추구할 수 있는 게 아니다.

묵비 비주는 야망이 크다.

천검가처럼 맛 좋은 꿀떡을 삼킬 수 있다면 지금이라도 당장 손을 뻗을 것이다.

천검가가 왜 꼭 류 씨에게만 물려져야 하나. 천검가에 입문하여 무공을 수련한 사람들은 왜 안 되는가. 그들은 왜 항상 목숨만 내놓아야 하나. 그러려고 입문했고 무공을 수련한 것이 아닌데 왜 류 씨의 손발이 되어야만 하나.

천검가에서 이렇게 지낼 바에는 차라리 독립해서 독자적인 문파를 창건하는 편이 낫다.

둘 중에 하나다. 천검가를 손에 쥘 수 있으면 남는다. 손에 쥘 수 없다면 떠난다. 떠나는 쪽으로 마음을 굳혔으면 한시라도 빨리 떠나는 게 낫다. 시간낭비를 그만큼 줄일 수 있으니까.

야망이라는 측면에서 천검가를 바라보면 이런 형태가 된다.

묵비 비주는 그런 식으로 봤다.

그는 천검가의 비밀을 모조리 꿰뚫고 있다. 묵비라는 조직이 그에게 알아도 되지 않을 사항까지 알게 해주었다.

덕분에 그는 냉정한 입장에서 천검가를 다시 살필 수 있었다.

천검가는 뜻밖에도 강하지 않다. 모든 힘이 가주와 천검십검에 집중되어 있다. 그들만 무너진다면 천검가를 임자 없는 공성(空城)으로 만드는 것은 식은 죽 먹기다.

더욱이 천검가에는 그럴 만한 요소가 많다.

대부인의 소생, 이부인의 소생, 그리고 삼부인…….

이들이 서로를 견제하고, 투기하고, 천검가를 차지하기 위해 암투를 벌이는 한 분열될 소지는 다분하다.

그럼 주축은 어디에 있나? 어디가 가장 중심인가? 근본적인 힘은 어디에 있나?

가주!

가주의 말 한마디에 잘났다고 콧대를 세우던 사람들이 우수수 떨어져 나간다.

천검가는 그런 구조다.

비주가 가주에게 절대적인 충성을 바치게 된 배경이다.

묵비, 검은 비밀…….

묵비라는 말뜻은 썩 기분 좋지 않다. 뭔가 음침하고 비밀스럽다. 정당하지 못한 냄새, 피 냄새가 풍긴다.

귀가(歸家) 259

천검가 무인들은 묵비 무인들을 좋아하지 않는다.

묵비는 경원의 대상임과 동시에 경외의 대상이다. 묵비 무인으로 선발되면 모두들 흔쾌히 따라나서면서도, 무도를 추구하는 무인이 할 짓은 아니라고 말한다.

천검귀차는 천검가 무인들에게 직접적인 영향을 준다.

잘못을 저지르면 어김없이 귀차가 나타나서 취조한다. 절대적인 권한을 가지고 핍박한다.

그래도 그들은 무인이다. 무인다운 일을 한다. 하지만 묵비는 권모술수(權謀術數)에 능할 뿐이다.

실제로 그렇다.

비주는 은밀히 하는 일에 익숙하다. 지금처럼 검 대 검으로 맞서는 일은 적성에 맞지 않는다.

대체로 이런 일은 도 아니면 모다. 비무를 해서 이기면 절대적인 신임을 얻지만 지기라도 하는 날에는 낯을 들고 살 수 없는 지경에 처한다.

그래도 나서지 않을 수 없다. 지금의 상황이 그렇다.

"누구야?"
"묵비 비주네."
"천유비비검?"
비주는 고개를 끄덕였다.
묵비는 다른 검을 사용한다.
천검귀차가 금마검법을 쓰는 것처럼 묵비는 무무검법(無無

劍法)이라는 지극히 은밀한 검을 쓴다.

소리를 일절 흘리지 않는다. 검을 뽑는 발검술(拔劍術)에서부터 검신에 묻은 피를 떨어내고 다시 검집에 넣는 착검술(着劍術)로 마무리할 때까지 바람을 가르는 소리조차 흘리지 않은 무음(無音), 무성(無聲)을 강조한다.

묵비 무인들은 천검가에서 배운 어느 검법보다도 무무검법에 능통하다.

비주도 마찬가지다.

그는 천유비비검을 수련했다. 가주로부터 사용해도 좋다는 승인을 받았다. 묵비 비주라는 특이한 신분 때문에 명성을 드러낼 수 없어서 그렇지 그의 검공은 천검십검에 못지않다.

그래도 천유비비검보다는 무무검법이 익숙하다.

그렇다고 정면 대결에서 무무검법을 쓸 수는 없다. 어차피 검을 뽑는다면 천유비비검을 써야 한다.

미공자가 손가락을 들어 까딱거렸다.

"허!"

비주는 쓴웃음을 흘렸다.

미공자는 건방지게 앞으로 나오라며 손가락을 까딱거린다. 이게 어디서 배워먹은 수작인지.

하지만 미공자는 충분히 건방질 만하다.

출타했다가 방금 전에 돌아왔다. 정문을 들어서면서 피투성이가 된 수문 무인들을 보았고, 부리나케 달려왔다. 그리고 지극히 짧은 순간에 터진 솜씨를 봤다.

극찬을 받아도 모자란다.

솔직히 자신이 서지 않는다.

"어디… 천하에 그 잘난 천유비비검 좀 구경해 볼까? 집구석이 이렇게 쑥대밭이 되었는데 최선을 다하지 않는다면 말이 안 되는 거고……. 그러니 내게 깨지면 최선을 다했어도 어쩔 수 없었다는 거지. 비주, 이야기가 그렇게 돌아가는 거야."

미공자가 목검을 추켜세웠다.

이제는 기호지세(騎虎之勢)다. 이미 호랑이 등에 올라탔기 때문에 뒤로 물러설 수가 없다.

"후후후! 건방진."

스르릉!

비주는 천천히 검을 뽑았다.

순간, 머릿속에 열 가닥의 씨줄 날줄이 스쳐 간다.

어떤 조합으로 상대해야 하나? 다섯 개의 정공과 다섯 개의 반공을 어찌 묶어야 하나?

천유비비검은 창조의 무학이다.

비급(秘笈)에 있는 검공을 백날 수련해 봤자 기본적인 틀밖에 배우지 못한다.

그것을 재해석하고 자기의 검학에 맞춰서 재창조해야 한다.

정, 반, 정, 반, 정, 반……. 일렬로 쭉 늘어진 정반공을 부지런히 수련해 봤자 남는 게 없다.

비주는 이 열 개의 초식을 임기응변으로 맞출 수 있다. 그렇게 되기까지 손바닥 껍질이 수십 번은 까졌다. 피가 흐르고, 고름이 맺히고……. 그래도 검을 잡고 수련한 결과, 자신만의 정반공을 맞춰낼 수 있었다.

변형되지 않은 천유비비검을 펼쳤을 때, 그는 천검가의 일개 무인에 불과했다. 자신만의 천유비비검을 펼치자 단번에 묵비 비주로 발탁되었다. 그리고 천유비비검의 사용을 승인받았다.

그래서 천검십검의 천유비비검은 모두 제각각이다.

열 명이 동시에 검무를 추면 목불인견(目不忍見), 눈 뜨고 봐줄 수 없는 난장판이 벌어진다.

스웃!

비주는 검을 중단으로 올리고, 왼발을 천천히 앞으로 내밀었다.

"이상한데? 천유비비검은 천상에서 노니는 검이라던데…… 이거야 원 두더지가 굴속에서 깔짝거리는 검이지 않나."

"말조심해라."

"하하하! 그런 말을 뭐하러 하니? 네가 직접 입을 다물게 하면 되잖아. 검까지 뽑아놓고도 여전히 입방아만 놀리는 거야?"

"노옴!"

까딱! 까딱!

미공자가 또 손가락질을 했다.

완전한 무시, 철저한 기만. 한데 기가 막히게도 비주는 앞으로 나갈 수 없었다.

'완벽하다!'

도저히 허점을 파악할 수 없다. 그저 목검을 축 늘어뜨리고 있을 뿐인데, 어느 구석도 칠 곳이 없다. 정반공이 문제가 아니다. 가지고 있는 재주를 부리고 싶다. 하지만 미공자는 철옹성(鐵甕城)으로 주위를 둘러싸고 있다.

'이거……'

비주는 선 자리에서 꼼짝도 하지 못했다.

들어가면 당한다. 어떻게든 끌어내야 한다.

비주는 왼손을 슬며시 늘어뜨렸다. 오른발도 옆으로 조금 더 넓게 벌렸다.

이런 모양새라면 공격에 대한 대응이 촌각만큼 늦어진다. 손을 올려야 하고, 발을 오므려야 한다. 그만큼 늦다.

물론 절정고수들에게는 눈에 보이지도 않을 시간 차이밖에 안 난다. 하지만 역설적으로 절정고수들이기에 그만큼의 시간 차이도 큰 차이로 느껴진다.

비주의 의도를 알았음인가? 미공자가 아예 목검을 내려놓았다. 그리고 하늘을 올려다보며 앙천광소를 터뜨렸다.

"하하하! 하하하하! 하하하하!"

목젖이 보일 만큼 크게 웃는다.

그래도 비주는 들어가지 못했다. 검을 쥔 손이 파르르 떨렸지만 공격할 곳이 없다. 눈에 환히 보인다. 그 어느 곳을 쳐도 미공자가 훨씬 빠르게 반응한다.

"으음!"

비주는 입술을 꽉 깨물었다.

이런 노골적인 비웃음까지 당하고도 공격하지 않는다면 싸우지도 않고 패한 것이나 마찬가지다.

'반(反), 허(虛), 참(斬)!'

머릿속에 생각을 굳히자, 그의 몸은 저절로 움직였다.

쒜엑!

드디어 검이 춤을 춘다. 어깨를 들썩이면서 덩실덩실 춤을 춘다. 미공자가 눈앞에 있지만 마치 없는 것처럼 여기고 자신만의 춤 세계에 빠져든다.

이러한 검무는 미공자와 보여준 무시만창(無視萬槍)과 맥을 같이한다.

보는 곳은 없다. 하지만 전신이 칼날이다. 공격하고 싶으면 해라. 검무를 보고 싶지 않다면 지금이라도 공격해라. 공격할 수만 있다면 마음껏 해라.

천유비비검은 결코 상대에게 침묵을 강요하지 않는다.

할 수 있으면 지금이라도 공격하면 된다. 허점만 찾아냈다면, 공격할 곳이 있다면 치면 되는 게다.

비주가 미공자를 보면서 칠 곳이 없다고 여겼던 것처럼, 수많은 무인들이 검무를 지켜보면서 같은 생각을 한다.

검무는 그 자체가 완벽한 검막(劍幕)을 형성한다.

검무는 또 다른 역할도 한다. 춤을 추는 동안에 진기가 맹렬히 회전한다. 가속에 가속을 붙이고, 빨라진 힘에 더 큰 힘을 보탠다. 그렇게 해서 검을 쳐낼 때는 자신이 떨쳐 낼 수 있는 가장 큰 힘이 폭출하게 된다.

그야말로 여한이 없는 일검이다.

미공자는 흥미로운 듯 팔짱까지 끼고 지켜봤다. 의자가 있다면 아예 털썩 주저앉아서 구경할 태세다.

'미친놈!'

비주는 아주 심한 모욕감을 느꼈다.

천유비비검은 검무를 추는 동안에도 아주 강한 예기를 발산한다. 어떤 자는 숨이 막혀서 뒤로 물러서기도 한다. 그런데 팔짱을 껴? 목검을 팔짱 속에 숨겨?

속으로는 미친놈이라고 욕을 했다. 하지만 진실로 그렇게 생각한 것은 아니다.

미공자가 그러면 그럴수록 더욱 기가 질린다.

나이도 새파란데, 어디서 이런 놈이 뚝 떨어진 겐가!

"이제 그만하면 충분하지 않아? 검 한번 섞자는데 뭐가 이렇게 복잡해?"

그 순간, 비주는 미공자를 향해 쏘아갔다.

쒜에엑!

검에서 파란 불똥이 튄다. 매서운 살기가 일렁거린다. 일격필살의 기운이 듬뿍 담겨 있다.

스윽!

목검이 검광 사이로 스며들었다.

'걸렸어!'

비주는 회심의 미소를 지었다.

처음에 펼친 검은 반공이다. 하나 반공이란 말은 천유비비검을 수련한 사람에게나 의미가 있다. 천유비비검을 맞이하는 사람은 정공이든 반공이든 모두 살검으로 보일 터이다.

반공은 정공을 무너뜨리기 위해서 존재한다. 천유비비검의 정공을 깨기 위한 초식이다. 또 이러한 검초는 다른 검법의 정공을 깨는 데도 유용하다.

가각!

검과 목검이 얽히는 순간, 비주의 검은 미끄러지듯 검신을 훑고 내려가서 미공자의 엄지손가락을 잘라 버렸다.

탁!

검신에 충격이 가해진다.

무엇인가가 검에 잘렸을 수도 있고, 목검이 검을 퉁겨낸 현상일 수도 있다.

스읏!

비주는 재빨리 뒤로 물러나면서 검으로 가슴을 가렸다.

이 일 초로 그의 심장과 목과 머리가 모두 보호된다. 일격에 실패한 사람이 뒤로 물러나면서 보이는 전형적인 방어의 모습이다.

비주는 방어를 한 것이 아니다. 원래 생각했던 대로 반공 다음에 허초(虛招)를 펼친 것뿐이다.

이 시점에서 달려들어야 한다. 놈이 먹이를 노린 승냥이처럼 뛰어들어야 한다. 그래야 참(斬)한다.

쒜엑!

목검이 허공으로 튀었다.

'됐어!'

생각했던 대로 착착 들어맞는다.

목검은 가슴을 가린 검 따위는 신경을 쓰지 않는다. 그 정도는 막무가내 식으로 밀어붙일 생각이다. 아니, 이럴 때는 머리를 가격하는 것이 좋다. 그러면 검끝으로밖에 막지 못하는데, 전신의 힘이 실린 목검을 막아내기는 역부족이다.

목검은 정수리를 향해 떨어졌다. 순간,

스읏! 쒜엑!

비주의 허리가 뒤로 꽉 꺾이는가 싶더니 한 발은 허공으로 들리고 한 발은 축이 되어 빙그르르 돌았다. 전신이 한 바퀴 빙글 돌았다. 두 손은 머리 위로 쭉 펴졌고, 손끝에서는 진기 실린 검이 새파란 검광을 토해냈다.

놈은 복부를 가격할 수 있다. 하나 그전에 허리가 베인다. 놈은 죽는다. 자신은 두어 달 정도 요양해야 할지도 모른다.

쒜엑!

검이 허공을 그었다.

검끝에는 아무것도 걸리지 않았다. 미공자의 허리가 걸렸어야 하는데 허공뿐이다.

복부도 가격당하지 않았다.

스읏!

비주는 즉시 몸을 일으켰다.

예상대로 미공자가 두어 발자국 떨어진 곳에서 웃고 있다.

네 초식은 환히 알고 있어. 어떤 게 실초이고 어떤 게 허초인지, 네가 무슨 수를 쓰는지.

비주는 힘이 쭉 빠졌다.

단 한 번의 겨룸, 순간적으로 일어난 공방에 불과하지만 그 한 번으로 모든 것을 짐작할 수 있다.

미공자가 한 수 위다.

이런 자의 검은 이미 축출당한 천검사봉만이 막아낼 수 있다. 그들이라면 좋은 승부를 벌일 수 있을 것이다. 그들이야말로 진정한 천유비비검을 얻었으니까.

"졌다."

비주가 검을 집어넣으며 말했다.

"비주!"

"비주, 왜 이러십니까!"

여기저기서 고함이 터져 나왔다.

이들은 방금 전에 무슨 일이 벌어졌는지 모른다. 그저 한 수의 공방이 있었고, 서로가 헛손질했고, 그런데 느닷없이 비주가 패배를 시인한 것으로밖에 비치지 않는다.

미공자는 타오르는 불길에 기름을 부었다.

"패배 시인이라……. 한 번 가지고 부족하지 않나? 서로 헛손질했을 뿐인데 너무 쉽게 포기하는 거 아냐? 천유비비검이 고작 이 정도냐고 해도 할 말이 없겠네?"

비주는 미공자를 노려보면서 말했다.

"모두 물러가라! 주위 정비하고!"

"네? 넷!"

잔뜩 긴장해서 싸움을 지켜보던 천검가 무인들이 얼떨떨한 표정으로 대답했다.

"옥면신검이라고 했나? 가주께 안내하겠다. 따라와라."

"비주, 안 됩니다! 지금 가주께서는……."

"비주, 정말 왜 이러십니까!"

무주들, 그리고 당주, 각주들이 우르르 앞을 막아섰다.

가주는 병이 깊어서 운신조차 못한다.

늘 의자에 앉아 있고, 꾸벅꾸벅 졸기만 하고, 말을 해도 바람이 새는 발음 때문에 알아듣기가 힘들다.

그런 가주에게 적을 안내해서 어쩌자는 것인가.

"내가 알아서 한다. 조용히 물러들 가라. 더 이상 소란 피우지 말고. 그리고 관 하나 준비해라. 아무래도 오늘 한 사람 죽어나가야 할 것 같구나."

'비주, 그 말씀은!'

당장 격정에 찬 눈빛이 날아들었다.

'걱정 마라.'

비주도 눈빛으로 말했다.

"후후후! 옥면신검, 어떤 관이 좋겠소? 욕심껏 챙기시오."

희망을 얻은 비주가 미공자를 노려보며 말했다.

"관? 내 관? 하하하! 적을 앞에 두고도 변변히 검조차 들지 못하는 졸장부들이……. 썩어빠졌어. 이래서야 어디 검련십가라고 할 수 있겠나. 천검가주가 평생 키웠다는 자들이 고작 이런 자들뿐이라니. 하하하! 하늘에 대고 부끄러워해야 할 일이야."

미공자는 앙천광소를 터뜨렸다.

아무도 그의 말에 대꾸하지 못했다.

사실이다. 미공자가 비록 강하다지만 이토록 무력하게 무너지는 것은 말이 안 된다. 이것이 천검가의 실체였던가? 단 한 사람에게 초토화되고 말았으니 이제 무슨 낯으로 강호를 돌아다닌단 말인가.

살인멸구(殺人滅口)?

미공자를 죽여 버린다고 해서 하늘이 모르겠는가, 땅이 모르겠는가, 자신들의 양심이 모르겠는가.

부끄러워 마땅한 일이다.

"가지."

비주는 묵묵히 앞장서서 걸었다.

2

"쳐봐."

가주는 미공자를 보자마자 류아나 류형에게 했던 말을 중얼거렸다.

"가주, 이 사람은 옥면신검이란 자로……."

"조용히, 조용히 해. 쳐봐."

가주가 비주를 밀쳐 냈다.

미공자는 목검을 손에 쥐고 팔짱을 꼈다.

이 시대의 대검호인 천검가주 앞에서 이제 막 강호에 출도한 풋내기가 과한 행동을 하고 있다.

"예의를 갖추지 못할까!"

보다 못해서 비주가 소리쳤다.

미공자는 묵묵부답, 가주도 말이 없다.

두 사람은 비주를 안중에 두지 않았다. 눈동자조차 깜빡이지 않고 서로를 쏘아보았다.

비주도 더 이상 고함을 지르지 못했다.

미공자는 춤을 추고 있지 않다. 오히려 더 목석(木石)이 되어간다. 숨소리조차도 딱딱하게 굳어버렸다.

그런데 검무를 춘다.

무시만창, 움직이지 않으나 전신을 철옹성처럼 단단하게 방호하는 것.

상대는 공격할 엄두를 못 내는데, 본인은 유유히 진기를 휘돌린다. 천유비비검과 형태만 다를 뿐 내용은 똑같다. 천유비비검의 검무가 동공(動功)이라면, 미공자의 검무는 정공(靜功)이다.

'이, 이걸…… 이걸 왜 이제야…….'

비주는 땅이 꺼지는 느낌이었다. 그것은 자신의 야망이 꺼지는 느낌과도 동일했다.

미공자가 사용하는 무공은 천유비비검이다.

자신 스스로 말했지 않은가. 천유비비검은 창조의 무공이라고. 어떻게 해석하느냐에 따라서 각기 다른 절공이 나온다고.

미공자의 천유비비검은 일체의 형식을 배제한 극쾌다.

이런 형태의 검공은 최소한의 움직임으로 최대한의 효과를 낸다. 비무든 결전이든 검과 검을 맞대는 지경에서는 더 나을 수 없는 검공이다.

미공자, 너는 누구냐! 누구이기에 천유비비검을 수련했느냐! 도대체 누구이기에 천검십검을 능가하는 검공을 구사하는 것이냐! 또 이런 검공을 어디서, 누구에게 배웠느냐!

"허! 허허허!"

가주가 힘없이 웃었다.

류아가 검무를 출 때는 한 번도 웃지 않았다. 늘 졸았다. 아니, 아예 잠속에 푹 빠져들었다.

지금은 웃는다. 힘없는 웃음이지만 만족감이 배어 있다.

옥면신검이 여전히 쏘아보면서 말했다.

"잘 보셨습니까?"

"잘 봤어."

"마음에 드십니까?"

"괜찮아, 괜찮아."

"그럼 상을 주셔야지요."

"상? 상……. 허허허! 줄 만한 게 뭐가 있나. 전부 다 필요없는 것들뿐이라서……. 이거라도 괜찮으면 가져."

가주가 탁자 위에 놓여 있는 보검을 집어 툭 던졌다.

"가주!"

비주가 깜짝 놀라 외쳤다.

가주가 던진 검은 천검가의 상징이다. 천검가주의 애병인 천유검(天遊劍)이다. 또한 천검가의 가주를 의미한다. 류아가 그토록 가지고 싶어했던 신물(信物)이다.

"주신다면."

미공자가 보검을 집어 들려고 했다. 그 순간,

"어딜 감히! 놓아라!"

쒜에엑!

비주가 번개처럼 달려들며 일 검 사초(四招)를 뿜어냈다.

발검 소리가 없었다. 초식을 전개하는 기척도 느껴지지 않았다. 검기(劍氣)나 검광(劍光)도 발산되지 않았다.

무무검법이다.

그의 기습은 완벽했다. 고함을 지르기는 했지만 고수 사이에 상관할 정도는 아니다. 고함을 듣고 반응했다면 이미 늦은 것이다. 검은 가슴 앞에 다가와 있으므로. 한데,

스읏!

미공자가 옆으로 슬쩍 움직였다.

검이 허공을 찌른다. 빗나간다. 그리고 목검이 쳐들린다.

무공 차이가 너무나 현격하게 난다. 천검십검과도 이토록 큰 차이는 나지 않았는데, 미공자에게는 어떻게 해볼 도리가 없다. 순간적인 움직임이 너무 빨라서 어떤 검법도 먹히지 않는다.

탁!

목검은 정확하게 비주의 뒷머리에 대어졌다.

"암습이 항상 성공하는 건 아냐."

"이……!"

"한 번 더?"

"……."

"물러서, 비주. 이제부터 새로운 주인을 모셔야 하잖아."

"뭐라고!"

"못 봤어? 가주께서 직접 신물을 하사하셨잖아. 인정하지 않는 거야? 그럼 곤란한데."

"너, 이……."

비주가 분기를 견디지 못하고 몸을 부들부들 떨 때, 미공자는 유유히 보검을 집어 들었다.

"잘 꾸려가겠습니다, 아버님."

"그래, 그래야지."

가주와 미공자가 말을 주고받았다.

'아… 버…… 님!'

미공자의 마지막 말이 쇠망치가 되어 머리를 두들겼다.

아버님? 아버님……. 아버님!

가주를 감히 아버님이라고 부를 수 있는 사람은……. 그러면 이 사람은?

"호… 혹시 류…… 명?"

"이름을 부르는 건 지금이 마지막이야. 한 달 후에 정식으로 취임할 테니, 동안은 비밀로 해. 아! 그리고 당분간 묵비를 내게 줘야겠어. 협조 잘 부탁해."

류명은 철저하게 사무적으로 말했다.

비주와 류명의 관계는 별로 매끄럽지 못하다.

정명부인을 용화사로 모신 사람이 비주다. 누구의 명을 받았든 직접 행동을 보인 사람이 그다. 그리고 그 모습을 철없는 류명이 직접 목도했다.

목도하지 못한 줄 알았다. 연공실에 틀어박혀서 천유비비검과 씨름하고 있는 줄 알았다.

한데 그는 목도했다.

그는 연공실에 있지 않았다. 정명부인이 용화사로 떠나던 날, 그 역시 가주의 명으로 은밀히 옮겨졌다. 가산을 넘어서 한두 사람만 아는 비밀 장소로 떠났다.

그런 와중에 정명부인의 압송을 본 모양이다.

그는 천검가를 때려 부숨으로써 그날의 섭섭함을 씻었다.

현재 천검가는 무주공산이다. 임자가 없다. 후계자가 될 만한 사람은 모조리 떠났다. 이부인 소생의 다리병신이 남아 있고, 삼부인 소생의 글쟁이가 남아 있지만 그들이 천검가를 잇는다고 생각하는 사람은 아무도 없다.

그런 마당에 류명이 절대무를 구비한 채 나타났다.

'이거야 원……'

재주는 곰이 부리고 돈은 주인이 번다고 했나?

천검가를 위해서 한평생을 쏟았다. 젊음과 청춘을 올곧이 천검가에 바쳤다.

 그 결과가 대가리에 피도 안 마른 놈에게 하대나 듣는 것이다. 하지만 경거망동은 금물이다. 류명의 섭섭함은 완전히 달래지지 않았다. 그는 목검으로 뒤통수를 가격할 수 있음에도 때리지 않았다. 목검을 대기만 했다. 누구보다도 힘껏 때리고 싶은 사람일 텐데 그러지 않았다.

 정명부인을 옮긴 것이 어쩔 수 없었다는 점을 안 것일까?

 아니다. 류명은 그렇게 매끄러운 성격이 아니다. 까칠하다. 뿐만 아니라 뒤끝도 길다.

 경거망동은 곧 죽음으로 이어질 게다.

 그렇다. 놈은 자신을 죽이고 싶어한다. 그럴 기회를 엿보고 있다. 정명부인을 절로 옮긴 것이 그렇게 맞아죽을 짓은 아니다. 또 가주의 명을 받고 행한 행동이다. 하지만 옮기는 과정에서 다소 위압적인 행동을 보인 것은 사실이다.

 그때는 정명부인을 내치고, 류명 또한 버리는 줄 알았다. 그러니 오고 가는 말마디가 고울 리 없다.

 '흠!'

 그는 고개를 끄덕거렸다.

 참으로 어렵게 됐다.

 자신은 천검십검처럼 쉽게 떠날 수 없다. 짐을 싸들고 문을 나선다고 끝나는 게 아니다. 자신은 묵비 비주다. 천검가의 대소사를 모두 알고 있다. 천검가의 오욕이라고 할 수 있는 좋지 않은 비밀까지도 소상하게 안다.

자신은 떠나지 못한다.

이리 치이나 저리 치이나 어차피 죽을 운명인가.

'귀주…… 자네가 부럽더라니. 죽은 자네가 괜히 편해 보였어. 왜 그런지 그때는 몰랐는데 이제는 알겠군. 후후후!'

지금부터 그가 할 일은 어린놈에게 고개를 조아리고 순한 개가 되어 잘 짖어주는 것이다. 그 일을 잘하면 밥이라도 얻어먹지만, 수가 틀린다고 생각하면 가차없이 죽일 게다.

류명은 그런 자다.

"들어가도 됩니까?"

문밖에서 젊은 음성이 들려왔다.

'……?'

비주는 미간을 찡그린 채 엉거주춤 일어섰다.

방문객은 류명이다. 가주를 침소에 바래다 드리고 찾아오는 길일 게다. 한데 존대라니? 혀가 반 토막인 듯 반말 짓거리를 찍찍 해대던 놈이 갑자기 존대라니?

덜컹!

문이 열리며 얼굴 하나는 정말 잘생긴 미공자가 들어섰다.

"괜찮으십니까?"

"괜찮습니다."

비주는 자리에서 일어나 시립했다.

류명에게 자신의 자리를 양보한 것이다.

류명은 사양하지 않고 그의 자리에 앉았다. 그리고 맞은편 자리를 권했다.

"앉으세요."

"괜찮습니다."

"그러고 계시면 제가 불편합니다. 앉으세요."

"……!"

비주는 새로운 느낌으로 류명을 쳐다봤다.

지금의 류명은 거침없이 천검가를 때려 부수며 달려들던 미공자와는 전혀 다르다.

비주는 맞은편에 앉았다.

"형님들은 잘 계시죠?"

"네, 잘 계십니다."

비주는 숨기지 않고 대답했다.

류정, 류과, 그리고 류아, 류형.

그들이 어디서 무엇을 하고 있는지 낱낱이 파악하고 있다. 지금 이 순간에도 그들을 지켜보는 눈이 있다.

"천검가를 점검했는데, 엉망이에요. 싹 뜯어고쳐야겠습니다."

"아, 네. 그러셔야죠."

"도와주시겠습니까?"

"제가 뭘 할 게 있어야지요."

"천유비비검을 본격적으로 전수할 생각입니다. 절기를 배우고자 찾아왔다면 가르쳐 줘야죠."

"아, 네."

비주는 시큰둥하게 대답했다.

지금도 많은 무인들이 천유비비검을 수련하고 있다. 그가 알고 있는 무인 중에는 하루에 한 시진밖에 자지 않는 자도 있다. 하지만 천유비비검을 겨우 삼 년밖에 수련하지 않은 류명에게 모조리 박살 났다.

어떻게 이런 일이 가능할까?

사사(師事)라면 가능하다. 가주가 손수 지도했다면, 그리고 오의(奧義)를 깨닫도록 음으로 양으로 이끌어주었다면, 온갖 영약을 복용시켜서 내공을 증진시켰다면.

류명이 받은 혜택은 중원 제일의 것이리라.

돈으로 따지면 억만금이 들었을 것이고, 정성으로 따지면 하늘에 닿았어야 한다.

류명이 시큰둥한 반응에도 불구하고 계속 말했다.

"자질이 뛰어난 자, 삼백 명을 고르세요. 그들을 데리고 어디에든 가세요. 모든 지원을 아끼지 않을 테니 마음껏 쓰시면서 천하를 유람하세요."

"지금 무슨 말씀이신지 모르겠습니다."

"유람을 즐기다가 지치면 돌아오세요. 언제 오셔도 좋습니다. 단, 오실 때는 쉰 명만 데리고 오세요. 나머지는 필요없습니다. 아니, 필요없어야 합니다."

"공자!"

비주가 눈살을 찌푸리며 언성을 높였다.

말뜻을 알아듣겠다. 무엇을 하라는 것인지 이해한다. 하지만 이런 방법은 사도(邪道)에서나 사용한다.

강자존(强者存)!

죽음의 굴레!

동료의 가슴에 검을 박은 후에나 터득하는 살인검!

하지만 효과는 뛰어나다. 아니, 짧은 시간에 신진고수를 대거 배출하는 데는 이보다 좋은 방법이 없다.

살아서 돌아온 쉰 명은 거의 천검십검과 필적할 것이다. 그들 모두가 천유비비검을 수련하고, 온갖 영약을 복용하고. 비주 자신이 직접 지도한다면 여름철 대나무 자라듯이 쑥쑥 클 것이다.

모두들 천유비비검을 알고 있다. 거기에 창조의 숨결만 불어넣으면 된다. 또한 죽음의 마력까지 깃들이면 그야말로 치떨리는 살인검이 된다.

류명이 말했다.

"쉰 명을 데려오시면 분타(分陀)를 내드리겠습니다. 다른 성(省)에. 그리고 향후 백 년간 형제의 우애로써 지원하겠습니다."

"정말인가!"

비주의 음성이 가늘게 떨렸다.

말이 분타지 새로운 문파의 창건이나 다름없다. 천검가 분타라는 현판은 언제든 내려놓을 수 있다. 다른 성에서 현재 천검가가 누리는 혜택을 누릴 수 있다면 헛산 것은 아니다.

"정말입니다. 전 거짓말하지 않습니다."

"믿겠네."

"믿으십시오."

"그런데… 쉰 명을 골라오면 그들을 어디 쓸 참인가?"

"천검귀차가 없잖습니까."

'맙소사!'

비주는 입을 쩍 벌렸다.

류명은 쉰 명의 절정고수를 만들어서 직속 무인 집단으로 만들 생각이다.

철권통치! 죽음! 피!

그와 쉰 명의 무인이 그려낼 그림이다.

"자, 이제 묵비를 넘겨주시죠. 어디서부터 손대야 합니까?"

류명이 싱긋 웃었다.

그로부터 반 각 후, 류명은 허름한 전각을 방문했다.

"이거야 원…… 권불십년(權不十年)이라지만 이건 너무한데. 잡초라도 베어야지. 시녀라는 것들은 뭘 하고 있는 거야?"

그는 혼잣말로 중얼거렸다.

그의 말대로 전각은 폐허나 다름없었다. 지붕은 무너졌고, 무너진 틈으로 잡초가 자랐다. 넓은 정원은 이름 모를 풀로 가득했고, 그 사이로 쥐들이 우르르 몰려다녔다.

천검가에 존재하는 전각이라고는 볼 수 없을 정도로 피폐했다.

"밖에 누군가?"

전각 안에서 침착한 음성이 들려왔다.

"명입니다."

류명은 허락도 구하지 않고 방문을 벌컥 열었다.

방 안은 바깥과는 다르게 정갈했다. 문지방에서부터 먼지 한 올 묻지 않았고, 화병의 꽃은 싱싱했으며, 탁자를 덮은 탁자보도 풀을 먹인 듯 빳빳했다.

"왔구나."

대부인이 자상한 미소를 지으며 반겼다.

"어디 보자. 아! 정말 많이 컸구나. 이리 가까이 오너라. 나이를 먹었더니 눈이 침침해졌어."

류명은 대부인 앞으로 걸어갔다.

"장부구나, 장부야. 길에서 마주치면 몰라보겠어. 후후!"

대부인은 류명의 두 손을 마주 잡기까지 했다. 정말 반가워하는 기색이다.

"도움 잘 받았습니다."

류명이 고개를 숙였다.

일원검문의 사사검련(死死劍練)!

지금도 사사검련만 생각하면 자다가도 벌떡 일어난다. 식은땀이 전신을 적시고 손발은 파르르 떨린다.

악귀 같은 인간! 저승사자 같은 인간!

일원검문의 검수는 그에게 진정한 검이 무엇인지 가르쳐 주었다.

아버님은 영단을 보내주었다. 내공을 북돋아주었다. 하지만 그것뿐이다. 그가, 대부인이 보내준 그가 없었다면 오늘날의 자신은 탄생하지 못했다.

물론 그는 산에서 내려오지 못했다. 그가 가르쳐 준 검학과 천유비비검이 섞이자 평생을 검만 수련해 온 그조차도 감당하지 못하는 검학이 탄생했다.

그는 죽었다.

자신을 도와준 공은 잊지 않는다. 하지만 못난 모습을 가장 많이 본 자이기에 살려둘 수 없다. 아니, 그런 면이 없지 않아 있었지만 사실 그것 때문에 죽인 건 아니다.

그의 죽음은 사고다. 너무 격렬하게 비무를 벌이다가 자신도 모르게 살검을 쓰고 말았다.

도와주러 온 자를 죽인 것이다.

그의 죽음은 대부인도 알고 있을 것이다. 하지만 모른 척한다. 태연하게 맞이한다.

이런 점이 또 얄밉다.

왜 죽였냐고 한마디쯤 해주면 오히려 편할 텐데 묻지 않는다. 자신의 아들들이 천하를 떠돌고 있는데, 오히려 자신을 도와줬다. 저의가 뭔가? 의심스럽다. 어떤 꿍꿍이가 있을 터인데, 그게 뭔가?

대부인이 미소를 머금고 말했다.

"도움은 무슨……. 어려운 일에 처했기에 해줄 수 있는 일을 해준 것뿐이다. 마음에 담지 마라."

"형님들은 빠른 시간 안에 모시겠습니다."

"신경 쓰지 말거라. 무인의 삶이란 게 다 그런 것이지. 후후!"

"형님들이 저렇게 떠돌고 있는데…… 정말 괜찮으십니까?"

"괜찮대도. 어지간히 신경 쓰이는 모양이구나. 그런 건 신경 쓰지 말고 천검가나 다독이거라. 쯧! 오늘 한바탕 난리를 피웠다며? 뭐하러 그래, 다 사형제들인데."

"한 가지만…… 도와주셨으면 합니다."

"뭐가 필요한 게 있는 모양이구나. 뭔지 말해보거라."

"천검가에서 나가주십시오."

"……."

일시 침묵이 흘렀다.

"흠! 역시 내가 걸림돌인 게로구나."

대부인은 당황하지 않았다. 마치 올 게 왔구나 하는 표정이었다.

"천검가를 확 뜯어고칠 생각입니다. 이 기회에 불필요한 사람은 정리하려고요."

일부러 심기를 격동시켰다. 그런데,

"그러마. 누구 부탁인데 못 들어줄꼬. 오늘은 늦었으니 내일 나가마. 호호호! 많이 컸어."

대부인이 웃으면서 말했다.

일원검문은 더 이상 위협거리가 안 된다.

그들이 전설의 검학을 지닌 것은 인정한다. 죽음의 사사검련을 지도했던 그만 봐도 안다. 하지만 그는 죽었다. 자신에게 죽었다. 전설의 검학이 천유비비검에 깨졌다.

그의 가슴속에는 무적(無敵)이라는 말이 싹텄다.

길을 오는 도중에 몇몇 마인을 상대로 시험해 봤다. 아주 손쉽게 죽였다. 검련십가라는 천검가를 상대로 검을 써봤다. 이것 역시 어렵지 않았다.

모든 검초가 눈에 보인다. 검초가 만들어내는 동선(動線)이 환히 읽힌다.

자신은 무적이다.

그래도 여전히 일원검문은 찜찜하다. 무적이라는 자신감도 일원검문을 들먹이면 약간 주춤거린다.

사사검련을 가르친 자가 최고수였을까? 그보다 더 강한 자는 없을까? 숫자는 얼마나 될까?

이를 알기 위해서는 두 가지 방법이 있다.

첫 번째는 대부인께 간도 쓸개도 모두 내주는 것이다. 자신을 철석같이 믿게 해놓고 슬며시 묻는 것이다. 대부인만큼 일원검문에 대해서 잘 아는 사람도 없으니 몇 마디 언질만 들어도 짐작할 수 있을 것이다. 그리고 더 궁금한 사항들은 묵비를 통해서 직접 수소문해 보면 된다.

그러나 이 방법은 시일이 오래 걸리고 성공한다는 보장도 없다.

그 오랜 세월을 지내왔어도 일원검문에 대해서는 일언반구(一言半句)도 하지 않은 분이다. 그런 분이 자신에게 일원검문의 요모조모를 말해준다는 건 있을 수 없다.

본인이 말해주지 않으면 말해주게끔 만든다. 그래서 대부인을 내보낸다. 그리고 미행시킨다.

대부인이 천검가를 벗어나서 갈 만한 곳이 어디겠는가. 일원검문이다. 그곳밖에 없다.

뒤를 밟아서 일원검문의 모든 것을 알아내야 한다.

그래야 발을 뻗고 잘 수 있다.

일원검문은 자신에게 무적의 힘을 양성시켜 주었다. 그런 면에서 추측할 때, 류정이나 류과를 도와주지 않으리란 법도 없다.

그들도 자신처럼 절대 무적의 무공을 얻었다면?

좌우지간 일원검문은 속속들이 파악해야 한다.

'미행에 가장 능통한 자가…….'

그는 묵비의 인명록(人名錄)을 살피다가 한 인물을 찾아냈다.

천검가에 거주하지 않는 자로, 사건마다 건당 수수료를 받으며 일해주는 자다. 특기는 미행, 잠입, 추적, 방화, 살인으로 적혀 있다. 성정은 냉정하며 잔혹하다.

자신에게 딱 맞는 자다.

'미행은 이자로 하고…….'

그는 인명록을 덮고 다른 서책을 펼쳤다.

─미완행령(未完行令).

명령을 받고 시행했지만, 아직 완료하지 못한 일들을 기술

해 놓은 서적이다.

그는 서적을 무심히 들추다가 한 대목에서 딱 얼어붙었다.

―당우(戇牛) 만정(卍井) 투옥(投獄). 현(現), 생존(生存).
류명(劉明) 공자(公子) 유일치명적약점(唯一致命的弱點).

류명의 머릿속에 투골조가 스쳐 갔다.

석동에서 낯선 자에게 겁박당하며 웬 더러운 꼬마에게 진기를 쏟아붓던 장면이 엊그제 일처럼 또렷이 생각났다.

'그놈…… 그놈이 살아 있었어?'

무엇보다도 묵비가 자신의 약점을 잡고 있다는 사실이 놀랍다. 이런 건 깨끗이 정리된 줄 알았는데, 아직까지 꼬리를 물고 있었나? 그런데 더욱 놀라운 점은 그다음 대목이다.

―가주(家主), 추후지시(追後指示) 미명(微明).

가주가 다음 지시를 내리지 않았다는 뜻이다.

그렇다면 당우를 만정에 집어넣은 게 아버님의 뜻이라는 말이 된다. 그를 죽였어야 깨끗해지는데 죽이지 않고 가둬놨다. 그것도 자신의 최대 약점이라는 글귀와 함께.

왜?

류명은 갑자기 복잡해졌다.

절대 무적의 무공을 얻었을 때만 해도 세상이 무척 단순해 보였는데, 이제는 뭐가 뭔지 모르겠다.

'아직 놈이 살아 있단 말이지. 후후후! 그럼 죽여주면 되지. 깨끗하게 처리하면 되는 거야. 아버님이 무엇 때문에 놈을 살려놨는지 모르지만……'

류명은 고개를 내저었다.

이제는 투골조가 무엇인지 안다. 그것을 수련했다는 것이 무엇을 의미하는지 안다.

이대로 놔둘 수 없다.

자신이 잘한 건 없지만 후환이 될 수 있는 건 모조리 뿌리 뽑아버린다.

'만정!'

류명은 하얀 미소를 머금었다.

第四十章
장성(長成)

海辺の曲芸師

1

그그궁! 그그그궁!
듣기 거북한 소리와 함께 동구가 열렸다.
촤르르륵!
사슬 풀어지는 소리도 들린다. 그리고 약간의 죄를 지었음 직한 장한 두 명이 허공에서 뚝 떨어졌다.
"흐흐흐!"
"키키킥!"
여기저기서 숨넘어가는 웃음소리가 들려왔다.
"으으! 누, 누구요!"
"사, 살려줘! 살려줘!"
장한들은 공포에 질려서 애원했다.

무엇이 있는지, 어떻게 돌아가는 상황인지 분별되지 않지만 자신들이 위험에 빠졌다는 사실만은 눈치챈 듯하다.

그그그그궁!

동구가 닫힌다. 희끄무레한 빛무리가 사라진다. 그리고 어둠이 밀려온다.

"으으! 앗! 누, 누구! 악! 아악! 아아아악!"

"커억! 컥!"

두 사내는 각기 다른 비명을 질렀다.

한 사내는 산 채로 뜯어 먹히는 중이다. 살아 있는 사람을 꽉 깨물어서 살점을 뜯어낸다. 피도 마신다. 줄줄줄 흘러내리는 핏물이 마치 옥로(玉露)라도 되는 듯 달콤하게 마신다.

또 한 명은 먹히기 전에 죽었다.

이는 심장이나 간을 좋아하는 사람이 먼저 손댔다는 뜻이다.

석도로 가슴을 쑤셔대는데 죽지 않을 리 있나. 숨이 넘어가고, 간과 심장이 뜯겨진다.

비명은 곧 가셨다. 그다음은 마구 씹어 먹는 소리만 적막한 어둠을 일깨웠다.

우적! 우적! 쯔읍! 후루룩!

'미친 짓!'

손등 위로 벌레가 기어간다.

당우는 벌레를 집어 입안에 톡 털어 넣었다. 그리고 혀로 살

살 굴려서 어금니 사이로 밀어 넣고 와작 깨물었다.

쌉쌀한 진액이 톡 터져 나온다.

만정에는 입에 넣을 수 있는 게 있다. 아주 많이 있다.

일부는 그것으로 목숨을 연명한다. 하나 그런 식으로는 살 수 없는 사람들이 있다. 처음부터 인육에 맛을 들여서 이제는 아예 인이 박여 버렸다.

어찌 된 연유인지 정도를 추구한다는 작자들이 사람을 먹이로 넣어준다. 개나 돼지나 소를 넣어줘도 된다. 전염병에 걸려서 말라 죽은 동물을 넣어줘도 된다.

쌀이나 고기를 넣어주는 게 마뜩치 않다면 옥졸들이 먹다 남긴 쓰레기라도 던져 주면 되지 않겠나.

한데 꼭 사람을 넣어준다.

늑대 무리에게 떠돌이 들개를 넣어주는 식이다. 살기 위해서는 동족을 먹으라는 뜻이다.

사람 죽이는 걸 대수롭지 않게 생각하는 마인들이니 어디 사람 고기나 실컷 먹어보라는 건가?

'개새끼들!'

욕이 절로 나온다.

저들은, 먹이로 떨어진 장한들은 마인이 아니다. 저들은 무공과는 거리가 멀다.

바닥에 떨어지자마자 벌떡 일어서?

쇠꼬챙이로 무자비하게 혈도를 쑤시면 어떻게 되는 줄 아는가? 무공을 폐쇄당한 사람은 절대로 저렇게 움직이지 못한다.

땅바닥을 데굴데굴 구르며 아파서 끙끙 댄다.

저들은 먹이다. 먹이로 공급된 거다.

만정 마인들은 인간으로 존재하면 안 된다.

만정은 사람이 살 수 있는 곳이 아니다. 지하 깊은 땅속은 오직 죽음만이 스멀거린다. 그런 곳에서 생존하려면 인간의 탈을 벗어야 한다. 짐승이 되어서 살아야 한다.

'빌어먹을 놈들! 잘해 먹고 잘살아라. 에잇! 모르겠다. 제이절(第二節) 구수참장(扣手站樁), 좌각랍여견관(左脚拉與肩寬), 양수분개(兩手分開), 향하도인(向下導引)…….'

보기 싫은 걸 잊어버리기 위해서 구결을 외웠다.

아무리 노력해도 진기는 일어나지 않는다. 단전이란 것이 있기는 한데, 하도 오래전에 느꼈던 자리인지라 이제는 있는지 없는지조차 모르겠다.

단전이 있기는 있다. 단단한 껍질이 자리한 곳이 바로 단전이다. 그래서 확인하기가 무척 쉽다.

단전은 혈처럼 물질이 아니다. 비물질이다. 눈으로 보고 맛을 볼 수 있는 게 아니다. 느낌으로 감지할 수 있는 것도 아니다. 오직 의념으로 찾아내야만 하는 곳이다.

그러나 당우는 아주 쉽게 찾아낸다.

굳이 의념을 떠올릴 필요도 없다. 단단한 껍질, 그것 역시 비물질인 것은 마찬가지지만 그래도 약간 둔탁한 느낌이 드는 곳을 감지해 내면 된다.

그 속에 진기가 틀어박혀 있다.

진기가 느껴지긴 한다. 그러나 운용할 수는 없다. 진기를 쓰기 위해서는 껍질을 부숴야 한다. 그래서 온갖 방법을 시도해 봤다. 할 수 있는 것은 다 해봤다.

껍질은 깨지지 않았다.

껍질을 부수고 진기를 쓰기 위해서는 투골조를 이단계로 올려야 한다. 또다시 백 명의 동남동녀를 납치해서 맑디맑은 원앙진기를 빨아 먹어야 한다.

그 순간, 영원히 깨지지 않을 것 같던 껍질은 마법처럼 부서진다.

진기에 대한 미련이 강한 것은 아니다. 지금은 이대로도 좋다. 어둠 속에서는 무적으로 군림할 수 있으니 좋지 않나. 솔직히 진기와 무기지신 중에서 하나를 택하라면 망설이지 않고 무기지신을 택할 것이다. 나중에는 진기를 택할지 몰라도 만정 속에서는 무기지신이 제왕이다.

"키키킥!"

옆에서 피비린내가 물씬 풍겼다.

사구작서다. 그가 사람을 물어뜯었고, 피를 마셨다. 그 피를 편마에게 가져다주었다. 그리고 자신에게로 돌아왔다.

어둠 속이라서 볼 수 있는 것은 없지만, 그는 사람들의 움직임을 또렷이 본다.

그는 만정과 전체가 되었다.

만정이 곧 그이고, 그 자신이 만정이다.

만정의 생명력을 감지할 수 있으니, 그 안에서 움직이는 사람들쯤이야 분별해 내지 못할 리 없다.

"키킥! 가야겠다. 보자신다."

사구작서가 팔을 잡아끌었다.

방금 피를 만져서인지 손이 끈적끈적하다.

평소 같으면 이렇게 잔흔을 남기지 않는다. 끈적거림이 남을 새도 주지 않고 쪽쪽 빨아 먹는다. 하지만 지금은 그럴 정신이 없다. 너무나 슬퍼서 배고픔조차 잊었다.

당우는 일어서며 말했다.

"굴에서 나오지 마, 오늘만. 오늘은 싸우지 말자."

"가봐라."

굴 안에서 홍염쌍화가 말했다.

그녀들도 무슨 일이 벌어지고 있는지 안다. 그렇기 때문에 오늘만은 가만히 있어주려고 한다.

당우는 걸었다.

깡마른 몰골, 뼈가 환히 드러나는 갈비뼈……. 하지만 걸음걸이만은 상큼하다.

그는 소리를 죽이지 않았다. 일부러 발걸음 소리를 크게 내서 쿵쿵 바닥을 울렸다.

그러지 않으면 그가 움직인다는 사실을 알지 못한다. 그가 가는 길에 누워 있는 사람도 있고, 그토록 싫어하는 줄 알면서도 사람 뼈다귀를 발라 먹는 마인도 있다.

그래서 일부러 소리를 크게 낸다.

'비켜라!'

무언의 소리가 마인들을 압박한다.

마인들이 서둘러 길을 비켰다.

그는 한참을 걸어서 동굴 벽에 이르렀다.

그곳에 아는 사람들이 모두 모여 있다. 사구작서, 치검령, 추포조두, 그리고 편마.

편마는 누워 있고, 그 곁에 산음초의가 맥을 잡고 있다.

당우는 편마 곁에 털썩 주저앉으며 말했다.

"가려고?"

"히히히!"

"할멈 웃음소리는 영 적응이 안 돼."

"히히히! 부탁 하나 하자."

"조마를 죽여달라고?"

"히히히!"

"할 수 없다는 거, 잘 알잖아."

"조마가 나타나면 죽여."

"그럴게."

"그럼 난 가야겠다. 히히히!"

편마가 만족스럽게 웃었다.

전체란 것은 빌어먹을 것이다. 모두를 준다는 것이 얼마나 심신을 착취하는 것인지 미처 몰랐다. 열네 살, 너무 어린 나이였으니까. 사리 판단을 제대로 할 나이가 아니었으니까. 아니, 전체라는 것을 이해하지도 못했으니까.

그때는 머리로 따라간 것이 아니다. 마음으로, 느낌으로, 온

몸으로 부딪치다 보니 어떻게 전체란 것을 알게 된 게다.

지금 같아서는 그렇게 못했을 게다.

지금은 오히려 가슴보다 머리가 발달했다. 나이가 든 만큼 머리가 큰 것일까? 순수함이 없어지고 계산적이 되었다. 가급적이면 머리를 비우고 가슴으로 살 생각이지만 잘되지 않는다.

편마와는 하나가 되어 살았다.

편마의 감정, 생각, 무공…… 모든 것을 있는 그대로 답습했다.

편마가 언급한 사십사편혈과 녹엽만수만 배운 게 아니다. 그녀가 알고 있는 온갖 잡다한 사술들도 습자지에 먹물 스며들 듯 쪽쪽 빨아들였다.

편마는 그만큼 심신이 갈취당했다.

기(氣)는 높은 곳에서 낮은 곳으로 흐른다.

정상적인 사람과 병자가 같이 있으면 정상인의 기가 병자에게로 옮아간다. 기가 센 사람이 약한 사람과 같이 있으면 약한 사람에게로 흐른다.

그래서 맑은 사람 곁에 있으면 자신도 모르게 맑아진다. 활기찬 사람과 같이 있으면 활기차진다.

전체라는 것을 몰라도 이런 현상이 벌어진다.

하물며 전체가 되어 하나가 된 사람끼리는 그런 현상이 매우 빨리 일어난다.

편마의 모든 것이 당우에게로 흘러갔다.

같은 전체라고는 하지만 편마는 주는 입장이다. 당우는 받는 입장이다. 전체 속에서도 구분이 지어진다.
 당우가 주고받는 것을 알았다면 편마가 이 지경이 되도록 놔두지는 않았을 게다.
 당시는 아무것도 몰랐다. 진기가 폐쇄된 사람의 몸에서 진기를 빼냈다. 양성된 진기는 사라지고 없다. 선천진기만 남아 있는 상태다. 당우가 무엇을 빼냈겠는가.
 그가 이런 사실을 알았을 때는 너무 늦었다.
 편마는 죽음 직전까지 치몰렸다. 생명의 불꽃이 사그라진다. 등잔의 기름이 떨어진다.
 그래도 편마는 계속 주었다.

 ―이제 이 단계야. 너무 늦잖아.
 ―진기를 못 쓰잖아요.
 ―진기를 못 쓰는 거지 팔다리도 못 쓰냐! 어디서 헛수작을 부려! 어서 해!

 편마는 끊임없이 녹엽만수를 다그쳤다.
 열일곱 명이 수련하여 오직 한 명만 살아남았다는 해공을 일 년 만에 끝냈다. 그것도 홍염쌍화와 매일 일전을 벌이는 가운데 거둔 성과다.
 본격적으로 편을 쓰는 이 단계를 넘는 데 또 일 년이 걸렸다.

너무 늦단다. 편마 자신은 평생을 바친 끝에 겨우 사 단계에 그쳤으면서 이 년 만에 이 단계까지 넘어선 자신보고 늦게 배운단다. 돌머리란다.

그는 성장했고, 편마는 죽어갔다.

그리고 오늘, 정말 죽는다. 마지막 한 방울의 기운까지 모두 소진되었다. 그야말로 바싹 마른 장작이 되어서 죽음의 기운이 넘실거린다.

"노… 녹엽……."

편마가 힘없는 음성으로 중얼거렸다.

그 말이 무엇을 뜻하는지 안다.

당우는 편마의 헝겊 채찍을 들고 일어섰다.

"할멈, 귀 안 먹었지?"

"히히히!"

쒜엑! 쫘악! 쒜엑! 쫘아아악!

헝겊 채찍이 허공을 날았다. 동굴 벽을 사정없이 후려쳤다. 헝겊으로 벽을 치건만, 마치 가죽 채찍으로 철판을 두들기는 소리가 울린다. 쩌렁 울린다.

"삼… 단……."

쒜에엑! 쒜에엑! 쒜엑!

채찍이 변화를 그려낸다. 어둠 속에서 용이 꿈틀거리며 구름 속으로 뛰어드는 형상을 그려낸다. 봉황이 날개를 활짝 펴고 힘껏 치솟는 형상이 새겨진다. 그리고 일격!

쫘악! 퍼퍽!

채찍에 가격당한 동굴 벽이 우수수 먼지를 뿌려낸다.

돌가루다. 헝겊에 맞아서 돌가루 파편이 튄다. 진기가 실리지 않은 채찍이건만 도끼로 후려친 것보다 더 큰 위력을 발휘한다.

"당… 우……."

편마는 마지막으로 그의 이름을 불렀다.

당우는 편마 곁에 앉아 손을 움켜쥐었다.

뼈만 남은 앙상한 손에서 찬바람이 돈다. 서늘하다 못해 차가운 기운이 훅 밀려든다.

"후…… 욱……."

편마가 마지막 숨을 내뱉었다.

편마의 무덤은 동굴 한쪽 구석에 마련되었다. 치검령과 추포조두가 머물고 있는 곳에서 더 안으로 파고든 곳이다.

만정 마인들은 편마의 시신이라고 해서 놔두지 않는다. 틈만 보이면 도굴해서 살을 뜯어 먹을 게다.

당우는 두 눈에 새파란 안광을 담고 일갈을 내질렀다.

"편마의 시신을 훼손하는 놈은… 죽…… 인…… 다!"

으스스한 공포가 만정 안을 휘몰아쳤다.

당우는 편마의 잡술 중에 하나인 지옥마음(地獄魔音)을 펼쳐서 말했다.

진기가 깃들어 있지는 않다. 하지만 억세고, 젊고, 강인한 음성이 실려 있다.

공포감은 제대로 우러난다.

쉐에엑! 쫘아악!

헝겊 채찍이 동굴을 후려쳤다.

이것은 엄포만 하는 게 아니다. 이제부터 만정의 주인이 누구인지 선포한 것이다.

편마가 죽었고, 당우가 뒤를 이었다.

달라진 것은 없다.

만정에서 딱히 할 일이 있는 게 아니기 때문에 우두머리가 누가 되더라도 할 수 있는 게 없다.

다만 질서를 유지한다.

배고프다고 아무나 죽이면 안 된다. 그런 자는 주인이 죽여야 한다. 단호하게 처리해야 한다. 그래야 먹이가 공급될 때만 뜯어 먹는다. 그렇지 않으면 만정은 당장 아비규환이 된다.

당우와 사구작서가 할 일은 그것밖에 없다.

"크크크! 걱정 마십쇼. 어떤 놈이든 편마님의 시신에 손을 대는 놈이 있으면 내가 콱 죽여 버릴 테니까."

"키킥! 그런 건 걱정 마십쇼."

편마가 죽기 전까지만 해도 하대하던 마인들이 일제히 존대로 바꿨다.

당우를 주인으로 인정한다는 뜻이다.

그들은 당우와 홍염쌍화의 싸움을 보아왔다. 그것도 하루 이틀이 아니라 장장 삼 년에 걸친 싸움을 봤다. 홍염쌍화가 푸른빛 야광주를 들고 있기 때문에 움직임을 살짝이나마 엿볼 수 있었다.

마인들 중에 그 누구도 당우를 당해낼 수 없다.

진기가 되살아난다면 몰라도 현재 상태에서는 당우가 최고다. 그렇지만…….

"키킥! 키키킥!"

마인들의 눈길은 편마의 무덤에서 떨어지지 않았다.

2

편마가 죽었다.

편마 자신은 아무런 부담도 갖지 말라고 했지만 그럴 수 없다. 그녀가 누구 때문에 죽었는가. 자신이 아니었으면 지금도 생생하게 목숨을 부지하고 있을 것이다.

그녀의 선천진기를 빼앗았다. 그렇다고 공력이 급진한 것도 아니다. 단전 씨앗은 몸에 들어오는 진기란 진기는 모조리 흡수해 버린다. 안으로 빨아들이기만 하고 내놓지 않는다.

그녀에게서 빨아들인 진기를 전혀 써먹지 못한다.

괜히 사람만 죽인 꼴이다.

그의 전체란 것은 이렇다. 보통 사람의 전체는 사부의 존재를 느끼는 데 그친다. 하나 그는 느끼는 데서 그치는 것이 아니라 본격적으로 빨아들인다.

투골조의 저주다.

하나 편마가 조마를 죽여달라고 말한 것은 그것 때문이 아니다. 아마도 칠마 사이에 좋지 않았던 과거가 있는 듯하다. 그녀는 물론이고 사구작서까지도 입을 꾹 다물고 있어서 자세한 사정은 알 수 없지만, 좌우지간 무슨 일인가는 있었다.

당우는 편마의 무덤을 앞에 두고 꼬박 하루를 앉아 있었다.

어둠 속이라서 시간의 구분은 없다. 하지만 나름대로 계산 방식을 가지고 있다.

배고픔은 계산의 대상이 되지 못한다.

보통 사람들은 배고픔으로 하루를 측량할 수 있다. 한 끼 정도는 굶는다고 해도 두 끼, 세 끼는 굶을 수 없다. 그때는 배가 쓰릴 정도로 고파온다.

낮이 되었구나. 저녁쯤 되었겠네.

하지만 만정 같은 곳에서 굶기를 다반사로 하다 보면 배고픔은 측량 도구가 안 된다.

사람은 의외로 배고픔에 적응을 잘한다.

배고픔이 극에 달하면 복통까지 치민다. 사지가 비비 틀리고 식은땀이 줄줄 흐른다. 현기증이 일어나고, 사지에서 맥이 빠지고, 꼭 술 중독자와 같은 꼴이 된다.

맞다. 중독이 맞다. 밥 중독이다.

그런 과정을 건너면 배고픔이 사라진다.

희한하게도 고통이 말끔히 가신다. 정신은 명료해지고 몸은 개운하다. 사지를 움직이는 데도 전혀 지장이 없다.

그러다가 또 배가 고파온다.

그때는 무엇이든 먹어줘야 한다. 나중에 찾아오는 배고픔은 세속적인 환경이 만들어낸 습관이 아니다. 그것은 몸의 요구다. 마지막 선까지 견뎌낸 몸의 절규다.

그래서 많은 것을 먹을 필요가 없다. 조금만 먹어도 절규는 그친다. 생명력을 이어갈 정도만 먹어주면 배고픔이 가신다.

몸의 구조는 어떤 환경에서 어떤 식으로 길들이느냐에 따라서 달라진다.

하지만 달라지지 않는 것이 있다.

잠이다.

오죽하면 잠을 수마(睡魔)라고 부르겠는가.

수마는 혼침(昏沈)과 산란(散亂)을 불러온다. 밀접한 관계를 지닌다. 그래서 무인은 늘 수마와 싸운다. 아니, 무인이 아니더라도 도(道)를 추구하는 사람이면 어느 직종의 그 누구라도 수마와 한바탕 전쟁을 치른다.

수마는 최악의 환경에서도 찾아온다.

도저히 잠이 올 것 같지 않은 상황에서도 어김없이 달려들어 눈꺼풀을 끌어당긴다.

잠이 오면 하루가 간 것이다.

당우는 잠을 멀리하지 않았다. 잠이 오면 아무 곳에나 몸을 뉘고 쉬었다.

이것 또한 몸의 요구다.

하루를 줄기차게 달려왔으니 쉬어줘야 한다. 몇 시간 동안 아무것도 하지 말고 가장 편안한 상태에서 휴식을 취해야 한다. 그것이 잠이다.

잠의 깊은 측면이 죽음이다.

사람은 일생 동안 힘차게 달려왔다. 그래서 나이가 들고, 몸은 쇠약해진다.

몸을 쉬어줄 때가 되었다.

잠처럼 잠깐 동안 쉬어주는 것으로는 회복이 안 된다. 그러니 좀 더 깊은 잠을 자야 한다. 완전히 깊은 잠……. 늙은 육신을 버리고 새 육신을 얻을 수 있는 깊은 침묵!

이것이 죽음이다. 너무 깊이 잠들기 때문에 이생에서 있었던 일이 모두 잊힌다. 그토록 깊이 잠든다.

헌 육신을 버리고 새 육신을 얻는 과정이니 오죽 깊으랴.

편마는 죽음을 이렇게 정의했다. 그러니 절대로 슬퍼할 일이 아니라고 말했다. 떠남을 슬퍼할 수는 있지만 죽음 자체를 슬퍼하지는 말라고 했다.

당우는 혼란스러웠다.

이런 사람이 어떻게 마녀가 될 수 있단 말인가. 사람을 많이 죽였다면 어떤 마음으로 죽였을까? 왜? 아무 이유 없이 살생을 할 '마음'은 아니다.

편마의 무공은 정당하다.

일 단계 해공에서부터 삼 단계 산공(散功)까지 견뎌왔지만, 본인 스스로 이겨내야 하는 고통 외에는 나쁘다고 느껴지는 것이 없다.

정신적인 상태는 안정적이다. 육체적으로도 아주 좋다. 기혈의 흐름도 순탄하다.

진기를 썼을 때와 쓰지 않았을 때는 천지차이이지만 그래도 느낌이라는 것이 있다.
　편마의 녹엽만수는 정상적인 무공이다.
　그런데 왜 마녀로 낙인찍혔을까? 세상 사람들의 잣대는 무엇일까? 어떤 식으로 사람을 구분하는가.
　당우는 무덤에 등을 기대고 누워서 잠을 청했다.
　편마는 깊은 잠에 빠졌다. 자신은 가벼운 잠을 청한다. 땅 위와 땅속에서 종류가 다른 잠을 잔다.
　'할멈…… 푹 쉬어. 힘들게 살아온 것 같으니, 오래 쉬어야 해. 조급해하지 말고 푹 쉬는 거야.'
　당우는 편마에게서 할머니의 정을 느꼈다.

　당우의 잠은 매우 짧다.
　사방에 마인들이 우글거리기 때문에 깊은 잠을 청할 수 없다.
　잠깐 눈을 붙이는 것으로 피로를 해소해야 한다. 그래서 잠에 빠질 때는 아주 깊이 들어간다. 남들이 서너 시진 동안 자야 풀어낼 피로를 단시간에 풀어낸다.
　만정에서 살다 보면 자신도 모르게 그런 방식의 잠이 만들어진다.
　당우는 딱 한 시진만 잔다.
　치검령과 추포조두도 그렇게 자고는 버티지 못한다. 그들은 두 시진 이상을 잔다.

당우는 무기지신밖에 믿을 게 없다. 그래서 마인들이 자신을 발견하면, 자신의 살을 더듬게 되면 꼼짝없이 죽는다. 아예 손에 잡히지 말아야 한다.

그래서 항상 경계심을 늦추지 않았다.

잠에서 깨어나면 최대한 천천히 몸의 활력을 되찾는다.

휴식에 들었던 감각이 깨어난다. 그 느낌을 살핀다.

잠에서 깨어나 벌떡 일어서면 아무것도 얻지 못한다. 하지만 잠시만 시간을 내어서 몸의 감각을 살피면 몸의 긴장감을 최고조로 끌어올리는 수련이 된다.

당우는 진기를 사용할 수 없는 대신 다른 방편을 찾았다.

하루 일과의 모든 것을 수련으로 할애했다. 싸우는 것도, 벌레를 찾아서 씹어 먹는 것도, 말을 할 때도 수련이 아닌 게 없다. 어떻게든 수련 쪽으로 연관시켰다.

스읏!

감각이 모두 일깨워지자 몸을 일으켰다.

편마가 죽었다. 이제부터는 자신 스스로 인생을 개척해 나가야 한다. 그러자면 먼저 해결할 문제가 있다.

"뭐냐!"

치검령이 귀찮은 표정으로 말했다.

"우리… 결판을 내야지?"

"가라."

"농담 아닌 거 알잖아."

"진담이냐?"

"……."

치검령은 몸을 일으켰다.

추포조두도 일어났다. 이제는 몸이 많이 회복된 묵혈도도 일어나 앉았다.

모두들 당우가 무슨 말을 하는지 안다.

추포조두와 묵혈도는 당우의 적이 아니다. 친구도 아니지만 적이 될 필요는 없는 사람들이다.

치검령은 다르다. 그는 절대적인 적이다.

하지만 지금은 상황이 많이 바뀌었다.

그들이 만정에 들어설 때와 지금은 모든 게 현격하게 달라졌다.

우선 당우가 성장했다. 아무것도 모르던 어린애가 삶과 죽음을 아는 젊은이로 컸다. 그리고 무공을 수련했다. 그것도 이곳 만정에 딱 맞췄다 싶을 정도로 특화된 무공을 배웠다.

홍염쌍화는 당우를 잡아내지 못했다.

무려 삼 년이란 기간 동안 끊임없이 도발했고, 마주쳤는데도 번번이 무기지신에 막혀서 빈손으로 돌아갔다.

솔직히 당우가 그녀들을 막아주는 바람에 다른 사람들이 조금은 편할 수 있었다.

치검령도, 추포조두도 지금으로서는 당우를 어쩌지 못한다.

그를 따라서 만정에 뛰어들 때는 모든 것을 할 수 있었다. 마음만 먹으면 당우의 목숨은 염라대왕에게 진상되었다. 그렇게 하고자 하는 사람과 막고자 하는 사람이 함께 뛰어들었다.

이제는 그들 마음대로 하지 못한다.

추포조두는 당우를 이용하고자 했다. 천검가 가주는 반드시 당우를 끌어낼 것이다. 언제까지고 이곳에 가둬두지는 않을 게다. 그럴 것이었으면 차라리 진작 죽이는 편이 나았다.

그때, 천검가 가주가 당우를 끌어낼 때, 자신도 따라 올라간다. 치검령 손에서 당우를 보호하고, 이용한다. 천검가 가주를 잡는 데 결정적인 역할을 시킨다.

이것이 추포조두의 생각이었으나 이제는 당우의 의사가 어떤지 물어봐야 한다.

치검령은 더욱 막막하다.

그는 당우를 죽여야 한다. 그리고 만정에 들어설 때만 해도 손만 뻗으면 할 수 있는 일이었다. 추포조두가 망신창이가 되어서 들어왔기 때문에 자신을 막을 수 없었다.

그때가 유일한 기회였다.

아직 조급하지 않다고 생각했다.

옛말에 열 포졸이 도둑 한 명 막지 못한다고 했다. 추포조두가 아무리 지키려고 해도 자신이 죽이려고 작심만 하면 언제든지 죽일 수 있다.

그렇게 생각했다.

엄청난 착각이었다.

그도 그렇고 추포조두도 그렇고, 두 사람 모두 당우가 성장할 것이라는 점을 염두에 두지 않았다.

물론 그는 편마의 제자가 되었다.

그때만 해도 솔직히 말해서 속으로는 웃었다.

기혈이 망가진 늙은 노마와 진기를 쓰지 못하는 어린 풋내기의 만남이 정상적으로 보이는가? 그런 사람들이 만나서 무공을 전수하니 어쩌니 하는데 우습지 않은가?

전심전력으로 오로지 무공에만 온 신경을 쏟아부어도 오르기 힘든 게 무공(武功) 산(山)이다.

하지만 당우는 해냈다. 특이하게 해냈다.

치검령은 아직도 본인의 임무를 잊지 않고 있다. 물론 추포조두 역시 마찬가지다.

은가 무인들의 집념은 상상을 초월한다.

당우는 그 점을 꼬집는다. 이제 해결하자.

치검령이 천천히 일어서면서 말했다.

"홍염쌍화에게 많이 배웠나 보군."

"옆에서 뚫어지게 지켜본 사람이 음흉스럽기는……."

"한 수만 쓰겠다. 한 수만 피하면 내가 진 것으로 하지."

"괜히 봐주는 척하기는……. 어차피 한 수밖에 쓸 수 없으면서."

"노옴!"

"하하하! 농담!"

당우가 여유있게 웃었다.

그는 만정에서 지형적으로 가장 유리한 위치를 점했다.

무기지신, 어둠에 가려서 형체를 보이지 않는다. 느낌도 전해지지 않는다. 있는지 없는지조차 알 수 없다.

이것보다 강력한 무기는 없다.

치검령은 지난 삼 년 동안 끊임없이 석도를 갈아왔다.

손에 딱 맞는 크기로, 익숙한 무게로, 그리고 살상력이 충분할 만큼 뾰족하게 다듬었다.

그렇게 만든 석도가 서른 자루다.

허리 가득히 요대(腰帶)처럼 둘러져 있는 석편(石片)들이 바로 그것이다.

그는 서른 자루를 한꺼번에 날릴 수 있다.

일촌비도라고 해서 반드시 한 자루만 날린다는 것은 아니다. 치검령은 한 손에 네 자루를 쥘 수 있다. 양손이면 여덟 자루다. 석도 서른 자루라고 해봐야 양손으로 네 번만 움직이면 된다. 그리고 처음과 마지막의 시간 차이는 눈 깜빡할 순간이다.

서른 자루가 일시에 밀려온다.

그 이후로는 없다. 치검령의 어떠한 공부도 당우를 잡아내지 못한다. 눈에 보여야 공격할 수 있는데, 잡히는 것이 없으니 아무것도 하지 못한다.

홍염쌍화가 그런 식으로 지금까지 끌려왔다.

"저놈만 남고 모두 비켜. 석도에는 눈이 없으니까."

그 말이 떨어지기가 무섭게 산음초의가 멀찍이 떨어져 앉았다. 인근에 있던 마인들도 슬금슬금 자리를 피했다.

모두 무슨 일이 벌어질지 짐작한다.

"어디 있냐?"

"쳇! 싸우면서 위치를 가르쳐 줘야 하나?"

그 한마디로 당우의 위치가 드러났다. 순간,

쒜엑! 쒜엑! 쒜에에엑!

어둠 속에서 엄청난 파공음이 터졌다.

수십 자루가 떨어져 내린다. 우박이 와르르 쏟아진다.

석도 서른 자루가 허공을 나는 소리가 아름답다. 천둥소리보다 크게 울린 소리였지만, 침묵만 가득한 동혈이다 보니 새삼 귀가 기울어진다.

파앗! 타다다다닥!

우박이 꽃비가 되어 떨어진다.

'하나, 둘…… 서른!'

석도를 일일이 헤아린다는 것은 불가능하다. 석도를 날린 치검령조차도 자신의 석도가 어디에 꽂혔는지 알아낼 수 없다. 하지만 본능적으로는 감지가 된다.

석도가 하나, 둘 떨어진다. 목표를 가격하지 못하고, 동굴 벽에 박히기도 하고, 바닥에 떨어지기도 한다. 그런 것들이 느껴진다. 그러다가 촌각의 시간이 지난 후에는 모든 공격이 무위로 끝났다는 사실이 감지된다.

치검령의 일촌비도는 당우를 잡지 못했다.

"하하하! 초령신술(超靈神術), 연무혼기(煙霧魂氣)! 하하하!"

추포조두가 낭랑하게 웃었다.

당우는 풍천소옥의 절기로 풍천소옥의 비도술을 피해낸 것이다.

　무기지신으로 자신을 감추고, 초령신술로 상대의 기운을 읽는다. 그는 존재하는 기운만 읽는 데서 그치지 않았다. 한 발 더 나아가서 공격의 기미까지 읽었다.

　'간다!'

　치검령이 속으로 외치고 있을 때, 당우는 이미 보법을 밟았다.

　치검령이 석도를 날릴 때, 당우는 멀찍이 떨어진 곳에 서서 유유히 지켜봤다.

　분명한 반칙이다. 아니, 이것도 싸움이다. 그러니 반칙 여부를 논할 수 없다.

　"네놈…… 초령신술까지 파악한 게냐!"

　"편마가 좋은 걸 가르쳐 주더라고."

　"한 번만 더 하자."

　"더 할 것도 없으면서 뭘……."

　"이번에는 주문이다. 난 낙화산겁수(落花散劫手)를 펼치겠다. 넌 피하지 말고 구중철각(九重鐵脚)으로 맞받아라."

　"후후! 물귀신이 따로 없군."

　옆에서 추포조두가 말했다.

　치검령은 당우를 죽이거나 어쩔 생각이 없다. 지금은 그럴 능력도 안 된다.

　다만 그는 알고 싶다.

　당우가 풍천소옥의 절기만 빼낸 것인지 아니면 적성비가의 무공까지 함께 빼낸 것인지를.

"마지막?"

"마지막이다."

"이걸로 끝낸다면…… 좋아."

"간닷!"

치검령은 고의로 공격 신호를 보냈다.

무공의 겨룸이 아니다. 당우의 무공을 알아보려는 것뿐이다.

쒜에에엑!

낙화산접수가 유유히 흘렀다.

치검령의 양팔이 수양버들처럼 흐느적거린다 싶더니 곧 엄청난 폭포수가 되어 떨어져 내렸다.

당우도 움직였다. 허공을 몸에 붕 띄우고 연달아 아홉 번이나 발길질을 했다.

탁! 타탁! 타타닥!

낙화산접수와 구중철각이 허공에서 격돌했다.

순간, 치검령은 살의를 느꼈다.

지금 당우는 진기를 쓰지 못한다. 그가 구중철각을 펼치고 있지만 오로지 육신의 힘으로 펼칠 뿐이다. 반면에 자신은 진기를 쓰지 않았다. 쓰지 못하는 게 아니라 일부러 뺐다.

여기서 약간의 진기만 주입하면 발목을 부러뜨릴 수 있다. 그리고는…… 죽인다!

쒜엑! 타타타타닥!

낙화산겁수와 구중철각이 삼십여 합이나 부딪쳤다.

밀밀(密密)한 구중철각과 난산(亂散)한 낙화산겁수가 한 치의 물러섬도 없이 격렬하게 충돌했다.

치검령은 진기를 쓰지 않았다. 쓰지 못했다. 쓸 수가 없었다.

'이제는 풍천소옥과 싸워야겠군. 후후후! 이로써 배신자가 된 건가? 풍천소옥이 나 때문에 오욕을 뒤집어쓴 건가? 치검령…… 치검령이 죽어야겠군.'

치검령이 쓴웃음을 흘렸다.

당우가 말했다.

"고마워. 죽일 수 있었는데."

그는 알고 있었다. 일장의 격돌 속에 어떤 위험이 도사리고 있었는지. 그러면서도 부딪쳤던 것이다.

치검령이 시원하게 말했다.

"졌다."

"저놈…… 우리 적성비가의 절기까지 훔쳐 간 겁니까?"

묵혈도가 추포조두에게 물었다.

"그런 것 같다."

"모조리요?"

"편마의 무공 전수 방식이 독특했어."

"아무리 그렇다고 해도……."

"너, 저놈에게 잘 보여야겠다."

"네? 왜요?"

"저놈에게 네 무공을 살려줄 길이 있을지도 모르겠다. 어떻게라고는 묻지 마라. 나도 모르니까. 하지만 막연히 그럴 수 있을 것 같다는 느낌이 든다."

"으음……!"

말은 두 사람이 나눴다. 하지만 듣는 귀는 많았다. 묵혈도처럼 쇠꼬챙이에 경혈이 꿰뚫린 수많은 마인들이, 인육을 먹으면서 짐승처럼 살아야만 하는 마인들이 그 소리를 들었다.

'무공을 찾을 수 있다고!'

『취적취무』 5권에 계속…

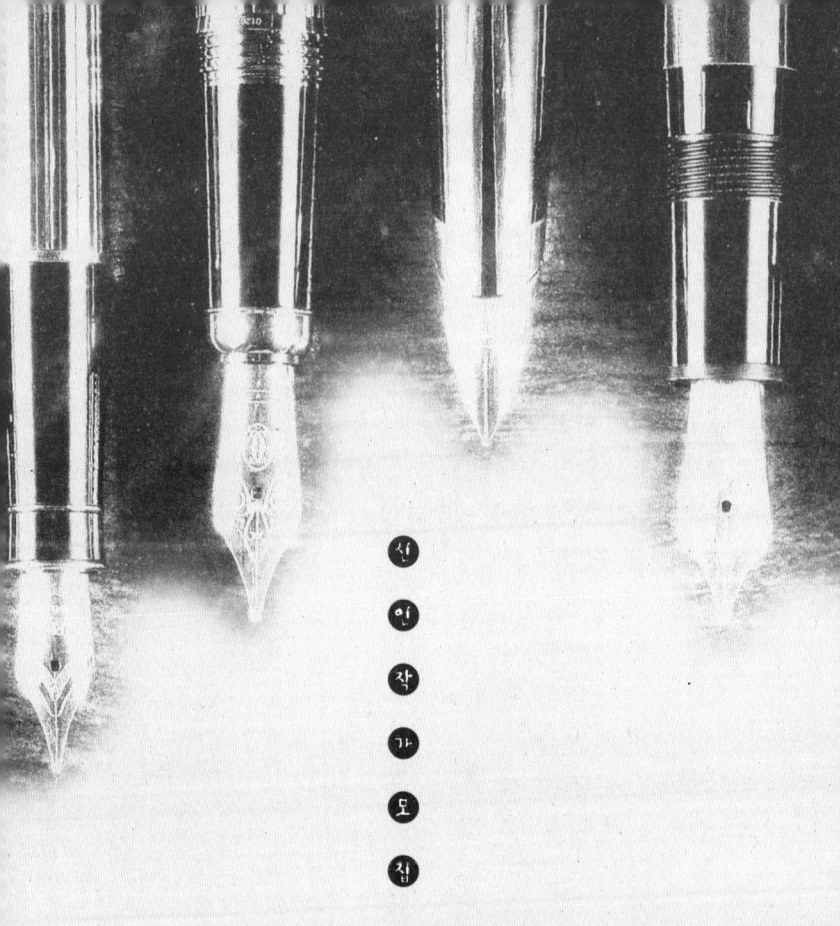

신
인
작
가
모
집

**시작이 반이라고 했습니다.
작가의 길에 대한 보이지 않는 벽을 과감히 깨뜨리십시오!
청어람은 작가 지망생 여러분들의
멋진 방향타가 되어드리겠습니다.**

저희 도서출판 청어람에서는
소설 신인 작가분들을 모집합니다.
판타지와 무협을 사랑하시는 분들의 많은 참여를 바랍니다.
소정의 원고(A4용지 150매)를 메일이나 우편으로 보내주시면
검토 후 출판 여부를 알려드리겠습니다.

주소: 경기도 부천시 원미구 심곡2동 163-2 서경B/D 2F 우편번호 420-822
TEL: 032-656-4452 · **FAX**: 032-656-4453
http://**www.chungeoram.com**
e-mail: chungeoram@chungeoram.com

임준후 新무협 판타지 소설

「철혈무정로」,「천애검엽전」의 작가 임준후!
그가 태산처럼 거대한 남자의 이야기로 돌아왔다!

"네가 좋아하는 방식대로 살 거라.
지금까지처럼 마음이 가고 몸이 가는 대로!"

스승이 남긴 말을 가슴에 새기고 중원으로 나온 강산하.
고향으로 향하는 귀로에 하나둘씩 인연이 모여들고
어느새 그의 걸음마다 무림의 판도가 바뀌기 시작한다.

태산처럼 굳세게
산들바람처럼 유유자적하게
흔들리지 않고 올곧게 자신의 길을 걸어간
괴협 철산대공 강산하의 가슴 묵직한 일대기!

Book Publishing CHUNGEORAM

유행이 아닌 자유추구 -
WWW.chungeoram.com

용호객잔
龍虎客棧

설경구 新무협 판타지 소설

낙양 변두리에 위치한 허름한 용호객잔.
폐업 직전까지 몰렸던 용호객잔에 복덩이,
천유강이 저절로 굴러 들어왔다.
그런데… 이 객잔 좀 수상하다?

독문병기는 낡은 주판, 중원상왕을 꿈꾸는 객잔주인, 용사등.
독문병기는 마른 걸레, 끔찍이 못생긴 점소이, 용팔.
독문병기는 식칼, 긴 독수공방 끝에 요리와 혼인한 숙수, 장유걸.
독문병기는 이 빠진 도끼, 사연 많은 남장여인, 문우령.
독문병기는 얼굴, 기억을 잃어버린 절세미남 신입 점소이, 천유강.

"중원의 상왕이 되리라!"

현실감각이라고는 찾아보기 힘든
용사등의 허황된 선언이 천하를 혼란에 빠뜨린다.
바람 잘 날 없는 용호객잔의 평범한(?) 일상에
중원의 이목이 집중된다.

Book Publishing CHUNGEORAM

유행이 아닌 자유추구 -
WWW.chungeoram.com

Unterbaum
GOD BREAKER

운터바움
이상혁 판타지 장편 소설

신들의 파괴자

**나를 세기할 자, 그를 다스리는 한 권의 책
찾아 줄으리. 그리하지 않으면 나는 불타리.**

세계의 근거, 그 자체인 거대한 나무, 바움.
그 아래에서 살아가는 생명들의 세상, 운터바움.
윈델은 신탁에 따라 바움을 파괴할 책을 찾아 떠나고
맨 처음 그의 손이 책에 닿는 순간 운명이 격변한다.

십 년을 모신 주인이자 친구, 세베리아를 비롯
세상 모든 것이 자신의 존재를 잊어버린 상황에서
윈델은 존재의 증명을 위하여 운명과 싸우기 시작한다!

나무의 파괴자 '엠베르크' 란 무엇인가?
모두가 잊어버린 '나' 는 대체 누구인가?

「데로드 앤드 데블랑」, 「카르마 마스터」의 뒤를 잇는
이상혁 작가의 정통 판타지 대작!

「운터바움-신들의 파괴자」!

Book Publishing CHUNGEORAM

유행이 아닌 자유추구 -
WWW.chungeoram.com

각사 新무협 판타지 소설

守護武士
수호무사

소년은 오직 소녀를 위하여 검을 들었다
가슴에 담긴 지키고자 하는 뜨거운 열망.

"이제는 지킬 것이다."

단 하나 남은 소중한 인연, 무유화를 지키려
악의에 휩싸인 무림을 수호하기 위하여
윤, 세상에 서다!

그의 용혈검이 떨치는 무상류와 구천류가
모든 악을 쓸어내리라!

지키는 자!
수호무사 윤, 그를 기억하라.

Book Publishing CHUNGEORAM

WWW.chungeoram.com